Marcus Reckewitz und Hannes Bertschi

Champagner, Trüffel und Tatar

Marcus Reckewitz und Hannes Bertschi

Champagner, Trüffel und Tatar

Neue kuriose Geschichten aus der Welt der Speisen und Getränke

Argon

Gesetzt aus der Usherwood
Satz: Pinkuin Satz und Datentechnik, Berlin
Druck und Bindung: Clausen und Bosse, Leck
Printed in Germany
ISBN 3-87024-615-4

Inhalt

Vorwort

Sie kennen das vielleicht: Man sitzt gemeinsam mit Freunden abends bei Kerzenschein am Tisch, man isst und trinkt, man unterhält sich über dies und das, und die Stimmung steigt mit jedem Glas. Und natürlich wird jeder servierte Gang kommentiert: »Aah« und »Ooh« und »Was ist das denn?«. »Aha. Soso. Na, das ist ja interessant. Hab ich noch nie gegessen. Bin gespannt. O ja, sehr lecker.« Und dann fällt an irgendeiner Ecke des Tisches schließlich irgendeine Bemerkung, wie zum Beispiel:

»Habt ihr eigentlich schon mal von diesem neuen Öl gehört, diesem komischen Ziegenöl?«

»Ziegenöl? Noch nie gehört. Was ist das denn jetzt schon wieder?«

»Ja, das ist so ein spezielles Öl, das wird irgendwie – also entschuldigt bitte, dass ich jetzt hier beim Essen –, aber das wird, glaub ich, aus Ziegenkötteln hergestellt.«

»Wie bitte? Was soll das heißen: aus Ziegenkötteln?«

»Na ja, aus Ziegenkötteln eben. Also aus Ziegenschiss. Irgendwie ist da Öl drin ...«

»Nein! Das glaub ich jetzt nicht. Das ist ja widerlich! Aus Ziegenschiss? Und das soll schmecken?«

»Soll super schmecken. So zum Salat. Also jedenfalls schwärmen da alle von, zumindest Witzigmann und so ...«

»Und wo kommt das her?«

»Na ja, sagte ich doch. Aus dem Ziegendarm eben …«

»Nein, ich meine aus welchem Land?«

»Ach so. Ägypten, glaub ich. Oder war das jetzt doch Marokko? Also irgendwie aus Nordafrika. Soll unglaublich gesund sein. Und unglaublich teuer!«

Es folgt eine angeregte Diskussion, ob das mit dem Ziegenöl wirklich stimme, ob das nicht eigentlich verboten werden müsste, wegen der ganzen Parasiten und Bakterien, und was denn daran bitte so gesund sein soll und ob die ganze Feinschmeckerszene nicht eigentlich doch langsam durchzuknallen drohe. Kaum ist das Ziegenöl vom Tisch, wird die nächste Sau über denselben getrieben. »Da fällt mir gerade ein: Ich hab da vor kurzem auch was gelesen, also unglaublich, was es alles gibt. Habt ihr schon gehört, dass man in Japan die Kühe mit Bier füttert und mit Musik berieselt?« Und je weiter der Abend voranschreitet und je mehr Alkohol im Spiel ist, desto fröhlicher wird erzählt und diskutiert und spekuliert. Denn: Das Schöne an einer Passion ist ja nicht nur, ihr nachzugehen. Mindestens genauso schön ist es, über sie zu reden – Dinner-Talk.

Und zu reden gibt es genug. Wer sich wie die Autoren beruflich (und privat) der Leidenschaft des Essens und Trinkens verschrieben hat, der stößt zwangsläufig immer wieder auch auf eben solche kuriosen Themen, die nicht nur bei Tisch für Unterhaltung und Gesprächsstoff sorgen. Und so konnte es nicht ausbleiben, dass schließlich die Idee geboren wurde, all diese wunderlichen, skurrilen und manchmal aberwitzigen Geschichten, die Gerüchte, die Legenden, die amüsanten Absonderlichkeiten und die kleinen Unappetitlichkeiten zu sammeln, um sie einem größeren Publikum zur Unterhaltung in Buchform vorzulegen. Das Ergebnis ist die hier zusammengetragene kunterbunte Sammlung, ein abwechslungsreiches kulinarisches Panoptikum, eine kleine skurrile Warenkunde.

Vieles wird Sie überraschen. Vieles wird Sie amüsieren, und manch Alltägliches werden Sie in einem neuen Licht sehen. Vor allem aber erhalten Sie, liebe Leserinnen und Leser, interessanten Erzählstoff für Ihren nächsten Party- oder Dinner-Talk. Damit Sie alsbald in trauter Runde bei Kerzenschein etwas genauer berichten können, was es mit dem Ziegenöl (s. S. 15) tatsächlich auf sich hat und mit dem Schnepfendreck (s. S. 240) und mit der stinkenden Durian (s. S. 82) oder mit dem »schreienden« Hummer (s. S. 118) und den Bier trinkenden japanischen Rindviechern (s. S. 140) und und und ...

Und wenn's gefällt, seien Sie beruhigt: Es gibt noch viel, viel mehr zu erzählen ...

Marcus Reckewitz
Hannes Bertschi
Im Juni 2004

Arganöl

… wie man aus Ziegenkötteln in Marokko das exklusivste, teuerste und vermutlich gesündeste Feinschmeckeröl der Welt herstellt …

Ein neuer Stern ist aufgegangen am Firmament der Feinschmeckerei. Es ist ein Öl. Ein Öl aus Marokko. Ein Öl, das Starköche (und nicht nur die) mit der Zunge schnalzen lässt. Ein Öl, das medizinische und kosmetische Wunder vollbringen soll. Ein Öl, das einzigartige Preise erzielt. Und es ist ein Öl mit einer wahrlich bizarren Herstellungsmethode. Was man braucht? Einen marokkanischen Arganbaum, einen gesunden Ziegenschiss und fleißige Frauenhände.

Schon der Arganbaum ist ein einzigartiges Gewächs. Irgendwann vor vielen Millionen Jahren erfand die Evolution einen ersten Prototypen. Der entwickelte sich schließlich zu einem eigenwilligen Spezialisten, der heute nur noch in einer einzigen Region im Südwesten Marokkos vorkommt. Den Grund vermutet man in einer einmaligen Anpassung an die allein hier vorherrschende Kombination von Bodenqualität, Trockenperioden und dem Einfluss des Atlantiks. Jedenfalls ist er heute nirgendwo sonst auf der Welt heimisch. Da ist er eigen, der Arganbaum.

Hier, in der nach den Bäumen benannten Arganerie, einer ca. 800 000 Hektar großen Region, stehen noch etwa 20 Millionen dieser einzigartigen Gewächse in lichten Trockenwäldern. Bis zu zehn Meter hoch werden sie. Die Krone der zum Teil 400 Jahre alten Bäume kann sich als Schattenspender zu einem 14 Meter ausladenden Baldachin ausbreiten. Um auch in Trockenperioden noch das lebensnotwendige Grundwasser zu erreichen, vermag die Arganie ihre Wurzeln in bis zu 30 Meter Tiefe hinunterzutreiben. Selbst jahrelang andauernden Trockenperioden trotzt der Argan-Baum. Dann wirft er seine Blätter ab und stellt vorübergehend sein Wachstum ein. Was nicht geht, geht eben nicht.

Seit Jahrhunderten ist dieser Überlebenskünstler für die hier im Südwesten Marokkos heimischen Berber (etwa 120 Gemeinschaften) ein zentrales Element der landwirtschaftlichen Nutzung. Ca. 2,5 Millionen Menschen leben direkt oder indirekt von diesem Baum. In seinem Schatten gedeiht Getreide (vornehmlich Gerste), die Wurzeln des Baumes bieten Schutz vor Erosion des Bodens, das Holz liefert den Menschen Brenn- und Baumaterial. Und seine gelben, pflaumengroßen Früchte, die wegen der nicht sonderlich freundlichen klimatischen Verhältnisse am Rand der Sahara nur alle zwei Jahre gedeihen, sind seit Jahrhunderten der Ausgangsstoff für ein wahres Wunderöl. Und das löst nunmehr auch außerhalb Marokkos bei Kennern hemmungslose Begeisterungsstürme aus. Und das vielleicht nicht zuletzt auch deshalb, weil die Herstellung des Öls ebenso skurril wie altertümlich anmutet.

Die Schwierigkeit der Ölherstellung besteht nämlich darin, an den Kern der Früchte heranzukommen. Denn nur aus dem Kern bzw. aus seinem mandelartigen Inhalt wird das Öl mühsam und von Hand hergestellt. Eigentlich kein Problem, sollte man meinen: rauf auf den Baum und pflücken! Doch zum Schutz vor Fressfeinden jedweder Art bietet der Baum ein perfides Abwehrbollwerk auf: ein dichtes Dornendickicht! Wollte ein Mensch zur Ernte der reifen Früchte, und nur die reifen Früchte lassen sich zur Ölherstellung verwenden, in den Baum klettern, würde er wahrscheinlich gespickt wie nach einer Akupunktursitzung mit Zimmermannsnägeln auf den Boden der Tatsachen zurückkehren. Das macht selbst der derbste Berber nicht mit.

Auch das Ernteschütteln per Maschine wie beim Olivenbaum geht nicht: Das Holz würde brechen. Schütteln geht außerdem auch deshalb nicht, weil es verboten ist. Der Arganbaum steht nämlich mittlerweile unter der direkten Aufsicht des Staates, weil er langsam, aber sicher auszusterben droht. Also passt der Staat auf und gesteht den Berbern nur Nutzungsrechte zu. Und da heißt es leider: Schütteln verboten!

Es gibt demnach nur zwei Möglichkeiten, die reifen Früchte zu »ernten«: Entweder man wartet, bis die Früchte fallen. Was aber den Nachteil hat, dass man dann das Fruchtfleisch äußerst mühselig von Hand vom Kern entfernen muss. Oder man lässt Ziegen in den Baum. Ziegen können das. Ziegen sind nämlich geschickte Kletterer. Dornen machen denen nichts aus. Ziegen lieben die Blätter und nicht zuletzt auch die begehrten Früchte der Arganbäume. Und das ist des Pudels Kern: Die Ziegen klettern nämlich zu mehreren fröhlich meckernd im Baum umher, fressen die Früchte samt Fruchtkern, kommen wieder herunter, ziehen durch die Landschaft, lassen währenddessen die Arganfrucht durch ihren Darm gleiten und kötteln die Kerne – vom verdauten Fruchtfleisch fein säuberlich befreit – wieder aus. Da freut sich des Berbers Weib.

Denn was jetzt folgt, ist traditionell reine Frauenarbeit. Die geköttelten Kerne werden gesammelt und zwischen Steinen zerschlagen, woraufhin der mandelartige Inhalt zutage tritt. Dessen Schutzhaut muss ebenfalls von Hand abgezogen werden. Sodann werden die Kerne auf einem mit den Kerngehäusen beschickten Feuer geröstet und schließlich zwischen zwei Mahlsteinen zermahlen. Die entstandenen Brösel werden dann unter Zugabe von lauwarmem Wasser zu einer Paste verrührt und so lange von Hand geknetet, bis das Öl austritt. Je nach Qualität benötigt man 30 bis 100 Kilogramm Arganfrüchte und gut acht bis zwölf Stunden Arbeit, um einen Liter Öl herzustellen. Das ist gute alte Berbertradition.

Um diese zu erhalten, hat die UNESCO das Land der Arganbäume 1998 zum Biosphären-Reservat erklärt. Und das war auch bitter nötig. Der Bestand der für die Einheimischen so wichtigen Öl-Bäume hatte in der Vergangenheit arg gelitten, hatte sich innerhalb der letzten hundert Jahre sogar halbiert. Überweidung durch Ziegen war eins der Probleme. Aber auch Kamele sind geschickte Weidetiere, denen die Dornen nichts ausmachen. Ganze Herden, auf LKWs zusammengepfercht, führten Viehzüchter aus dem Süden nach Arganien ins gelobte Land. Hinzu kam die Abholzung durch die Menschen und das dadurch bedingte Vorrücken der Wüste. Auch das Vordringen von Städten wie Agadir machte dem Berber-Baum zu schaffen. Viele hundert Hektar wurden gerodet für Flughäfen und Mülldeponien.

Um sowohl die Natur schonen und schützen zu können und gleichzeitig das Auskommen der Bevölkerung sowie ihre traditionellen Lebensformen erhalten zu können, hat man nach alternativen Einkommensquellen für die Bevölkerung gesucht – und man hat sie gefunden: Öl! Arganöl! Was bis dahin eher zum Eigenbedarf oder zum Verkauf unter Wert auf den lokalen Märkten produziert worden war, sollte nunmehr professionalisiert werden.

Frauenkooperationen wurden mit Unterstützung der UNESCO, der marokkanischen Regierung und auch

Deutschlands als Entwicklungshilfeprojekte gegründet. Produktion und Vertrieb des Öls wurden neu und besser organisiert, die Preise für das mühselig hergestellte Öl deutlich angehoben. Das provozierte zunächst den Unmut der Berber-Männer, die ihre Frauen für so viel vorwitzige Selbständigkeit hinter verschlossener Tür gerne auch schon mal verprügelten. So ging's halt zu im Berberland. Doch indessen hat sich das Blatt gewendet: Die meisten Berber-Männer sind mittlerweile stolz auf ihre Frauen. Warum? Das Öl bringt Geld. Und Geld macht sexy. Auch im Berber-Land.

Zunehmenden Erfolg hatte man mit dem intensiv nach Sesam und Haselnuss schmeckenden Ziegenkernöl aber nicht nur in Marokko. Auch im Ausland traf es bei neugierigen Gourmets auf großes Interesse. Französische Spitzenköche schwärmen vom vielseitig, wenn auch eher in homöopathischen Dosen einsetzbaren Nussaroma: in verschiedensten Salaten, zu Hummer, zu Trüffeln, zu Foie gras und und und ... In Deutschland lobt allen voran der Altmeister der Edel-Köche, Eckart Witzigmann, das Öl aus Marokko, für das man hierzulande je nach Qualität zwischen 60 und 150 Euro pro Liter zahlen muss.

Geschmack hin, Feinschmeckerküche her, der eigentliche Knaller besteht vor allem in den medizinischen und kosmetischen Wirkungen des marokkanischen Wunderöls. Gegen die nimmt sich das bisher so hoch gerühmte Olivenöl fast ein wenig mickrig aus. In Kanada, Frankreich, Deutschland und anderen Ländern hat man Arganöl bereits im Labor und in ersten Versuchsreihen auf seine Inhaltsstoffe und deren Wirkung hin erforscht. Die Ergebnisse sind in der Tat überwältigend: Es hilft gegen so ziemlich alles, was man nicht brauchen kann. Es senkt den Cholesterinspiegel, es beugt Herzinfarkt und Schlaganfall vor, es wirkt vorbeugend gegen (Prostata-)Krebs, es lindert Rheuma, es wirkt fungizid und bakterizid, also gegen Pilz und Bakterium, es wirkt, äußerlich angewendet, gegen Sonnenbrand, Schuppen und Schuppenflechte. Selbst Neurodermitiker berichten nach wenigen Wochen von einem deutlichen Abklingen der unangenehmen Hautprobleme. Und vor allem: Es wirkt gegen die natürliche Zellalterung, es revitalisiert die Haut, beseitigt Knitterfalten und Krähenfüße! Ewige Jugend! Das Berber-Öl: ein medizinisch-kosmetischer Tausendsassa.

Das weckt Begehrlichkeiten. Vor allem in Europa. In den feinen Küchen und auf den Schminktischchen. Doch die Ressourcen sind begrenzt, elf Millionen Liter Arganöl werden Schätzungen zufolge jährlich hergestellt. Das ist nicht wirklich viel. Doch mehr geht nicht. Wegen der Dornen, wegen der Ziegen, wegen der Handarbeit und wegen der Bäume. Die pflanzen sich nämlich nur ausgesprochen widerwillig fort. Wenn überhaupt, sprießt nur aus jenen Fruchtkernen neues Pflanzenwerk, die den Darm von Kamel oder Ziege passiert haben. Warum, weiß kein Mensch. Und hat der Samen dann getrieben, müssen die jungen Pflanzen die ersten fünf bis sieben Lebensjahre vor dem Verbiss durch ihre tierischen Aussäer geschützt werden. Was sich am Fuße des Hohen Atlas nicht immer so einfach bewerkstelligen und beaufsichtigen lässt.

Dass nicht mehr produziert werden kann, ruft natürlich Pfuscher auf den Plan. Geschäftemacher strecken den Edelstoff mit einfachem Keimöl, und Scharlatane versuchen in Frankreich mit automatisierten Pressen aus Marokko angelieferte ganze Früchte im Schnellverfahren zu pressen, was jedoch nur ein minderwertiges und unangenehm bitteres Öl ergibt. Für den schnellen Euro werden sogar ganze Bäume unter den Augen der staatlichen, aber bestechlichen Waldhüter abgeholzt.

Kaum entdeckt, hat also der Run aufs marokkanische Gold bereits eingesetzt. Man sollte als Verbraucher folglich genau hinschauen, was man kauft. Wenn man kauft. Und dann sollte man zahlen. Für gute Qualität. Ohne Widerworte. Und hoffen, dass man sie einfach in Ruhe lässt: die Berber, die Ziegen und die Bäume im Südwesten von Marokko – in Arganien. Damit sie ihr Öl herstellen können. In alter Berber-Tradition.

Nicht mehr, aber bitte auch nicht weniger!

Austern

… was man beim Öffnen von Austern alles falsch machen kann, warum man sie allen Widerständen zum Trotz unbedingt lebend verspeisen sollte und wie sie zu einem wahren Aphrodisiakum werden …

Christoph wollte sich erkenntlich zeigen. Sein bester Freund hatte sich in den vergangenen Wochen alle nur erdenkliche Mühe gegeben, die noch junge Ehe von Christoph zu retten. Eine ebenso überflüssige wie belanglose amouröse Verwicklung hatte den ambitioniert gestarteten Ehebund auf eine allzu frühe Probe gestellt.

Es folgten viele Männerabende. Lange Männerabende. Mit langen Männergesprächen. Über Frauen und Gott und die Welt. Dabei hatte man nicht versäumt, in die Regale der häuslichen Weinkeller deutliche Schneisen zu trinken – weil Rotwein die Zunge und die Gedanken löst und bisweilen vergessen macht, was nicht der Erinnerung wert ist. Es war ein sehr anstrengendes Ehe-Rettungs-Unternehmen. Aber es war erfolgreich.

Nun also wollte Christoph sich erkenntlich zeigen für die selbstlose Lebenshilfe seines Freundes. Noch einmal Männerabend. Noch einmal alles Revue passieren lassen. Und Christoph hatte sich etwas einfallen lassen. Austern auf Blattspinat mit aufgeschäumter Champagnersauce sollten es sein. Dazu ein Chablis. Mal was anderes, was Besonderes sollte es sein, hatte er sich so gedacht. Denn er kannte seinen Freund seit vielen Jahren als einen sinnlichen Menschen mit einer ausgeprägten Neigung, gerne und gut zu essen und zu trinken.

Was die von ihm geplante gemeinsame Zubereitung betraf, hatte sich Christoph, der gute Mensch, ganz und gar auf die Erfahrungen des Freundes verlassen. Dessen Erfahrungen im Umgang mit den edlen Mollusken erschöpften sich allerdings in eher theoretischen Kenntnissen. Umso erfreuter zeigte sich dieser ob des nun anstehenden praktischen Küchenexperiments. Und: Hatte sich Christoph in seiner Dankbarkeit vielleicht zu einer jener vielfach gepriesenen Austernspezialitäten aus dem Becken von Marennes-Oléron an der französischen Atlantikküste hinreißen lassen, über die er hin und wieder gelesen hatte und die es eigentlich wert gewesen wären, sie einfach zu schlürfen, statt sie auf Spinat anzurichten?

»Wo kommen die her?«, war folglich die erste, von ungeduldiger Neugier getriebene Frage.

»Metro. Fischabteilung«, war die etwas ernüchternde Antwort, als Christoph die Plastiktüte stolz auf die Anrichte knallte. »Ganz frisch!«

Nun gut, dachte sich der Freund, warum auch direkt beim ersten Mal nach den Sternen greifen.

»Okay. Dann wollen wir mal. Wo ist das Austernmesser?«

»Austernmesser? Hab ich nicht. Braucht man das?«

Erste Zweifel ob des Gelingens der Austernparty legten sich bleiern über die Küchenszenerie. Und was sich im Folgenden entwickelte, erinnerte dann auch weniger an einen geselligen Herrenabend an Heimes Herd als an eine gediegene Heimwerkerorgie.

Bei dem Versuch, mit einem einfachen Küchenmesser die vom Schließmuskel des Tieres verzweifelt zusammengehaltenen Schalen aufzuhebeln, verabschiedete sich die Messerspitze mit hohem, spannungsgeladenem Ton sprunghaft an die Küchendecke, um von der für den Spinat bereitgestellten Kasserolle mit einem unschuldigen »Pling« aufgefangen zu werden. Die Spitze des zweiten Küchenmessers bohrte sich bei einem weiteren Versuch tief in des Freundes Handballen – aus dem bis dahin noch spielerischen Angang wurde nunmehr blutiger Ernst.

Nach geglückter Erstversorgung der verletzten Hand beschloss Mann entsprechend, was Männer in solchen Situationen immer beschließen: den Einsatz von schwerem Gerät. Ein Hammer und ein kapitaler Schraubendreher mussten her! Der Schraubendreher erwies sich als völliger Flop, der Hammer hingegen als eine Art Terminator für Weichtiere. Hasta la vista, baby! Nach einem zerschlagenen Teller, in dem man eigentlich weisungsgemäß das Wasser der Austern für die Sauce aufzufangen gedachte, und nach drei restlos zerstörten Schalentieren gelang es schließlich, mit gezielten Schlägen der schmal zulaufenden Hammerseite zwischen die Schalenhälften an den begehrten Inhalt der restlichen Meerestiere zu gelangen. Die Küche – mit Myriaden von Perlmuttsplittern übersät – nahm sich am Tag danach wie ein überdimensioniertes Muschelkästchen aus.

Die Austern wurden letztlich ihrer eigentlichen Bestimmung folgend in einer dezent aromatisierten Champagner-Sahne-Sauce kurz erhitzt, auf dem blanchierten Spinat drapiert, mit der unter Einsatz von ein wenig Butter aufgeschäumten Sauce übergossen und schließlich mit Baguette und viel Skepsis verzehrt. Und man glaubte es kaum: Es schmeckte! Es schmeckte sogar nach Austern! Nach der dritten Flasche Chablis ließen dann auch die Schmerzen in der Hand nach.

Was die beiden Helden an der Perlmuttfront eindrücklich unter Beweis stellten, war die Tatsache, dass die bitter geführte Klage von Siebeck und Co. durchaus Berechtigung besitzt, der zufolge Austern essen in Deutschland in breiteren Bevölkerungskreisen nach wie vor nicht zu den kulinarischen Alltäglichkeiten gehört, sondern mit dem Stigma der Dekadenz belegt ist. Und was man nicht essen darf, weil man sich damit als verachtungswürdiger Dandy erweist, kann man auch nicht zubereiten.

Dabei ist es so einfach. Was man allerdings wirklich benötigt, ist ein so genanntes Austernmesser, das mit einer kurzen, breiten Klinge und einem Schild am Griff ausgestattet ist, der ein Abrutschen und Verletzungen verhindern soll. Darüber hinaus empfiehlt sich ein Küchentuch zum Halten der Austern. Küchentuch ebenso wie ein von Sicherheitsfanatikern verwendeter spezieller Kettenhandschuh dienen ebenfalls allein der Sicherheit. Sodann nimmt man (als Rechtshänder) die Auster in die linke Hand, achtet darauf, dass die tiefe Schale der Auster gerade und unten liegt, damit das in der Auster befindliche Wasser beim Öffnen nicht verloren geht, führt die Klinge am Scharnier (dem »spitzen« und etwas verdickten Ende) der Muschel mit leichten Druck- und Hebelbewegungen zwischen die Schalen ins Innere und zieht anschließend die Klinge am Schalendeckel entlang, wobei der Muskel der Auster durchtrennt wird. Dann hebt man den oberen Deckel, löst die Muschel mit der Klinge, et voilà: Vor Ihnen liegt das verzehrfertige Objekt der Begierde.

Was Sie mit demselben allerdings machen, obliegt nun allein Ihnen. Wer sich Orientierung von Fachleuten und ausgewiesenen Feinschmeckern erwartet, wird enttäuscht werden. Das Meinungsbild, wie man eine Auster zu essen hat, nimmt sich in etwa so harmonisch aus wie eine Haushaltsdebatte im Bundestag. Die Puristen schwören auf Auster pur: aus der Schale in den Mund! Und dann? Die einen kauen die Auster, die anderen lassen sie ohne Umschweife in den Rachen gleiten. Die einen schlucken alles in der Muschel befindliche Wasser mitsamt dem Fleisch und schwören, dass erst das salzige Wasser die entscheidende Geschmackskomponente darstellt. Andere bestehen darauf, das so genannte erste Wasser wegzuschütten, das sich sodann bildende zweite Wasser für Fonds oder Saucen zu verwenden und nur das dritte Wasser, das allein der Auster entstammt und nicht so salzig wie das übrige Wasser ist, beim frischen Verzehr mitzuessen. Austernzauber!

Neben den Puristen, die sich ein wenig wie die Hohepriester der einzig wahren Austernkultur gerieren, gibt es aber auch eine große Anhängerschaft von mehr oder weniger raffinierten Rezepten. Ob man sie nun wie Jamie Oliver, diesem kochenden TV-Wirbelwind aus England, mit einer Marinade aus Rotweinessig, Chili, Koriander und ein wenig Zucker frisch verzehrt, ob man sie mit Knoblauch oder mit einer Sauce hollandaise gratiniert, ob man sie mit ein paar Kaviarkörnern oder einem Lachsstückchen serviert, ob man sie dünstet, räuchert, paniert und brät oder gar eine Suppe aus ihnen herstellt – die Palette der Möglichkeiten ist breit und bunt. Wer allerdings geschmacklich als Begleitung zur Auster zu einer Sauce aus Ketchup, Chili oder Meerrettich tendiert – wie es in Amerika bisweilen praktiziert wird –, sollte vielleicht doch besser gleich in eine Currywurst beißen. Ansonsten gilt: probieren, worauf man Lust hat. Nur keine Berührungsängste.

Die sollte man nur mit solchen Tieren haben, die nicht frisch sind. Und frisch sind sie nur, wenn sie beim Öffnen der Schalen noch leben. Dem großen Austern-Schöpfer führt man sie erst bei der weiteren Zubereitung unter Hitze zu. Es sei denn, man schlürft sie. Denn beim Schlürfen verhält es sich anders. Den Kennern sagt man da nichts Neues. Die Austern-Laien hingegen mag es schockieren.

Aber Austern werden nun einmal lebend geschlürft! Wer tote Austern goutiert, läuft Gefahr, mittels einer Vergiftung vorzeitig in denselben Seinszustand der gerade verzehrten Muscheln einzutreten. Und wer will das schon?

Dass man Austern also besser lebend schlürft, liegt auf der Hand. Doch ausgerechnet dieser Tatbestand war und ist – vor allem in der Boulevardpresse – immer wieder auch Gegenstand erbitterten Streits zwischen Tierschützern und Feinschmeckern. »Mord im Darmtrakt!«, dröhnt es dann aus der einen Ecke, denn die Austern werden de facto erst unter Einwirkung von Verdauungssäften getötet. »Kretins«, bellt man mit erhobener Nase ob der kleinkarierten Betrachtungsweise aus der anderen Ecke zurück.

Dabei hat die Wissenschaft längst Entwarnung gegeben: Bereits in den 90er Jahren des letzten Jahrhunderts hat man in Muscheln Anti-Stress-Substanzen gefunden. Es handelt sich dabei um die berühmten Endorphine, Schmerzstiller und Glücklichmacher aus der Gruppe der Morphine (wie auch Heroin oder Morphium), die offensichtlich – wie übrigens beim Menschen auch – bei Schmerz und Stress vermehrt ausgeschüttet werden. Die Muscheln gleiten also in einem schmerzfreien Rauschzustand in den menschlichen Magen-Darm-Trakt.

Hinzu kommt, dass das Eis, auf dem sie meist serviert werden, den Stoffwechsel nahezu ausschaltet. Viele Austernliebhaber träufeln zudem Zitrone auf das Schalentier, weil es erstens gut schmeckt und weil man zweitens über die dadurch ausgelöste Muskelkontraktion feststellen kann, ob das Tier wirklich noch lebt und also frisch ist. Die Zitronensäure dürfte das Tier zusätzlich in einen komaartigen Zustand versetzen.

Und schlussendlich darf man freundlich darauf hinweisen, dass die Auster weder Augen noch Ohren hat. Das ihr bevorstehende Schicksal vorauszuahnen wird ihr also ebenfalls äußerst schwer fallen. Jedes Schwein stirbt vermutlich mit mehr Angst als die edle Meeresfrucht.

Den Snobs, die Austern nur essen, weil sie glauben, das sei Ausdruck höchsten Lebensstils, ebenso wie jenen Asketen, die keine Austern schlürfen, weil sie es für einen dekadenten Sündenfall halten, sei bei dieser Gelegenheit noch mit auf den Weg gegeben, dass die Auster oftmals in ihrer langen Geschichte kein Luxusgut, sondern eher ein Armeleuteessen darstellte. Die so genannten »Kjökkenmöddinger«, riesige Abfallhügel aus Austern- und Muschelschalen aus der Zeit von vor ca. 10 000 Jahren, lassen jedenfalls darauf schließen, dass die gleichnamigen Völker (»Küchenabfallleute«) an den skandinavischen und britischen Küsten Austern wie Brot gegessen haben. Keine Spur von Luxus weit und breit.

Als beliebte Delikatesse galten sie erst den Griechen (manche meinen, zuvor schon den Chinesen), dann vor allem den Römern, die auch die ersten historisch belegten Austernkulturen anlegten. So zeigen Vasenmalereien eine Brücke, von der Schnüre mit Austern herabhängen. Ein gewisser Sergius Orata soll mit seiner 108 v. Chr. angelegten »ostrearia« (»Austernzucht«, von *ostrea*, Auster) am Lukriner See zu einigem Reichtum gekommen sein. Als der Bedarf mit Austern aus heimischer Zucht nicht mehr gedeckt werden konnte, importierte man sie später auch aus den Kolonien, also aus der Bretagne und aus Britannien. Im vierten Jahrhundert n. Chr. importierte man sie dann auch aus der Gegend um Bordeaux. Die Römer besaßen also nicht nur Zuchtkenntnisse, sondern offenbar wussten sie auch, wie die verderbliche Fracht zu transportieren war. Apicius (vermutlich 1. Jahrhundert v. bzw. n. Chr.), Roms berühmtester Feinschmecker, soll Kaiser Trajan sogar frische Austern ins Landesinnere von

Persien nachgeschickt haben, und sie sollen dort auch lebend angekommen sein – angeblich.

Um die Auster als Delikatesse wurde es nach dem vierten Jahrhundert etwas ruhiger. Knut der Große, König von Dänemark, England und Schweden, ließ im 11. Jahrhundert ganze Schiffsladungen im Bereich der damals dänischen Inseln Sylt, Amrum, Föhr, Rømø etc. aussäen, um die Versorgung des dänischen Hofes mit Austern zu sichern. Nach Paris kamen sie vermutlich erst im 12. Jahrhundert. Ludwig XIV. machte sie dort allerdings erst im 17. Jahrhundert als Delikatesse wieder hoffähig und verschlang die Glibbertierchen Anekdoten zufolge in rauen Mengen. Nachdem sich die Auster bei Hofe etabliert hatte, demokratisierte sich die Meeresfrucht im 19. Jahrhundert in Frankreich zum Bürgersnack.

In England (wie auch in Nordamerika) war sie eine Armeleutespeise. 800 000 Austern sollen Mitte des 19. Jahrhunderts jährlich allein in London angeboten worden sein. Und so verwundert es nicht, dass Charles Dickens (1812–1870) seinen Helden Sam Weller in den »Pickwick Papers« die viel zitierten Worte sagen lässt: »Armut und Austern sieht man nur zusammen ... eine Austernbude für jedes halbe Dutzend Häuser ... Gottverdammich, es ist doch so, wer gar nichts mehr zu essen hat, rennt aus dem Haus und stopft sich voll mit Austern.«

Großzügige Überfischung der natürlichen Austernbänke im 19. Jahrhundert sowie Seuchen, die im vorletzten, aber auch in den Siebzigern des letzten Jahrhunderts dem natürlichen wie auch dem Zuchtbestand europaweit hart zusetzten, ließen das Angebot sinken und die Preise steigen. Seitdem Napoleon III. aus Angst vor einem Aussterben der begehrten Muschel 1858 die Zucht in Auftrag gab, werden in Europa an vielen Küsten in den Gezeitenzonen Austern gezüchtet. Ein auch heute noch sehr aufwändiges und arbeitsintensives Unterfangen, das ca. vier Jahre Zeit (oder mehr) und an die 35 Arbeitsvorgänge erfordert, bis »geerntet« werden kann.

Der europäische Markt wird vornehmlich mit der flachen, eher rundlichen »Europäischen Auster«, der tieferen und etwas länglichen »Portugiesischen Auster« und der sehr ähnlichen und auch im Sylter Wattenmeer (»Sylter Royal«) gezüchteten »Pazifischen Felsenauster« bedient. Preis und Geschmack variieren erheblich je nach Hersteller und Sorgfalt der Aufzucht, je nach Wasserqualität und Nahrungsangebot. Die Kenner haben sich in der Regel auf »ihre« Austern eines bestimmten Gebietes oder gar Erzeugers eingeschossen.

Der deutsche Markt wird vornehmlich aus den Niederlanden und Frankreich beliefert. Spitzenqualität bieten Austern aus dem Becken von Marennes-Oléron an der französischen Atlantikküste. In ehemaligen Saline-Becken (»claires«) werden die Tiere mit einer kupferhaltigen Kieselalge gemästet, die ihnen einen unvergleichlichen nussartigen Geschmack verleihen. Diese Spitzenqualitäten (auch preislich) bezeichnet man im Handel als »Speciales de Claires«.

Die alte Muschelregel, Austern generell nur in den Monaten mit »r« zu genießen, rührte ursprünglich wohl daher, dass früher in den Monaten von Mai bis August die Tiere beim Transport wegen der höheren Temperaturen leichter verdarben. Zudem leidet während der Laichzeit im Sommer der Geschmack. Eingefleischte Austernfans kann allerdings auch das nicht schrecken.

Dass die Auster von jeher als ein Aphrodisiakum gilt, weshalb sie bisweilen in pathologischen Mengen verzehrt wurde, mag an ihrer Form und an ihrem Inhalt liegen. Es mag mit der Tatsache zusammenhängen, dass sie ein Zwitter ist, der seine Geschlechtszellen zu unterschiedlichen Zeiten reifen lässt und sich selbst fortpflanzt. Es mag auch, eine modernere Variante, an ihrem Zinkgehalt liegen: Zink benötigt der Mann zur Bildung des männlichen Testosterons. Es mag aber auch einfach daran liegen, dass man mit der Auster phantasievolle Verführungsspielchen spielen kann.

Einer der größten Anwender auf diesem Gebiet war Casanova (1725–1798). Und weil die berühmte Geschichte, wie Casanova die beiden römischen Klosterschülerinnen Armellina und Emilia verführt, auf so eindrückliche Weise dokumentiert, dass Erotik weniger eine Frage von Zink im Manne ist, sondern eher das erregende Ergebnis eines Spiels mit dem Reiz aller Sinne sowie der Kunst der geduldigen Verführung, seien an dieser Stelle aus seinen Memoiren die entscheidenden Stellen zitiert:

»Nachdem wir fünf oder sechs Austern gegessen und Punsch getrunken hatten, … verfiel ich darauf, Emilia zu bitten, sie solle mir mit ihren Lippen eine Auster in den Mund schieben. ›Sie sind zu klug‹, fügte ich hinzu, ›um sich dabei etwas Böses zu denken.‹ … Sie lachte zuerst sehr; dann führte sie meine Anweisung getreulich aus, und ich nahm ihr die Auster von den Lippen, indem ich die meinen mit größtem Anstand auf die ihren legte.«

Dem Ziel schon so nah, machte Casanova sich nun jedoch nicht sinnentrunken auf, als Nächstes das Mieder der Angebeteten zu stürmen. Er nahm sich Zeit, setzte das Spiel am folgenden Abend fort, um es erst jetzt in die von ihm beabsichtigte finale Richtung zu wenden: »Als ich eine Muschel an Emilias Lippen führte, um ihr eine schöne Auster zu geben, fiel diese durch Zufall mitten in ihren Ausschnitt; sie wollte sie herausnehmen, doch ich beanspruchte dieses Recht für mich. Sie musste sich fügen, von mir aufschnüren lassen und gestatten, dass ich die Auster mit den Lippen aus der Vertiefung holte, in die sie gefallen war. Dabei blieb ihr nichts übrig, als sich völlig entblößen zu lassen; doch nahm ich die Auster so auf, dass es aussah, als hätte ich nur das Vergnügen gefunden, sie wieder gefunden, gekaut und geschluckt zu haben.« Den Rest der Nacht verbrachte der Venezianer dann folgerichtig in den Armen der sechzehnjährigen Klosterschülerin.

Alexandre Dumas (1802–1870, s. S. 87), Schriftsteller und Liebhaber guter Küche, siedelte – anders als Casanova – den Einsatzbereich der Auster eher direkt im weiblichen Zentrum der männlichen Begierde an. Auf die Frage, ob Austern seiner Meinung nach aphrodisisch wirkten, soll Dumas geantwortet haben: »Ja, aber nur, wenn man sie zwischen den Beinen einer Frau schlürft!«

Banane

... warum die Banane schon immer ein brisantes Politikum war und warum sie als Schicksalsfrucht der Deutschen wie diese entweder bald ausgestorben oder die längste Zeit krumm gewesen sein wird ...

1989, Wiedervereinigung. Ein Volk im Freudentaumel. Auch Zonen-Gabi (17) war glücklich: »Meine erste Banane!«

Zonen-Gabi war das Cover-Girl von »Titanic«, dem »endgültigen« westdeutschen Satiremagazin, und hielt eine geschälte Gurke in der Hand. Mit sozialistisch eingedrehtem Haarschmuck – ein optischer Seitenhieb, der auf den bitteren Tatbestand hinwies, dass das Lehrmaterial real Haare schneidender DDR-Friseure 40 Jahre ein Minipli-Wischmopp gewesen sein musste – grinste Gabi von den Zeitungsständern der Republik und feierte symbolisch den nunmehr ungehinderten Zugang zur freien bunten Warenwelt der westlichen Hemisphäre. Respektlos hatte »Titanic« den mit Pathos vorgetragenen Ruf nach Freiheit als den hemmungslosen Wunsch der kleinen Leute Ost dargestellt, endlich auf den Wühltischen West grabbeln und mit D-Mark zahlen zu können: Videorecorder, Camel, Golf und – natürlich – Südfrüchte, vor allem Bananen, seien demzufolge der wahre Treibstoff für die deutsche, die »friedliche Revolution« gewesen.

Als wenig später im März des Jahres 1990 Einheitskanzler Kohl (CDU) mit einem überwältigenden Sieg die erste Bundestagswahl nach der Wiedervereinigung in die Scheune gefahren hatte, trat am Wahlabend ein restlos enttäuschter Otto Schily (SPD) vor die Kameras. Auf die Frage nach den Gründen, warum ausgerechnet Deutschland Ost massenhaft CDU gewählt hätte, konstatierte er nur: »Darum!« – und hielt eine Banane in die Kamera. Wofür er sich im Nachhinein brav entschuldigte, was wiederum nicht weiter wundernimmt, entschuldigen sich doch deutsche Politiker besonders gerne dann, wenn sie ausgerechnet mal die Wahrheit sagen oder, wie in diesem Fall, *wirklich* komisch sind.

Dass die im Westen frisch angekommenen Ostdeutschen nach 40 Jahren planwirtschaftlich erzwungener Enthaltsamkeit am Obststand ihren Nachholbedarf an Exotischem deckten, ist nachvollziehbar. Und ihren Appetit auf die krumme Südfrucht teilten und teilen sie ja bis heute brüderlich mit der westdeutschen Bevölkerung. Für die zählte die Banane allerdings schon seit langem zu einer Selbstverständlichkeit. Was sich im Westen nachkriegsbedingt im Jahre 1949 mit gerade einmal 14000 importierten Bananen-Tonnen noch friedlich ausnahm, hatte sich bis 1989 auf satte 800000 Tonnen gesteigert. Gemeinsam und wiedervereinigt verdrückten die Deutschen schließlich in den 90er Jahren zwischen 12 und 15 Kilogramm pro Kopf und Jahr, was auf einen jährlichen Bananenimport von zwischen 800000 und 1,3 Millionen Tonnen hinausläuft (ca. 90 Prozent davon aus Mittel- und Südamerika). Und das sind Spitzenwerte: Die Deutschen sind die führenden Bananenkonsumenten Europas!

Doch nicht nur die Deutschen haben einen unbändigen Hunger auf die Paradiesfrucht. Nach Reis, Weizen und Mais ist die Banane weltweit die viertwichtigste Nahrungspflanze überhaupt. Von den jährlich um die 100 Millionen Tonnen produzierten Bananen werden allerdings ca. 85 Prozent von den Einheimischen selbst konsumiert. Für gut 500 Millionen Menschen stellt die

Banane – wie für uns die Kartoffel – ein unverzichtbares Grundnahrungsmittel dar. Lediglich 15 Prozent gehen in den Export. Die reichen jedoch, um die Banane zu einem uneingeschränkten Star im Welthandel zu machen: Man erzielt mit ihr das größte Welthandelsvolumen aller Früchte!

Während man in den Erzeugerländern die Gemüsebanane bevorzugt, die wegen des hohen Stärkegehaltes ausschließlich in gekochter, gebratener oder gebackener Form verzehrt wird (Kochbananen werden hierzulande in erster Linie zu Chips frittiert), liebt man in unseren Breitengraden die roh verzehrbare Obstbanane: meist einfach als Snack zwischendurch, aber auch als Dessert, in Obstsalaten, gebraten oder flambiert, in Kuchen und Torten.

Und die Banane hat's in sich: Jede Menge Mineralstoffe, vor allem Kalium, zahlreiche und reichhaltig vorhandene Vitamine, vor allem die Nerven-Vitamine des B-Komplexes, sowie Ballaststoffe machen die Banane zu so etwas wie einer gesunden Allzweckwaffe. Kein anderes Obst stellt dem Körper so schnell und so lang anhaltend Energie zur Verfügung, was erklärt, warum besonders Leistungssportler zwischendurch gerne auch mal in eine Banane beißen.

Stressgeplagte und Vergnügungssüchtige sollten ebenso zur Banane greifen: Sie hat nämlich auch den berühmten Selighammer Serotonin, ein Glückshormon, das die Stimmung hebt, im Angebot. Selbst die Blutung von Schürfwunden soll man durch das Einreiben mit der Innenseite einer Bananenschale stillen und den anschließenden Heilungsprozess beschleunigen können.

Oft beschworen und nicht zu unterschätzen ist auch der formbedingte erotische Symbolwert der Südfrucht, der offenbar immer wieder die Neigung wachruft, schwüle Phantasien zu entwickeln. Die Palette der bananenbedingten Anregungen reicht von Josephine Baker, jener schwarzen Sängerin, die in den goldenen 20er Jahren des letzten Jahrhunderts Paris und Berlin mit ihren bananengeschürzten Revue-Tänzchen in helles Entzücken versetzte, über zahlreiche Beispiele von mehr oder weniger gelungen dargestellter Bananen-Fellatio in Film und Foto bis hin zur relativ geistesfreien Werbeanzeige, die mit einer Banane für die im wahrsten Sinne bahnbrechende Erfindung einer männlichen Unterhose mit horizontalem (!) Schlitz wirbt – wozu auch immer der gut sein soll. Das alles hat vermutlich *auch* zum beispiellosen Erfolg der Banane beigetragen.

Dabei ist die Erfolgsgeschichte der Banane in Europa eher jung. Erst gegen Ende des 19. Jahrhunderts fand sie ihren Weg in heimische Obstkörbe. Und das auf großen Umwegen: Ursprünglich scheint sie bereits vor 4000 Jahren in Südostasien heimisch gewesen zu sein. Alexander der Große lernte sie 327 in Indien (dem heute größten Bananenproduzenten) kennen. Von dort nahmen arabische Kaufleute sie mit auf ihre lange Reise in den Nahen Osten und nach Nordägypten, von wo aus sie sich schnell über Ostafrika bis an die Atlantikküste ausbreitete. Die Araber waren es auch, die der Banane ihren heute gebräuchlichen Namen verliehen: Das arabische »banan« steht für Finger und nimmt Bezug auf die in Form einer Hand wachsenden Fruchtstände.

Und an dieser Stelle sei dann auch gleich noch geklärt, warum die Banane krumm ist. Die Einzelfrucht, also der einzelne »Finger« der »Hand«, wächst zunächst unter großen Deckblättern verborgen nach unten. Doch dann drängt es sie, wie alles Leben, zum Licht. Also krümmt sie sich folgenreich nach oben der Sonne entgegen. Darum ist die Banane krumm.

Die Portugiesen brachten die Banane Anfang des 15. Jahrhunderts kolonialbedingt von Westafrika aus mit auf die Kanaren. Hundert Jahre später reiste von hier ein spanischer Dominikaner mit Bananenschösslingen in die Karibik. Und von hier aus war es nur noch ein kleiner Schritt bis auf das südamerikanische Festland.

Die Europäer schenkten der Banane zunächst ähnlich wie die Nordamerikaner keine größere Beachtung. Bananen dienten vorerst allein der Versorgung der produzierenden Länder. Nach Europa, besonders nach England, wurden erst gegen Ende des 19. Jahrhunderts die kleineren kanarischen Zwergbananen (die mittlerweile im Handel wieder angeboten werden) importiert. Zu Beginn des 20. Jahrhunderts, noch bevor leistungsstärkere und mit Kühltechnik versehene Dampfschiffe die empfindliche Fracht in größerem Umfang liefern konnten, setzte dann eine zunehmende Nachfrage auch in Deutschland ein, wenngleich die zwölf Büschel, die 1902 in Bremen eintrafen, kaum Abnehmer fanden.

Doch der Siegeszug der Banane war nun (fast) nicht mehr aufzuhalten. Lediglich die Nationalsozialisten vermochten mit Krieg und mit der ihnen eigenen unnachahmlichen Lyrik noch einen Stolperstein in die Karriere der Staudenfrucht einzubauen: »Deutscher bleib deutsch und lass dich gemahnen: Iss deutsches Obst und friss nicht Bananen.«

In Nordamerika stellte die Jahrhundertausstellung zum amerikanischen Unabhängigkeitstag im Jahre 1876 in Philadelphia den Startschuss für einen gigantischen Bananenfeldzug dar. Die Frucht gefiel dem Publikum so sehr, dass dem zunehmenden Bedarf mit einer planmäßigen und strategischen Versorgung Rechnung getragen werden musste. Und so nahm die lange, bis heute andauernde Leidensgeschichte der so genannten Bananenrepubliken Mittel- und Südamerikas ihren Anfang – die Geschichte der Banane wurde in Blut getränkt.

Es begann mit der Lizenz zum Bau einer Eisenbahnlinie der amerikanischen Brüder Keith in Costa Rica im Jahre 1871, die vom Landesinneren an die Ostküste führte – ein Projekt, das in gelbfieberverseuchtem Gebiet gut 4000 Menschen das Leben kostete. Im Gegenzug für deren Fertigstellung erhielt Minor Keith, einer der späteren Gründer der legendären United Fruit Company (1899), für ein paar Dollar riesige Ländereien zum Anbau von Bananen. Und mit diesem System – Eisenbahn gegen Ländereien – entwickelte Keith in Honduras, Guatemala, Panama, Kolumbien und Nicaragua ein gigantisches Bananenimperium.

Man beließ es jedoch nicht allein bei Bahnlinien und Ländereien: Der Kauf von Elektrizitätswerken und Telegraphennetzwerken sowie die Kontrolle über Häfen rundeten eine geschlossene Unternehmensinfrastruktur ab. Die United Fruit errichtete in den betreffenden Ländern jeweils einen Staat im Staat. Und den verteidigte sie auch mit militärischer Gewalt gegen Anzüglichkeiten wie der Forderung nach besseren Arbeitsbedingungen oder besserer Entlohnung durch die geknechteten Plantagenarbeiter. Allein Honduras kam bis 1924 in den Genuss von vier US-amerikanischen Interventionen.

In Kolumbien beging das nationale Militär 1928 an Hunderten von streikenden Arbeitern ein Massaker. Doch den Gipfel stellte die US-Intervention in Guatemala im Jahre 1954 dar: Nachdem die Regierung es gewagt hatte, Brachland der United Fruit gegen eine gezahlte Entschädigung zu verstaatlichen und an mittellose Kleinbauern zu verteilen, veranlasste der amerikanische Außenminister John Foster Dulles gemeinsam mit seinem Bruder, dem Chef der CIA, mittels gekaufter Rebellen auf den Plantagen der United Fruit für Unruhe zu sorgen. Selbige wurde dann zum Anlass genommen, die guatemaltekische Regierung des Sozialreformers Jacobo Arbenz militärisch zu stürzen, was dem Land eine Militärdiktatur und einen über 30 Jahre andauernden Bürgerkrieg bescherte, der über 200 000 Menschen das Leben kostete. Das Pikante: Der amerikanische Außenminister war zuvor einer der besten Anwälte der United Fruit gewesen, sein Bruder gar Präsident des Bananenmultis.

Fazit: Die Geschichte der Banane, der Wiedervereinigungsfrucht der Deutschen, ist gesäumt von Menschenrechtsverletzungen, von Völkerrechtsverletzungen, von Mord und Folter und nicht zuletzt von einem ökologischen Sündenfall, der seinesgleichen sucht: Bis heute werden in gewaltigen Größenordnungen Pestizide und Fungizide eingesetzt, die von der Weltgesundheitsorganisation als »höchst gefährlich« klassifiziert werden und sowohl in der EU als auch in den USA verboten sind. Und bis in die jüngste Vergangenheit ist unter anderem auch die Banane Gegenstand eines gigantischen Verhandlungspokers um Handels- und Zollrechte vor der WTO (Welthandelsorganisation) zwischen den USA, die die Interessen der amerikanischen Bananenmultis (Chiquita, Dole, Delmonte) vertreten, und der EU, die per Verordnung den Bananen aus Asien, der Karibik und dem Pazifik (AKP-Staaten) ein größeres Handelsvolumen einräumt als zuvor.

Das alles isst man mit, wenn man in eine Banane beißt. Und all das interessiert den Konsumenten herzlich wenig. Er will seine Chiquita. Und er will sie gelb und makellos (obwohl erst eine leichte Punktierung ein Zeichen für Reife und Verzehrfertigkeit darstellt). Vor allem der Deutsche. Doch, o Schreck, damit könnte es in nicht allzu weiter Ferne ganz und gar vorbei sein. Denn jüngst schockierte eine Meldung der Wissenschaftszeitschrift

»Science« die erregte Bananenwelt: Die Banane stirbt aus! Und hier schließt sich für den aufmerksamen Beobachter der Kreis: Die Banane ist nicht nur die *Vereinigungs*frucht der Deutschen. Sie ist vielmehr die *Schicksals*frucht der Deutschen schlechthin. Sie ist ein Menetekel, ein Zeichen an der Wand. Denn: Auch die Deutschen sterben aus!

Nähern wir uns zunächst dem Grund für der Banane Schwund (mit einem geschärften Blick fürs Analoge!): Die Banane hat keinen Sex! Und das seit mehreren tausend Jahren nicht. Kein Witz! Denn bei jener Banane, über die dereinst der erste unserer Vorfahren irgendwo in Südostasien wohl eher zufällig stolperte, handelte es sich nicht um eine der ungenießbaren, weil mit unzähligen Samenkörnern angereicherten Wildbananen, sondern um eine Mutante, eine Laune der Natur, eine sterile, samenlose und damit genießbare Banane. Diese Mutante jedoch vermehrte sich nicht sexuell, also geschlechtlich, weil samenlos. Folglich waren unsere Vorfahren gezwungen, den Nachschub mit Hilfe von Ablegern der ersten essbaren Ur-Banane zu sichern. Bis heute wird die Banane, der Deutschen liebste Frucht, vegetativ, also durch Einpflanzen von Wurzelstockteilen, vermehrt. Mithin sind sie allesamt Klone, auch die hier besonders beliebte und ertragreiche Cavendish-Sorte.

Und genau da liegt das Problem: Denn was so lange enthaltsam lebt, wird anfällig. Die Tatsache, dass es seit Tausenden von Jahren keine normale sexuelle Fortpflanzung durch Pollenbestäubung gab, hatte zur Folge, dass Evolution und Genaustausch für die Banane quasi zum Stillstand kamen. Und das macht sie anfällig für Krankheiten, schlimme Pilzkrankheiten wie die »Schwarze Sigatoka« oder auch die Panama-Krankheit. Da hilft kein Fungizid und auch kein Pestizid. Die Fachleute sind sich einig: Die Banane wird den Krieg gegen »Schwarze Sigatoka« und Panama-Typ-4 verlieren. Bereits heute sind 30 bis 50 Prozent der Ernte weltweit der schwarzen Bananenpest zum Opfer gefallen. In zehn Jahren könnte die ruhmreiche Cavendish ganz Geschichte sein!

Doch es gibt Hoffnung. Die Lösung liegt in einer genetischen Frischzellenkur: Forscher aus elf Nationen haben sich zur Aufgabe gemacht, die 500 Millionen Basenpaare auf den elf Bananenchromosomen zu entschlüsseln (was beim Reis bereits gelang), um über eine Rückübertragung aus Genen der wilden Banane die Plantagenbanane wieder resistenter gegen Krankheiten zu machen. Und bei dieser Gelegenheit will man die Banane auch gleich gerade züchten. Die könnte man dann viel besser verpacken und stapeln. Und das wäre doch irgendwie ganz toll – glaubt jedenfalls die Wissenschaft.

Doch das alles ist auch keine allzu leichte Aufgabe. Seit 40 Jahren fummelt man an der Zucht der Banane herum, und die Ergebnisse sind zahlenmäßig und qualitativ eher bescheiden und nicht eben Erfolg versprechend. Auf Kuba freut man sich seit einiger Zeit über ein Resultat dieser Versuche: die Sorte »Goldfinger«. Die allerdings soll nach Apfel schmecken. Gut, auf Kuba freut man sich ... Aber vor dem Rest der Bananen liebenden Welt liegt noch ein langer Weg.

Und nun zum analog zum Aussterben der Banane verlaufenden Schicksal der Deutschen. Auch über ihnen schwebt das Damoklesschwert, zur Fußnote der Geschichte zu schrumpfen. Auch sie eine vom Aussterben bedrohte Spezies von Fortpflanzungsmuffeln. Seit den Achtzigern rechnet ihnen die Wissenschaft vor: Im Jahr 2050 werden von dereinst stolzen 80 Millionen Deutschen nur mehr 50 Millionen, im Jahr 2100 gar nur noch 25 Millionen leben. Bis zur Jahrhundertmitte wird ein jeder Berufstätiger mindestens einen Nichtarbeitenden mittragen müssen. Das wäre das Ende der Rente, das Ende des Sozialstaats. Und man möchte ihnen zurufen: Ihr hättet es wissen können, hättet ihr nur die Zeichen an der Wand erkannt. Denn: Hat es nicht bereits in den Fünfzigern eine verheißungsvolle Bananensorte namens »Gros Michel« gegeben? Und ist eben diese »Gros Michel« nicht schon aufgrund ihrer mangelhaften genetischen Diversität vom Panama-Pilz vollständig dahingerafft worden? Verstehen Sie, verehrte Leserinnen und Leser? »Gros Michel«! Michel! Das Schicksal der »Gros Michel« war das Menetekel für den »Deutschen Michel«! Und keiner hat je verstanden!

Doch auch hier, wie bei der Cavendish: Rettung verspricht eine genetische Frischzellenkur. Zitieren wir jedoch keine Betroffenen, nicht etwa Rita Süssmuth und ihre Kommission, zitieren wir stattdessen die jedweder Ideologie unverdächtige UNO: Mindestens eine halbe Million Einwanderer jährlich wird Deutschland benötigen, um in 50 Jahren über die gleiche Zahl an Arbeitskräften zu verfügen wie im Jahre 2000. Um jedoch auch all die Rentner und Pensionäre niveauvoll unterhalten zu können, wären sogar 3,4 Millionen Immigranten notwendig.

Sie werden also kommen *müssen*, die Chinesen und die Polen, die Greencard-Inder und die Deutschrussen, die Afrikaner und die Söhne Allahs. All jene Menschen, vor denen uns die Gralshüter des reinen deutschen Blutes immer gewarnt haben. Otto Schily wird dereinst erneut mit einer Banane vor die Kameras treten müssen und rufen: »Ihr Völker der Welt, seht auf dieses Land. Kommt herbei, lasst Deutschland nicht sterben wie diese gelbe Frucht!«

Und wenn alles gut geht, aber nur wenn alles gut geht, wird man uns im Jahre 2100 vom Minarett aus zurufen: »Die Renten sind sicher!« Und wir werden sehen, dass all das sehr viel Spaß machen kann, wenn man es richtig anstellt. Ansonsten wird dereinst der letzte Deutsche alleine auf einer verrotteten Parkbank sitzen. Ein bettelarmer Rentner. In der Hand eine geschälte Gurke.

Und er wird traurig denken: »Meine letzte Banane.«

Bresse-Huhn

... warum der Franzose sein nationales Huhn erst in Milch badet und anschließend im Leichentuch nicht zu Grabe, sondern zu Tisch trägt ...

Ein Volk braucht Symbole. Ein stolzes Volk allzumal. Und wer wollte bestreiten, dass die Franzosen, La grande Nation, ein stolzes Volk sind? Und sie haben ihre Symbole. Sie haben ihre Marseillaise, den zur Nationalhymne erklärten revolutionären Kampfgesang. Sie haben ihren Nationalfeiertag, den 14. Juli, auch wenn der gefeierte Sturm auf die Bastille nie so stattgefunden hat, wie es die Revolutionsfolklore bis heute will. Sie haben ihre Trikolore, den farblichen Fahnendreiklang der französischen Republik, bestehend aus der Königsfarbe Weiß und den Farben der Stadt Paris, Blau und Rot. Und sie haben den unbeugsamen gallischen Hahn, seit der Antike wegen der sprachlichen Gleichbedeutung des lateinischen »gallus« für Hahn wie für Gallier ein Wahrzeichen für Frankreich. Es sind dies die »harten«, die politischen Symbole.

Doch auch »weiche« Symbole erzählen von kollektiven Mentalitäten, bisweilen beredter als die harten: Das Baguette, der Käse, der Wein – das sind in Frankreich nicht einfach nur Lebensmittel, das sind auch mythologisch aufgeladene Sinnbilder für eine Art und Weise zu leben, die man in dieser Beharrlichkeit sonst nirgendwo auf der Welt ein zweites Mal findet. Kein Land pflegt mit derartiger Inbrunst seine Leidenschaft fürs gute Essen und Trinken. In keinem Land manifestiert sich kulinarische

Kennerschaft in der allgemeinen Volksbildung so wie in Frankreich. In keinem anderen Land zaubert selbst die einfachste Alltagsküche aus bescheidensten regionalen Produkten noch kleine kulinarische Highlights. Und nirgendwo sonst werden Sterneköche so verehrt wie in Frankreich.

Nimmt es also wunder, dass man in einem solchen Land selbst Federvieh mit Ehrerbietung anhimmelt? Dass man es mit einer Auszeichnung adelt, die ansonsten nur Champagner, Wein, Cognac oder bestimmten Käsesorten vorbehalten ist? Nicht wirklich, zumal es sich bei besagtem Federvieh qualitativ um das Beste vom Besten handelt, das sich zu alldem auch noch keck in den französischen Nationalfarben kleidet: Das Geflügel aus Bresse tritt mit blauem Fuß auf, schmückt sich mit schneeweißem Federkleid und besitzt einen leuchtend roten Kamm – die Tiere schreiten einher wie die Fleisch gewordene Trikolore, sie sind ein Stück kulinarisch verzehrbarer Nationalstolz, Diven auf dem Laufsteg der Hochgenüsse. Und deshalb besitzen sie als einziges Federvieh der Welt eine so genannte Appelation d'Origine Contrôlée (AOC), eine bescheinigte und gesetzlich geschützte Herkunftsbezeichnung.

Die Liebe zum Huhn hatte den Franzosen vor allem Heinrich IV. (1553–1610) in die Kochtöpfe diktiert, als er befahl, dass sonntags doch ein jeder Bauer sein Huhn im Topf haben möge, was freilich gut gemeint war, sich so einfach aber nicht umsetzen ließ. Heinrich verhalf es aber immerhin zum Einzug als Suppenhuhn-König in die Geschichtsbücher. Und Heinrich war es auch, der die Geflügelhochburg Bresse, die seit 1272 eigentlich zum Hause Savoyen gehörte, in einem kleinen, aber feinen Feldzug im Jahre 1600 für Frankreich zurückeroberte – wenn auch nicht unbedingt der Hühner wegen, obwohl die sich zu dieser Zeit bereits einer »belle notoriété«, also großer Beliebtheit erfreuten.

Bis das Huhn, das Delikatesshuhn zumal, zum simmernden Volksgut in aller Herren Suppentöpfe wurde, sollte noch einige Zeit vergehen. Streng genommen bedurfte es der Revolution, die die Vertreter des ancien régime den Kopf und ihre Köche den Arbeitsplatz kostete. Letztere konnten sich nunmehr darauf konzentrieren, Bürgerbäuche zu füllen (siehe »Restaurant«, S. 219), was der Esskultur insgesamt auf breiterer Bemessungsgrundlage zu mehr Gewicht und zu neuen Höhenflügen verhalf.

Um jedoch in den französischen Olymp kulinarischer Genüsse zu gelangen, bedarf es einiger Anstrengungen. In Bresse scheute man derlei Anstrengungen nicht, fühlte man sich mit der Edelrasse im Nationaltrikot doch durchaus zu Höherem verpflichtet. Seit 1862 begutachtet alljährlich ein Gremium strenger Preisrichter während der »Trois Glorieuses«, der »Drei Ruhmreichen«, in Bourg-en-Bresse, Montrevel und Veaux-le-Pont kurz vor Weihnachten das Ergebnis züchterischer Bemühungen an den fein säuberlich aufgereihten, verarbeitungsreifen und ziemlich toten Hühnerexemplaren. 1933 hatte ein Verbund von Mästern und Händlern in der Bresse erste Qualitätskriterien für die hochwertigen Flattermänner als Richtlinien umrissen, 1936 wurde das Territorium definiert, ein Gebiet, das in den Regionen Rhône-Alpes, südliches Burgund und Franche-Comte liegt, und ein erster Entwurf für die zu schützende Bezeichnung »Volaille de Bresse« wurde verabschiedet.

Im Jahre 1957, als sich die Vierte Republik (1946 bis 1958) in einer wirtschaftlichen Dauerkrise befand und die Zeit der kolonialen Herrlichkeit deutliche Zeichen des Niedergangs zeigte – Indochina war den Franzosen bereits von einem schmächtigen Fusselbärtchen namens Ho Chi Minh entrissen worden, und in Algerien sah es nicht viel besser aus –, ratifizierte die Nationalversammlung in Paris dann endlich das definitive Geflügelgesetz für die Bresse. Es war, als wollte sich das stolze Frankreich nun, in einer Zeit heftiger Niederlagen, auf den Raum wahrer Triumphe zurückbesinnen – die Küche.

Seit 1957 darf sich demnach kein Huhn, das von außerhalb des zirka 40 mal 100 Kilometer großen AOC-Bereichs stammt, ein Bresse-Huhn schimpfen. Und das hat Gründe. Denn die Kriterien, die an Zucht, Aufzucht, Mast und Verkauf angelegt werden, sind streng und dienen nur einem Ziel: Qualität und Wohlgeschmack.

Kontrollierte Brutanstalten verkaufen ihre Eintagsküken an ca. 500 lizensierte Züchter, die den jungen Küken nach spätestens 35 Tagen die Stalltüren öffnen. Da draußen stehen jedem einzelnen Exemplar mindestens zehn Quadratmeter frisches Grasland zu, mit Blumen, Würmern und Insekten. Zugefüttert wird lediglich Mais oder Getreide mit Milcherzeugnissen wie Ricotta oder Quark. Mehr als 500 Tiere darf ein Gehege (5000 Quadratmeter) nicht aufnehmen, wobei dem beweideten Gelände zwischen zwei Mastgruppen jeweils eine Ruhezeit gegönnt wird. Zum Schluss wird den Hühnern für kurze Zeit zur Mast in relativ geräumigen Käfigen noch ein wenig Fett angefüttert, bevor man sie schließlich zur Schlachtbank führt. Ein normales Käfighuhn würde angesichts solcher Umstände vor Glück schon lange vorher tot von der Stange gefallen sein.

Solch eine Mast dauert selbstverständlich länger als die üblichen Mastzeiten eines ordinären Grillhahns von nur sieben Wochen: ein junges Bresse-Hühnchen (Poulet) erzielt ein Schlachtalter von vier Monaten (1,2 kg), eine Poularde (Huhn vor der Geschlechtsreife) von fünf Monaten

(3 kg) und der Kapaun (kastrierter Hahn) von acht Monaten (3 kg). Und kommt einmal ein Huhn vom rechten Weg ab und verirrt sich auf eine Straße, offenbart dem Autofahrer ein Fußring am linken Bein des im Grill befindlichen Federviehs Namen und Züchteranschrift für das Kondolenzschreiben.

Verkauft wird das Edelgefieder anmutig zusammengelegt mit Kopf und Füßen, was hierzulande nicht erlaubt wäre. Der Hals bleibt dabei ungerupft, und nicht selten wird der weiße Federschmuck in den Geschäften und auf den Märkten in der Region zur schmucken Präsentation vor dem Verkauf noch ein wenig aufgeföhnt – man will ja hübsch sein, wenn Gäste kommen. Den nackten Körper schmückt wie ein Orden der Ehrenlegion stolz das blau-weiß-rote Siegel mit der Herkunftsbezeichnung. Den Kapaunen wird – leider erst post mortem – noch eine besondere Prozedur zuteil: Nach der vorsichtigen Rupfung erhalten sie ein Bad in Milch, anschließend wird der Körper von Hand in ein feines Leichentuch aus weißem Musselin genäht. Bei besonders sorgfältiger Behandlung legt man das eingenähte Tier anschließend noch ins Wasserbad, wodurch sich das Musselin noch enger zusammenzieht, was wiederum auf die Textur und Feinheit des Fleisches Wunder wirkt.

Von der unübertroffenen Qualität des Fleisches kann man sich in einem der einschlägigen Restaurants in der Bresse selbst überzeugen. Die klassische Zubereitungsform ist das »Poulet à la Crème«, wobei die in Butter angebratenen Geflügelstücke in einer Sahne-Eigelb-Mischung ihrer Vollendung entgegenköcheln. Einen gleichermaßen fettbetonten, aber kulinarischen Gipfel erklimmt man, indem man die Hühnerbrüste und -schenkel gemeinsam mit Champignons, geviertelten Zwiebeln und in der Schale zerdrückten Knoblauchzehen in Butter anbrät, anschließend mit Weißwein ablöscht, den Wein einkochen lässt und das Ganze abschließend mit reichlich Crème fraîche eine halbe Stunde leicht simmern lässt. Die Sauce durch ein Sieb passieren und dann ... essen wie Gott in Frankreich!

Und in Deutschland? Schwer zu erhalten sind sie hier, die französischen Edelhühner. Von den ca. 1,5 Millionen Tieren werden 30 Prozent nach Paris geliefert, 65 Prozent gehen ins übrige Frankreich, und nur 5 Prozent gehen in den Export. In Deutschland erhält man die echten, die mit Siegel, in einigen Feinkostläden. Auch einige Bio-Bauern haben die edle Rasse im Angebot, können sie dann aber natürlich nicht als Bresse-Hühner verkaufen. Der ein oder andere Versuch, sie im größeren Stil in Deutschland zu züchten und zu verkaufen, ist jedoch grandios gescheitert – zu teuer fürs Land von »Wienerwald« und »Goldbroiler«.

Wir kaufen lieber Autos.

Champagner

... warum ein Silberlöffel in der Champagnerflasche kalter Kaffee und wieso die Idee vom haltbaren Champagner sowieso Blödsinn ist ...

Ist Genuss teilbar? Mit anderen Worten: Kann man Genuss strecken? Oder definiert sich Genuss nicht vielmehr in der hemmungslosen und vollständigen Erfüllung einer Begierde? Und zwar unabhängig von ihrem jeweiligen Gegenstand? Es soll beispielsweise Menschen geben, die es lieben, mit Boliden auf einem Hochgeschwindigkeitskurs weit über 300 Stundenkilometer schnell zu fahren. Für diese Formel-1-Piloten genannten Menschen und all jene, die ihnen dabei zuschauen, ist das ein (für alle anderen nicht nachvollziehbarer) Genuss. Kann man dieses Vergnügen teilen? Kann man es künstlich verlängern, indem man die Piloten samstags 150 und sonntags noch einmal 150 Stundenkilometer schnell fahren lässt? Oder indem man sie eine ganze Woche in einer Tempo-30-Zone ihre Runden drehen lässt? Kann man nicht. Der Genuss liegt in der Höchstgeschwindigkeit und in dem sich dabei einstellenden Fahr- bzw. Zuschaugefühl.

Oder Sex. Bei richtiger Anwendung zweifelsfrei ein Genuss, ein Sinnenrausch. Aber kann man ihn teilen? Samstag schon mal so ein bisschen Ekstase, Sonntag dann den Rest? Geht nicht. Genuss verlangt nach Vollstreckung. Jetzt und hier und vollständig!

Insofern verwundert schon die Fragestellung, ob Champagner unter Zuhilfenahme eines Silberlöffels im

Flaschenhals über Nacht im Kühlschrank seine Frische behält bzw. nur so wenig an Frische verliert, dass er auch am nächsten oder gar am übernächsten Tag noch genießbar ist. Denn Champagner ist Genuss und mithin nicht teilbar!

Der Genuss allerdings besteht nicht allein im sinnenfrohen Verzehr des aufwändig hergestellten prickelnden Inhalts. Zum Champagnergenuss gehört auch die Vorfreude auf das kühle Nass. Zum Champagnergenuss gehört (im Idealfall) die Prozedur der Kühlung in einem mit Wasser und Eis gefüllten Champagnerkübel. Zum Champagnergenuss gehört auch jenes einzigartige Geräusch, das vernehmbar ist, wenn man die Flasche aus dem eisgefüllten Kübel zieht. Und zum Champagnergenuss gehört vor allem auch die erwartungssteigernde Prozedur des Öffnens der Flasche – Gustave Flaubert sprach davon, dass der eigentliche Rausch bereits mit dem Öffnen der Flasche beginne, dass man schon jetzt außer sich gerate.

Das alles gehört (mehr oder weniger) zum Champagnergenuss – und jetzt machen Sie all das mal mit einer angebrochenen Flasche von vorgestern, der ein Silberlöffel im Hals steckt! Das geht nicht.

Und dennoch: Seit Jahrzehnten geistert die Legende vom Silberlöffel durch die Gemeinde vor allem der Gelegenheitstrinker, aber auch der Verköstigungsprofis. Und diese Gemeinde ist im Verlauf der Nachkriegsjahrzehnte erheblich gewachsen. 1947 wurden gerade einmal 22 Millionen Flaschen Champagner produziert, heute sind es um die 300 Millionen. Von all den übrigen Schaumweinen unterschiedlichster Herkunft und Qualität ganz zu schweigen.

Und dennoch genießt Champagner nach wie vor Luxusstatus. Und so was trinkt man doch nicht verschwenderisch so einfach weg. Das teilt man sich doch ein. Oder wenn etwas übrig bleibt: Was so wertvoll ist, das kippt man doch nicht in den Ausguss! Das kann man doch morgen auch noch trinken. Es gibt doch Gott sei Dank diesen genialen Trick mit dem Silberlöffel (wahlweise auch Gabeltrick oder nach der berühmten österreichischen Kaiserin auch »Sisi-Trick« genannt).

Die Fakten: Das Prickelnde am Champagner ist das im Wein gelöste Kohlendioxid (CO_2). Das Kohlendioxid ist das Ergebnis der so genannten zweiten Gärung bei der Herstellung des Champagners, das heißt, man gibt zu dem bereits fertigen und auf Flaschen gezogenen Wein eine Fülldosage, auch »liqueur de tirage« genannt, eine Mischung aus Altwein, Zucker und Hefe. Bei der dadurch ausgelösten zweiten Gärung entsteht auch Kohlendioxid, das allerdings wegen des Flaschenverschlusses nicht entweichen kann und also im Wein gelöst verbleibt.

Der Champagner bleibt je nach Qualität zwischen neun Monaten und fünf Jahren »auf der Hefe«. Das im Flaschenhals durch das abschließende berühmte Rütteln gesammelte Hefedepot wird schließlich blitzartig vereist und schießt mit Entfernen des Kronkorkens aus der Flasche. Bevor der Champagner nun endgültig verkorkt wird, gibt man ihm zum Ausgleich verloren gegangenen Volumens und zur geschmacklichen Harmonisierung in der Regel noch eine Dosage aus Wein und Zucker – fertig!

Somit wäre das allseits beliebte Prickeln also zunächst einmal im Champagner drin. Und das bei Druckverhältnissen, die in etwa dreimal so hoch sind wie in einem PKW-Reifen, nämlich bei 5 bis 6 Bar. Und dieser Druck ist erwünscht, denn je höher er ist, desto besser löst sich das Kohlendioxid in der Flüssigkeit.

Beim Öffnen der Flasche entsteht nun im zuvor noch

unter Hochdruck stehenden Kopfraum der Flasche explosionsartig ein Freiraum, der die im Wein gelösten Gasmoleküle geradezu auffordert, zum Druckausgleich an die Oberfläche zu sprudeln. Was sie in der Regel auch bereitwillig tun und womit sie – aus »Flöten« genossen – allseits für großes, perlendes Entzücken sorgen.

Die Theorie: Stellt man den Restchampagner nun mit einem Silberlöffel im Hals in den Kühlschrank, soll der Löffeltheorie zufolge Wundersames geschehen: Ein Silberlöffel, der eine relativ hohe Wärmeleitfähigkeit besitzt, führt die Wärme aus dem über der Flüssigkeit befindlichen Raum relativ schnell nach außen ab und sorgt so über das forcierte Senken der Temperatur, dass die nicht nur druck-, sondern auch temperaturabhängige Löslichkeit des Kohlendioxids nicht weiter abnimmt, sprich der Champagner nicht müde und schal wird.

Die Forschung: Diese Theorie zu überprüfen, zu bestätigen oder zu widerlegen haben sich neben Hunderten von zweifelhaften Feldversuchen auf Seiten ambitionierter Amateure spätestens seit den 80er Jahren immer wieder auch renommierte Institute zur Aufgabe gemacht. Im Jahre 1995 nahm sich schließlich sogar das berühmte Weinforschungszentrum in Epernay (Champagne) unter Zuhilfenahme eines Aphrometers, mit dem der CO_2-Gehalt gemessen wurde, der Frage an. Ja selbst das deutsche Fraunhofer Institut für chemische Technologie führte Versuche durch und nicht zuletzt auch noch ein Redakteursteam der britischen Wissenschaftszeitung »New Scientist«. Und alle kamen zu dem gleichen Ergebnis: Champagner aus einer mit Silberlöffel »verschlossenen« Flasche ist ziemlich kalter Kaffee.

Die Begründung liegt auf der Hand: Erstens ist für die Löslichkeit des Kohlendioxids im Wein der (beim Öffnen verloren gegangene) Druck sehr viel wichtiger als die

Temperatur. Selbst wenn ein Silberlöffel die Temperatur schnell und signifikant senken würde, was er allerdings nicht oder kaum messbar tut, hätte dies auf den Kohlendioxidgehalt und damit auf das Prickelverhalten vergleichsweise geringe Auswirkungen.

Viel effektiver ist es, so schnell wie möglich einen festen, luftdichten Verschluss auf die Flasche zu setzen. Allein so lässt sich ein gewisser Druck wieder herstellen bzw. erhalten, weshalb alle Institute dieser Form der Konservierung eindeutig den größten messbaren Effekt attestierten (ein Viertel mehr CO_2 als die Varianten mit Löffel oder einfach ganz offen).

Lässt man jedoch – beispielsweise aus mangelnder Aufmerksamkeit – die bei optimalen acht Grad geöffnete Champagnerflasche erst einmal Raumtemperatur annehmen, verliert der Inhalt nach nicht allzu langer Zeit gut 80 Prozent des gelösten Kohlendioxids. Und damit geht jeder Champagner unweigerlich in die Knie – da hilft dann auch kein luftdichter Verschluss mehr.

Zweitens wird die ohnehin nur relative Wärmeleitfähigkeit des Silbers im Löffel zusätzlich noch konterkariert. Denn die Luft in dem Flaschenraum über dem Restchampagner, in der der Löffel hängt, ist einer der denkbar schlechtesten Wärmeleiter. Das Glas der Flasche hingegen ist ein viel besserer Wärmeleiter, und es hat zudem eine viel größere Kontaktfläche mit der zu kühlenden Flüssigkeit. Der größte Kühler ist also – Löffel hin, Löffel her – das Glas der Flasche!

Das Fazit: Champagnergenuss lässt sich nicht konservieren. Champagner zu genießen bedeutet, ein Bewusstsein dafür zu besitzen, dass die einmal geöffnete Flasche, allein oder in Gesellschaft, bis zur Neige zu trinken ist! Und das innerhalb einer Zeit, die einen wohl temperierten und sinnlichen Genuss des Inhalts garantiert – das ist das Minimum an Hochachtung, die man gegenüber all der Mühe und Arbeit aufbringen sollte, die in einer Flasche französischen Prickelwassers steckt.

Zumal: Wer nicht nur Sterne trinken will, wie dereinst der Mentor allen Schaumweins, Dom Perignon (1639–1715), sondern selbige auch sehen möchte, sollte besonders auf die perlende Frische des Schaumweins achten. Die Wissenschaft hat nämlich mittlerweile bestätigt, was der Volksmund schon lange kannte: Champagnerperlen gehen sofort in den Kopf. Wer frischen Perlwein trinkt, weist bereits nach fünf Minuten einen fast um ein Drittel höheren Alkoholgehalt im Blut auf als jemand, der gequirlten und damit schalen Champagner trinkt. Selbst nach einer Dreiviertelstunde ist noch ein deutlicher Vorsprung messbar.

Und damit Sie gar nicht erst auf dumme Gedanken kommen: Was für den Champagner gilt, gilt auch für alle nach der »Methode champenoise« hergestellten Schaumweine. Egal, ob es sich dabei um einen deutschen Sekt, einen spanischen Cava, einen französischen Cremant, einen italienischen Spumante oder um einen kalifornischen bzw. australischen Sparkling Wine handelt.

Und wenn nun tatsächlich einmal nichts mehr geht, wenn sich keiner mehr findet, der den Rest der letzten Flasche zu trinken bereit ist, dann verwenden Sie ihn am nächsten Tag zum Kochen. Das ist auch für Schampus nicht ehrenrührig. Aber stellen Sie um Himmels willen die Flasche nicht mit einem Silberlöffel oder – noch schlimmer – mit einem jener im Handel angebotenen und blödsinnig teuren Edelstahlkegel, die zu allem Übel auch noch mit dem Löffeleffekt werben, in den Kühlschrank.

Ein letzter Tipp: Garantiert keine Reste verbleiben in Glas oder Flasche, wenn Sie Champagner »leben«. So wie die langjährige Leiterin des Champagnerhauses Bollinger, einem der besten und anspruchvollsten Weingüter in der Champagne. Elizabeth Law »Lily« Bollinger (1899–1977) hielt es mit dem Produkt ihres Hauses nämlich wie folgt: »Ich trinke ihn, wenn ich froh bin und wenn ich traurig bin. Manchmal trinke ich davon, wenn ich allein bin; und wenn ich Gesellschaft habe, dann darf er nicht fehlen. Wenn ich keinen Hunger habe, mache ich mir mit ihm Appetit. Wenn ich hungrig bin, lasse ich ihn mir schmecken. Sonst aber rühre ich ihn nicht an. Außer wenn ich Durst habe.«

Chilis

… warum scharfe Chilis eine messbar höllische Droge für jeden Schmerz-Junkie darstellen und dennoch auf der ganzen Welt so beliebt sind …

Was ist scharf? Ist Tabasco-Sauce scharf? Ist Sambal-Olek scharf? Oder Cayenne-Pfeffer? Finden Sie das scharf? Und wenn Sie Schärfe beschreiben müssten, würde sich das in etwa so anhören? »Mmh, gut gewürzt. Uii, das ist nicht nur gut gewürzt, das brennt ja richtig. Ich möchte etwas Kaltes trinken. Na, da wird einem aber ganz schön warm.« Wenn das für Sie Schärfe auszeichnet, dann haben Sie entweder noch nie wirkliche Schärfe empfunden, oder Sie zählen zu jenen Genuss-Masochisten, denen es nie scharf genug sein kann.

Denn was man als Normalsterblicher bei der Nahrungsaufnahme eines – sagen wir – mexikanischen und wirklich scharfen, weil mit Chilischoten der Extraklasse gewürzten »Chili con Carne« empfindet, denkt oder auch unfreiwillig zu Protokoll gibt, würde sich vermutlich eher so anhören:

Erste Gabel: Jesus, das ist der Knaller. Sind Kinder im Raum? Haltet sie um Gottes willen fern von diesem Chilitopf.

Zweite Gabel: Sind das Brandblasen auf der Zunge? Und was zerreißt mir da den Rachen, hab ich da gerade die Muskatreibe mitgeschluckt? Herrgott, das ist kein Chili, das ist ein Gaumen-GAU! Es brennt! Gebt mir was zu trinken – oder besser gleich einen Feuerlöscher.

Dritte Gabel: Ist das hier ein Abendessen oder eine atomare Katastrophenschutzübung? Dieses Chili muss mit angereichertem Uran gewürzt sein. Und was fällt da aus meinem Gesicht dauernd in den Teller? Sind das Tränen, oder lösen sich meine Lippen auf? Das Fegefeuer beginnt sich langsam durch die Speiseröhre zu fressen. Die Ohren dröhnen. Atemnot!

Vierte Gabel: Ich habe 42 Grad Fieber! Mein Hemd ist schweißnass. Ich laufe aus. Und dann dieses Zittern. Ein epileptischer Anfall? In den Ohren nur noch lautes Rauschen.

Fünfte und letzte Gabel: Ich bin taub. Und das mit dem Darm dürfte sich auch erledigt haben – perforiert! Ansonsten: Gesichtslähmung! Atemstillstand! Das ist das Ende.

So in etwa hört sich »wirklich scharf« an. Und wenn man am nächsten Morgen auf der Toilette nicht nach Papier, sondern nach Eisbeuteln, Schmerzsalbe und/oder einem Arzt schreit, dann kann man sich sicher sein, dass es auch tatsächlich scharf war – als Normalsterblicher.

Denn so ist das mit der Schärfe: Was dem einen nur ein müdes Lächeln abringt, treibt den anderen bereits an den Rand der irdischen Existenz. Schärfe ist nämlich nicht gleich Schärfe. Schärfe ist ein subjektiv ausgesprochen unterschiedlich empfundenes Phänomen. Und will man sich eine Enttäuschung bzw. ein Schmerzinferno ersparen, tut man gut daran, sich die Aussage eines fremden Tischnachbarn hinsichtlich der Schärfe einer bereits probierten Speise nicht unbedingt zu Eigen zu machen. Denn weder der menschliche Geschmackssinn noch das menschliche Schmerzempfinden sind ein objektiver Orientierungsmaßstab.

Dass wir heute ausgerechnet bei den Chilis, den kleinen scharfen Schwestern der harmlosen Gemüsepaprika, einen ebenso klaren wie den meisten Chili-Amateuren völlig unbekannten Orientierungsmaßstab besitzen, verdanken wir einem Pharmakologen. Wilbur L. Scoville (1865–1942) entwickelte für das seinerzeit berühmte und fortschrittliche Pharma-Unternehmen Parke-Davis & Co in Detroit als Erster einen wissenschaftlichen Test zur Bestimmung der Schärfe von Chilis. Parke-Davis arbeitete seinerzeit an der Entwicklung einer durchblutungssteigernden Muskelsalbe (»Heet«), deren wichtigster Bestandteil der Scharfmacher der Chilis, das so genannte Capsaicin, war. Der Capsaicin-Gehalt in den gut 200 unterschiedlichen Chili-Sorten differiert jedoch erheblich und machte deshalb für eine berechenbare pharmazeutische Wirkung eine exakte Bestimmungsmethode notwendig.

Dass Scoville nach ersten Experimenten, in denen er die Reaktion des Capsaicins mit chemischen Substanzen beobachtete, auf die Idee verfiel, für eine weitaus präzisere Schärfebestimmung ausgerechnet die menschliche Zunge ins Spiel zu bringen, mag man als Treppenwitz bezeichnen. Ist doch das menschliche Geschmacksempfinden (siehe oben) sehr subjektiv. Gleichwohl behielt das von Scoville entwickelte Messsystem jahrzehntelang seine Gültigkeit.

Das Vorgehen war recht einfach: Über Nacht wurde das pürierte Fruchtfleisch verschiedener Chili-Sorten in Alkohol gelegt, denn das vornehmlich in den weißen Scheidewänden enthaltene Capsaicin ist alkohollöslich (aber auch fettlöslich, weshalb man bei einer Überdosierung entweder einen Schluck Bier, Wein oder auch Milch, aber kein Wasser trinken sollte). Der Capsaicin-Extrakt wurde dann mit einer gezuckerten Wasserlösung so lange verdünnt, bis die Zungen der betreffenden Testpersonen das Capsaicin nicht mehr schmecken konnten. Die Scoville-Einheiten beschreiben also nichts anderes als den Grad der Verdünnung. Brauchte man die 30 000- bis 50 000fache Verdünnung mit der Zuckerlösung, bis die Tester nichts mehr schmeckten, erhielt die betreffende Chili 30 000–50 000 Scoville-Einheiten.

Die Probleme lagen jedoch auf der Hand: Die Zungen der fünf Tester kamen nie zu den gleichen Ergebnissen. Diese mussten folglich gemittelt werden. Zudem konnte man wegen des »burnouts« der malträtierten Zungen an einem Tag jeweils nur sechs Verkostungen vornehmen – also ein System mit begrenzten Messkapazitäten. Und so setzt man denn heute auch die sehr viel modernere, präzisere und leistungsfähigere Flüssigkeits-Hochdruck-Chromatographie zur Schärfebestimmung ein. Ein hoch empfindliches Gerät misst dabei das der chemischen Verbindung von Capsaicin eigene Lichtspektrum und errechnet daraus die Konzentration.

Die mit dieser Technologie ermittelten und zu Ehren des ersten Schärfefahnders nach wie vor Scoville-Units genannten Werte sind nicht nur für den normalen Verbraucher und für all die Chili-Junkies dieser Welt von Bedeutung. Die Chilis verarbeitende Lebensmittelindustrie (z. B. Saucen-Hersteller) braucht die Scoville-Einheiten noch sehr viel mehr, denn der Preis, den sie für die kleinen Paprikateufel zu zahlen haben, berechnet sich unter anderem auch nach deren Schärfe.

Zur Orientierung sei an dieser Stelle die folgende Tabelle mit einigen bekannteren Chili-Sorten und deren Scoville-Einheiten sowie einer zweiten gebräuchlichen Einteilung in Schärfegrade angeführt. Und um die Schärfe in Relation zu einer hierzulande bekannten Größe zu setzen, seien vorweg die Scoville-Units der allseits beliebten Tabasco Pepper Sauce angegeben: Die weist gerade einmal 2500–5000 Scoville-Units auf – nur damit Sie wissen, wie scharf zum Beispiel eine Habanero wirklich ist. Reines Capsaicin hat übrigens 16 Millionen (!) Scoville-Units und dürfte sich damit mühelos auch durch dicksten Stahlbeton brennen.

Schärfegrad	Scoville-Units	Chili-Sorten
	0-10	Gemüsepaprika (rot, grün, gelb)
1	10–500	Peperoncino, Boldog, Czech Black
2	500–1000	Anaheim, New Mexican
3	1000–1500	Cascabella, Poblano
4	1500–2500	Ancho, Papilla, Cherry Pepper
5	2500–5000	Jalapeño, Bulgarian carrot
6	5000–15 000	Serrano, Dutch Red
7	15 000–30 000	Aji Amarilli
8	30 000–50 000	Cayenne, Pequín
9	50 000–100 000	Charleston Hot, Thai
10	100 000–300 000	Habanero, Scotch Bonnet
	570 000	Habanero »Red Savina«

Im August 2000 wurde der bisherige Spitzenreiter, die Sorte Habanero »Red Savina«, offenbar entthront. In der Gegend der indischen Stadt Tezpur wurde die Chili-Sorte Naga Jolokia entdeckt, die angeblich über 850 000 Scoville-Units aufweist, womit sie nicht nur die Tabellenführung übernommen hätte, sondern sich auch vorzüglich zur Herstellung von Pfefferspray als Verteidigungswaffe eignet.

Eingeführt wurden die scharfen kleinen Teufelchen in Europa ursprünglich durch Kolumbus. Er hatte sie von seiner ersten Reise 1492 aus »Indien« mit nach Spanien gebracht. Die Chili-Sorten, die Kolumbus auf den Westindischen Inseln entdeckte, hatten zuvor die Arawak-Indianer vom südamerikanischen Festland während ihrer gut 1 200 Jahre dauernden Emigrationsperiode von Südamerika auf die Karibischen Inseln mitgebracht. In Südamerika wurden wilde Chilis von den Ureinwohnern vermutlich bereits 5000 v. Chr. genutzt, vielleicht wurden sie damals sogar schon kultiviert.

Für die weitere Verbreitung um den nahezu gesamten Erdball fühlten sich jedoch weniger die Spanier als vielmehr die Portugiesen zuständig. Auf portugiesischen Seerouten gelangten die Chilis an die westafrikanischen Küsten sowie nach Indien. Die hier lebenden Völker nahmen die neue feurige Gewürzpflanze mit Begeisterung in ihren Speiseplan auf, zumal sie bereits eine gewürzreiche Küche gewohnt waren. Portugiesische Handelsschiffe ebenso wie arabische, chinesische, malaiische und vietnamesische Händler sorgten für die weitere Verbreitung im asiatischen Raum – vor allem aber auch Vögel, die den Samen der Chilis auf »natürlichem« Wege jeweils von der Küste ins Landesinnere und von Insel zu Insel transportierten.

Von Indien aus gelangten die Chilis schließlich auf dem Landweg über Zentralasien sowie über den portugiesischen Seeweg um Afrika herum erneut nach Europa. Gegen Ende des 16. Jahrhunderts hatten die Chilis quasi die Küchen der Welt erobert. Lediglich in Europa, sieht man von der Türkei und dem Balkan einmal ab, bevorzugte man die roten Chilis lange Zeit eher als Zier- denn als Nutzpflanzen. Das änderte sich erst mit der Kontinentalblockade durch Napoleon zu Beginn des 19. Jahrhunderts, als man als Ersatz für nunmehr ausbleibende Gewürzimporte die Chilis auch für die Küche entdeckte.

Wegen der hierzulande also nicht sonderlich ausgeprägten Chili-Tradition sind sie im normalen Handel leider nur selten und in keiner besonderen Bandbreite zu bekommen. Die aus Asien und Süd- bzw. Mittelamerika stammenden Produkte werden bei uns in der Regel Chilis genannt, die aus Europa und dem Mittelmeerraum stammenden Peperoni. In Italien wiederum nennt man Chilis nicht Peperoni, sondern Peperoncino.

Eine gute Quelle für frische und getrocknete Ware sowie für Pasten, Saucen und Gewürzpulver auf Chilibasis stellen die in Städten mittlerweile zahlreich vorhandenen ethnischen Lebensmittelmärkte dar (Asia-Geschäfte, Thai-Shops, China-Markets sowie die türkischen, indischen oder auch die Tex-Mex-Lebensmittelgeschäfte). Hier erhalten Sie Habaneros und Jalapeños, frisch und getrocknet, und all die Hot Sauces mit so verheißungsvollen Namen wie »Pain & Suffering«, »Pure Hell« oder »Endorphine Rush«.

Letztere Hot Sauce nimmt Bezug auf den unter Chili-Junkies bekannten Schärfe-Flash, den so genannten »Pepper-High«. Das Capsaicin wirkt nämlich im Mundraum derart heftig auf die Schmerzrezeptoren ein, dass der Körper sich veranlasst sieht, körpereigene, morphiumähnliche Schmerzkiller und Glücklichmacher auszuschütten: die so genannten Endorphine. Und so stellt sich oftmals nach einem Höllenessen ein wahrhaft himmlisches Wohlbefinden ein.

Zur Verarbeitung in der Küche sind zwar Gummihandschuhe empfehlenswert, um Hautirritationen zu vermeiden. Auch den Augenkontakt sollte man dringlichst vermeiden. Doch entgegen einem weit verbreiteten Vorurteil greift die Schärfe der Chilis weder Magenschleimhaut noch Darmwand an, sondern wirkt sich im Gegenteil ausgesprochen positiv auf den Speichelfluss und die Aktivierung des Magen-Darm-Traktes aus. Das Capsaicin scheint sogar das bei vielen Menschen vorhandene und für Magengeschwüre verantwortliche Bakterium *Heliobakter pylori* zu dezimieren. Und – nein – man verliert auch bei regelmäßigem Verzehr von Chilis weder seine Fähigkeit noch die Sensibilität zu schmecken. Inhaltsstoffe wie Vitamin C (doppelt so viel wie in einer Zitrone), Vitamin A, B_1, B_2, B_3 sowie Carotinoide, Flavonoide, Kalzium, Eisen und Phosphor machen Chilis vielmehr zu einem wahren Gesundbrunnen.

Also spricht eigentlich nichts gegen einen weitaus intensiveren Einsatz der Chilis auch in der hiesigen Küche. Außer – nun ja – ihre teuflische, ihre manchmal verdammt teuflische Schärfe eben.

Convenience Food

... was der menschliche Darm und eine Erdöl-Pipeline dank Convenience Food gemeinsam haben und wie selig wir noch über die Erfindung von Schwefelsonden sein werden ...

»Es gibt keine aufrichtigere Liebe als die zum Essen«, meinte dereinst der große irische Dramatiker George Bernhard Shaw (1856–1950). Und der Besuch in der Kochbuchabteilung einer Buchhandlung scheint zu bestätigen: Die Deutschen müssen wahrhaftige und aufrichtige Liebhaber einer variantenreichen Esskultur sein. In etlichen Regalmetern stehen unzählige Kochbücher, die so ziemlich jeden kulinarischen Wunsch erfüllen. Und in all diesen Kochbüchern werden in der Regel Grundnahrungsmittel verarbeitet: Gemüse, Obst, Kartoffeln, Reis, Fisch und Fleisch. Alles frisch und schonend zubereitet. Die überwiegende Mehrzahl der Deutschen hält sich Umfragen zufolge für gesund ernährt.

Doch nichts ist so, wie es scheint. Denn gleichzeitig geben insgesamt über 70 Prozent (Männer 80 Prozent) von befragten Verbrauchern an, auch zu Fertiggerichten zu greifen, also zu industriell vorgefertigten Nahrungsmitteln. Gegenwärtig sind rund 230 000 verschiedene Lebensmittelprodukte im Handel erhältlich. Ein durchschnittlicher Supermarkt bietet allein 10 000 solcher Produkte an. Mit naturbelassenen Lebensmitteln allein kann man da weder die Regale füllen noch die im Lebensmittelhandel erzielten rund 125 Milliarden Jahresumsatz erreichen. 80 bis 90 Prozent aller verkauften Nahrungsmittel sind dementsprechend nicht frisch, sondern industriell ver- oder bearbeitet.

Das von Nestlé Mitte der achtziger Jahre ausgerufene Zeitalter der »künstlichen Natürlichkeit« ist also längst Wirklichkeit geworden. Was einst mit Suppenwürfeln, Backpulver und Flüssigwürze von Maggi, Knorr und Dr. Oetker begann, hat sich zu einem gigantischen Markt entwickelt. Und um sich Marktanteile zu erkämpfen und zu sichern, bedient sich die Nahrungsmittelindustrie aller Mittel aus der Trickkiste der Lebensmittelchemie. Eines der Ergebnisse nennt man neudeutsch »Convenience Food«.

Convenience bedeutet wörtlich übersetzt so viel wie »Annehmlichkeit«, »Bequemlichkeit« und umschreibt kochtechnisch nicht mehr als die schnelle Nummer aus der Dose. Kalt oder aufgewärmt. Denn schnell und bequem muss es schon sein, das Essen für den modernen Zeitgenossen, dem, gehetzt von Job und Freizeit, keine Zeit mehr für eine selbst gekochte Mahlzeit bleibt. Konsequenterweise werden in den USA mittlerweile Einfamilienhäuser ohne Küche geplant: Eine gigantische Mikrowelle erledigt fortan, was einst im Topf zusammengerührt wurde.

Doch welches natürliche Lebensmittel ist schon von Natur aus supermarkttauglich und dazu geschaffen, nach monate- oder gar jahrelanger Lagerung noch verzehrbar zu sein? Bei der Herstellung und Haltbarmachung der Tüten- und Dosenkost dürfen Lebensmittelkonstrukteure also weder phantasielos noch zimperlich sein. Aufschäumer und Quellstoffe, Verdickungs-, Gelier- oder Bindemittel, Konservierungs- und Farbstoffe, künstliche Aromen, Stabilisatoren und vieles mehr gehören folglich zum Standardrepertoire. Lebensmittelchemiker Udo Pollmer bringt es auf den Punkt: »Der Inhalt eines Schnellkochnapfes hat mit einer richtigen Suppe ungefähr so viel gemeinsam wie ein Porsche mit einer Schubkarre.«

Die meisten Konsumenten scheint das alles nicht zu scheren. Denn, ohne Frage, die Versorgung mit eingeschweißter Mikrowellenkost ist schnell und bequem. Es scheint auch zu schmecken, warum sonst sollte man zur Tütenkost greifen? Und den Untergangsszenarien veganischer Totalverweigerer mag man angesichts der Tatsache, dass der Mensch offensichtlich trotz all der lebensmittelchemischen Anschläge auf seine Gesundheit dennoch im mer älter wird, auch nicht recht glauben.

Doch 1998 schreckte die Wissenschaftszeitschrift »New Scientist« Mediziner und Ernährungswissenschaftler mit der Meldung auf, dass man sich mit Convenience Food und einer weiteren, fettreichen Variante von Fabriknahrung, dem »Fast Food« bzw. »Junk Food«, wahrscheinlich nicht nur Speckringe, sondern auch einen hübschen körpereigenen Kleintierpark anfüttert, der allerdings dummerweise im Verdacht steht, chronische und unheilbare Darmkrankheiten zu begünstigen oder gar auszulösen. Im Mittelpunkt des im »Scientist« dokumentierten kleinen Wissenschaftskrimis stehen Schwefel liebende Darmbakterien. Doch denen kam man erst durch »Kommissar Zufall« auf die Spur.

Es begann alles an der Ostküste Schottlands im Hafen von Dundee, wo Mitte der 80er Jahre zwei Studenten der Dundee University die ökologischen Verhältnisse in der Flussmündung des Flusses Tay untersuchten. Dabei stießen sie zwar auf keine sonderlich aufregenden Ergebnisse, lernten aber eine Menge über Sulfit, also Schwefel liebende Bakterien. Diese nämlich fühlen sich im schadstoffhaltigen und sauerstofffreien Schlamm von Flussmündungen besonders wohl, weil sie sich hier einerseits vom Wasserstoff – dem Produkt mikrobenbedingter Fermentationsprozesse –, andererseits von Schwefelverbindungen ernähren.

Jahre später führte das Schicksal die beiden Wissenschaftler 500 Kilometer nach Süden an die Universität Cambridge. Dort trafen sie auf eine Gruppe von Wissenschaftlern, die sich Anfang der 90er mit dem Wirken von Darmbakterien auf das Wohl und Wehe des menschlichen Verdauungskanals beschäftigten. Und weil Bakterien am Gas produzierenden Stoffwechsel beteiligt sind, untersuchte man zuvorderst die im Körper produzierten Gase, um auf diesem Weg Rückschlüsse auf die Anwesenheit und Funktion bestimmter Darmbakterien ziehen zu können.

Der Versuchsaufbau im Labor bestand aus einer – fröhliche Wissenschaft! – Rülps- und Furzkammer. Hier sollten sich die für 36 Stunden eingesperrten Versuchspersonen im Namen der Wissenschaft nach Herzenslust danebenbenehmen. Währenddessen maß man die Gaskonzentration der Luft. Aus der Differenz der Konzentrationen zwischen Betreten und Verlassen des Raums konnte man ermessen, welche Gase die Probanden produziert hatten.

Über die Ergebnisse zeigte sich das Wissenschaftlerteam allerdings überrascht, genauer, sie waren angesichts der chemischen Zusammensetzung der verabreichten Nahrung über den unerwartet geringen Anteil von Wasserstoff in Furz und Rülps verwundert. Irgendetwas oder irgendwer im Darm der Probanden musste den Wasserstoff geradezu verschlingen. Auffällig war auch, dass einige der Versuchspersonen erhebliche Mengen Methan produzierten, andere hingegen so gut wie gar kein Methan.

Für die Produktion von Methan konnten bestimmte Bakterien verantwortlich sein, die manche Menschen aufweisen, andere wiederum nicht. Diese Bakterien gelten auch als Wasserstofffresser, was bei den betreffenden Menschen auch den niedrigen Wasserstoffgehalt erklärte. Doch warum hatten die einen Methan produzierende Bakterien und die anderen nicht? Und wer oder was nahm sich des Wasserstoffs bei jenen Menschen an, die keine Methan produzierenden Bakterien aufwiesen?

An diesem Punkt sollte sich erweisen, wie wertvoll bisweilen Kommissar Zufall sein kann: Denn nun erinnerten sich die beiden ehemaligen Studenten an ihre Erfahrungen, die sie im Schlamm des Tay gemacht hatten. Sie erinnerten sich an jene Bakterien, die sich unter Sauerstoffabschluss im Sediment der Flussablagerungen vornehmlich von Wasserstoff und Schwefel ernährten und sich umso wohler fühlten, je mehr Schwefel vorhanden war, und die dann auch Methan produzierende Bakterien zurückdrängten. Und waren die Umweltbedingungen im vorderen Dickdarm nicht vergleichbar? Fanden die Verdauungsprozesse hier nicht auch unter Sauerstoffabschluss statt? Und – bei näherem Überlegen – besteht nicht die westliche Ernährung zu einem Großteil aus mit Schwefelverbindungen haltbar gemachten Lebensmitteln? War nicht in all den Snacks und Instant-Tüten, im Wein und im Bier, in Würstchen und in Hamburgern, in Fertig-Pürees und 5-Minuten-Terrinen irgendeine Schwefelverbindung enthalten, irgendeine der E-220er-Nummern?

Und vor allem: War nicht seit Ende der 80er von der Erdölindustrie bekannt, dass ebendiese Schwefel liebenden Bakterien ein chemisch derart aggressives Milieu erzeugen, dass ihre Pipelines korrodierten und erheblichen Schaden nahmen? Konnte es sein, dass für ein Bakterium, dass Pipelines anzuknabbern in der Lage ist, der menschliche Darm eine weitaus kleinere Übung darstellt?

Mit anderen Worten: Machten die Pipeline-Knacker im Darm krank?

Die Frage war gestellt und verlangte nach einer Antwort. Also untersuchte man eine Gruppe von Menschen, die an *Colitis ulcerosa* erkrankt war, einer unheilbaren und chronischen Darmentzündung mit äußerst unangenehmen Folgen. Und siehe da: 96 Prozent aller Patienten wiesen einen erhöhten Anteil von Schwefel liebenden Darmbakterien auf. Und selbst bei 50 Prozent von gesunden Probanden waren die Pipeline-Nager nachzuweisen.

»Das Ergebnis ist«, nach Aussage eines der Wissenschaftler, »eine potenzielle Bombe.« In der Tat. Denn wenn sich bewahrheitet, was man seither vermutet und was man von medizinischer Seite seither untersucht, wenn es also stimmt, dass die mit der täglichen Nahrung gefütterten, Schwefel reduzierenden Bakterien andere »gute« Bakterien verdrängen und damit die Schutzfunktion der Darmflora stören, wenn es stimmt, dass z. B. durch eine Hemmung des Stoffwechsels Entzündungsprozesse gefördert oder gar ausgelöst werden, wenn es stimmt, dass sie, wofür es Anhaltspunkte gibt, eventuell sogar an bestimmten Darmkrebsgeschehen beteiligt sind … ja, was dann?

Wird die Bombe dann wohl platzen? Wird die Lebensmittelindustrie – wie man von berufener Seite bereits unkt – dann tatsächlich vor einem gigantischen Imageproblem stehen, das in seinen Ausmaßen alles bisher Dagewesene, ja sogar die BSE-Krise, in den Schatten stellt? Oder werden die Lebensmittelhersteller nicht vielmehr das tun, was sie bisher in solchen Fällen immer getan haben? Nämlich Studien vorlegen. Studien, die beweisen, dass das bisschen Schwefel in *ihrem* Püree, in *ihrer* Wurst, in *ihrer* Terrine allein nun wirklich überhaupt kein Problem darstellt. Nein, die Bombe wird nicht im Supermarktregal hochgehen. Sie wird überhaupt nicht hochgehen. Nicht mal in unserem Darm.

Denn Mediziner, Krankenkassen und Politik werden sich schnell einig sein in ihrer Sorge um die verschwefelte Volksgesundheit. Und weil wir alle tagtäglich weit mehr zu uns nehmen als eben nur diese *eine* Wurst, diese *eine* Terrine und dieses *eine* Püree und weil wir doch wissen müssen, ab wann genug denn nun wirklich genug ist, um des Darmes Flora nicht zu schädigen, werden alsdann gigantische Aufklärungskampagnen über Sulfite und Bakterien und Pipelines über uns hinwegrollen. Und dann werden wir – wie Diabetiker ihre täglichen Broteinheiten – unsere täglichen Schwefeleinheiten zählen. Krankenkassen und Hausärzte werden dazu kostenlos hübsche bunte Schwefeltabellen verteilen.

Doch weil das alles eigentlich der westlichen Zivilisation unwürdig ist und bunte Tabellen ein wenig antiquiert wirken, wird sich daraufhin die Hochtechnologie – ein Konsortium des besten medizinischen Hightech-Adels – der Schwefelproblematik annehmen, und sie wird Schwefelsonden erfinden, die nach ersten Probeläufen schließlich in unser aller Enddarm implantiert werden und die unserer Schwefelarmbanduhr über Satellit und Pfeifton sofort signalisieren, ob wir den von EU-Kommissionen oder WHO festgelegten »Acceptable Daily Intake« überschritten haben oder uns noch im grünen Schwefelbereich befinden.

So oder so ähnlich wird es wohl kommen. Und das alles nur, weil zwei englische Studenten dereinst nichts anderes zu tun hatten, als in Schottland im Schlamm des River Tay zu wühlen.

Dresdner Christstollen

... wie der Papst und August der Starke von Sachsen dem berühmten Dresdner Weihnachtsgebäck auf die Sprünge zu einem internationalen Süßgebäckhit verhalfen ...

Butter, Butter, Butter! Ohne Butter wird's nichts!

Sultaninen sind wichtig, ja doch. Jamaika-Rum auch. Und Zucker, und Muskatblüte, und Zitronat, und Orangeat, und Mehl und vor allem Mandeln und Puderzucker und noch einiges mehr. Aber das Wichtigste: Butter! Viel Butter. Sonst schmeckt er einfach nicht, der Dresdner Christstollen. Was auch immer die Margarine-Industrie propagieren mag.

Zudem: Butter zu verwenden ist nicht allein eine Geschmacksfrage. Es ist auch ein Akt der Hochachtung. Der Hochachtung gegenüber höchsten politischen und geistlichen Würdenträgern. Denn für die Butter im Christstollen haben sich dereinst sächsische Kurfürsten verwendet. Und zwar nicht bei der Dresdner Bäckerinnung. Nein, nein, bei einer der höchsten Instanzen des christlichen Abendlandes überhaupt: beim Papst!

Und die Intervention war auch dringend notwendig. Und zwar in zweierlei Hinsicht. Erstens geschmackstechnisch: Die ersten Stollen oder auch Striezel, wie man ursprünglich in Sachsen sagte und auch heute noch teilweise sagt, müssen nämlich grauslich geschmeckt haben. Erfunden wurden sie vermutlich als Fastengebäck in den mittelalterlichen Klosterbäckereien. Als Fastengebäck! Das sagt schon alles. Rappeltrocken waren sie wahrscheinlich, die ersten Stollen! Bestehend aus Wasser, etwas (Rüben-)Öl, Hefe und Weizen. Mmmh, sehr lecker ...

Als eine Art Gebildebrot sollte das längliche Hefebrot an das gewickelte Jesuskind erinnern. Striezel bzw. Struzel nannte man im Mittelhochdeutschen längliche Hefezöpfe bzw. -brote. Zum Stollen wurde das Fastengebäck sprachlich wegen der äußeren Ähnlichkeit mit einem Pfosten, zu dem man bergmännisch und unter Tage auch Stollen sagt. In Naumburg soll der Begriff »Stollen« jedenfalls 1329 in einem von Bischof Heinrich erteilten Innungsprivileg erstmalig für so ein Fastengebäck erwähnt worden sein.

Doch wie gesagt: Fastengebäck! Rappeltrocken! Jesuskind hin oder her: Wer will so was – abgesehen von ein paar Hardcore-Gläubigen – schon essen? Zu Weihnachten! Die Kunden von Heinrich Drasdow jedenfalls nicht. Seit 1457 soll sich der Torgauer Hofbäcker auf Schloss Hartenfels über das kirchliche »Adventskranzfastengesetz« (oder so ähnlich), dem zufolge die Verwendung von Butter verboten war, hinweggesetzt haben. Denn: Es schmeckte eben nicht. Also her mit der Butter, mit dem Zucker, den Rosinen und vor allem mit den Mandeln. Jetzt schmeckte es! Allerdings nur denen, die sich das leisten konnten.

Vermutlich gab es gegen Ende des 15. Jahrhunderts auf dem Dresdner Striezelmarkt, dem ältesten Weihnachtsmarkt Deutschlands überhaupt, der im Jahre 1434 erstmals als Fleischmarkt abgehalten wurde, neben den »herkömmlichen« Dresdner Striezeln auch bereits diesen wohlschmeckenden Drasdower Stollen. So wie überhaupt bis ins 17. Jahrhundert der Christstollen weniger eine Dresdner als eher eine Spezialität aus Torgau, Meißen und Siebenlehn gewesen zu sein scheint. Doch was hier neben den klassischen aus Rübenöl (!), Mehl, Hefe und Weizen hergestellten Stollenprodukten so feilgeboten wurde, war – sofern mit Butter und Spezereien versehen – eben illegal. Zumindest kirchenrechtlich gesehen.

»Legal, illegal, sch...egal! Hauptsache es schmeckt«, werden sich die betreffenden Stollenbäcker gedacht haben. Nicht so aber ihre obersten sächsischen Landesherrn. Bei Kurfürstens musste alles mit rechten Dingen zugehen. Daher musste interveniert werden. Aus kirchenrechtlichen Motiven. Also Eingabe beim Papst in Rom: Ob er jetzt nicht mal eine Ausnahme machen könnte bei dem Striezel. Weil, der würde hier oben in Dresden und Umgebung mit Rübenöl hergestellt, und das schmecke irgendwie, ja, zum Abgewöhnen, man könne das nicht anders sagen. Aber eigentlich solle man sich doch auf das Wiegenfest irgendwie freuen können. Das ginge aber in Sachsen nicht. Wegen der Würgerei mit dem Stollen und dem stinkenden Rübenöl. In Dresden gäb's auch keine Olivenbäume wie bei Papstens in Italien. Ob man da also fürderhin ausnahmsweise nicht auch Butter in den Christstollen ...

Jaaa, sagte da der Papst in Rom, da kann man drüber reden. Da kann man ins Geschäft kommen. Denn ihr braucht Butter, und ich brauche, na, was wohl? Richtig: Geld! Das Leben als Papst ist nämlich sehr, sehr teuer. Also: Ohne Geld wird's nichts mit der Buttererlaubnis!

Päpste brauchten damals wirklich viel Geld, weil ihre Vorgänger in der Regel Schulden hinterlassen hatten (Altlasten!). Weil man vor der Wahl zum Papst aber auch großzügigst Bakschisch verteilte und Pfründe versprach, weil man Kriege, Mätressen, Kinder und Bastarde, den ganzen Hofstaat, die Kunst und die Wissenschaft und nicht zuletzt das ein oder andere bescheidene Kirchlein finanzieren musste. Und da war gerade so ein Kirchlein, das der finanziellen Hilfe bedurfte. In Freiberg. Das Kirchlein war ein Dom, und sein Fertigbau kostete viel Geld. Also, sagte der Papst, wer bei euch die Butter in den Stollenteig rühren will, der kann das machen, aber nur, wenn er vorher zahlt. Und zwar an mich. Wegen des Doms. Okay, sagten da die Dresdner, das rechnet sich. Und also erließ der Papst die folgende Verfügung:

»Sintemahl nun, dass euretwegen für uns vorgegeben, dass in Euren Herrschaften und Landen keine Oehlbäume wachsen und dass man des Oehls nicht genug, sondern viel zu wenig und stinkend habe, dass man dann teuer kaufen muss, oder solches Oehl allda habe, das man aus dem Rübsenoehl mach, dass der Menschen Natur zuwider und ungesund, durch dessen Gebrauch die Einwohner der Lande in mancherlei Krankheit fallen. Also sind wir in den Dingen zu eurer Bitte geneigt und bewilligen in päpstlicher Gewalt, in Kraft dieses Briefes, dass ihr, eure Weiber, Söhne, Töchter und all eure wahren Diener und Hausgesinde der Butter anstatt des Oehls ohne einige Pön (Strafe) frei und ziemlich gebrauchen möget.«

So kam gegen Ende des 15. Jahrhunderts die legitime Butter in den Christstollen. Über die Jahrhunderte hinweg gab man sich nunmehr in Sachsen alle Mühe, den Christstollen zu verfeinern. »Ziemlich« kann es angesichts der immer wertvolleren verbackenen Zutaten dabei aber nicht immer zugegangen sein. Im 17. Jahrhundert setzte sich schließlich Dresden mit seinem Striezelmarkt als Christstollenmarktführer durch. Stück für Stück eroberte der mit immer wertvolleren und verführerischen Zutaten bestückte Dresdner Christstollen auch die Exportmärkte. Noch vor dem Zweiten Weltkrieg wurde er – in verzinnten Blechschachteln luftdicht verlötet – als Exportschlager in alle Welt verschickt.

Und nach der auch backpolitisch vollzogenen Wiedervereinigung zeigten die Dresdner Bäcker, dass sie das neue Marktsystem des Westens schneller als viele andere begriffen hatten und sich des Wertes ihres weltbekannten Markenproduktes durchaus bewusst waren: 1991 gründeten sie den Schutzverband Dresdner Stollen e. V., der ca. 150 Dresdner Bäcker und Konditoren vertritt und den Schutz des Markenprodukts mit einer geographischen Herkunftsbezeichnung gewährleistet: Ein ovales Qualitätssiegel mit individueller Herstellernummer garantiert dem Kunden, dass Dresdner Christstollen drin ist, wo Dresdner Christstollen draufsteht.

Doch damit nicht genug. Seit 1994 ist Dresden um eine weitere Stollenattraktion reicher: Seither wird jedes Jahr in der Adventszeit im Rahmen des Striezelmarktes am zweiten Adventssamstag das so genannte Stollenfest gefeiert: Mitglieder des Schutzverbandes backen einen etwa 3,5 Tonnen schweren Christstollen, der auf einem eigens dafür konstruierten Stollenwagen nach einem Umzug durch die Altstadt schließlich mit einem ca. 1,6 Meter langen speziellen Stollenmesser angeschnitten wird. Dem Oberbürgermeister gebührt die Ehre des ersten Stücks. Der Rest wird dann für einen guten Zweck verkauft.

Gut drei Wochen vor dem Stollenfest beginnen in Dresden in ca. 80 Backstuben die Öfen zu glühen. Es gilt nämlich, an die 370, jeweils etwa elf Kilogramm schwere Stollenplatten nach speziellen Schablonen zu backen, die später nach einem genau errechneten Konstruktionsplan zu dem besagten Riesenstollen zusammengefügt werden müssen. Seit dem Jahr 2000 hält man mit einem 4,2 Tonnen schweren Monsterstollen auch den absoluten Weltrekord.

Auf die Idee zu dem touristisch ausgesprochen wirkungsvollen Marketinggag war man in Dresden über einen anderen, einen wahrhaft historischen Riesenstollen gekommen. Es war der Riesenstollen, den August der Starke (1670–1733) 1730 anlässlich eines vierwöchigen »Manövers« im sächsischen Zeithain in der Mühlberger Gegend von der Dresdner Bäckerinnung für seine 24 000 Manövergäste hatte backen lassen.

Das passte zu August, einer der schillerndsten Figuren (nicht nur) der sächsischen Geschichte. Nicht umsonst nannte man ihn »den Starken«. Ein Mann von schier unerschöpflicher Energie war er. Hufeisen soll er mit blanker Hand verbogen haben. Auch sexuell ein Potentat: An die 160 Kinder soll er gezeugt haben. Und ein machtbewusster Mann war er, der sich nicht zu schade war, zum katholischen Glauben überzutreten, um so die polnische Krone zu erlangen. Was damals ein Skandal war. Es versteht sich von selbst, dass August auch mehrere Kriege führte: gegen die Türken in Ungarn oder gegen den expandierenden Schwedenkönig Karl XII. im Nordischen Krieg (1700–1721).

Und August war ein durch und durch barocker Fürst, der noch einmal einen Höhepunkt absolutistischer Machtentfaltung und Prunksucht setzte, bevor das Zeitalter der Vernunft anbrach. Er ließ Zwinger, Hofkirche, die Brühlschen Terrassen und die Frauenkirche errichten, und er gründete die bis heute berühmte Porzellanmanufaktur in Meißen. Er wollte Dresden nach französischem Vorbild zu einem Zentrum für Wissenschaft, Musik, Malerei und (Kunst-)Handwerk gestalten.

Und bei all dem bevorzugte er auch privat einen bizarr-barocken Lebensstil. Er fraß und soff, was das Zeug hielt und was die von ihm ins Leben gerufenen Orgien hergaben – keine Koketterie, die Geschichten und Augenzeugenberichte über Saufgelage und kulinarische Ausschweifungen sind tatsächlich Legion. Sein Körpergewicht bewegte sich zwischen 100 und 120 Kilogramm bei einer Körpergröße von etwas über 1,70 Metern. Kein Kind von Traurigkeit also, der starke August.

Politisch wollte er Sachsen neben Brandenburg-Preußen und Habsburg als dritte deutsche Großmacht etablieren. Um nun zu demonstrieren, was er seinerzeit militärisch so alles aufzubieten hatte und was er auch sonst so alles auffahren konnte, lud er 1730 (drei Jahre vor seinem diabetesbedingten Tod) zu besagtem großen Manöver bei Zeithain ein.

Kurz zuvor hatte er seine Armee noch einmal zu alter Herrlichkeit aufgerüstet. Ein Janitscharen- und ein Grenadierregiment waren auf sein Geheiß neu aufgestellt worden. Und zu guter Letzt hatte er im ganzen Lande die längsten Kerls ausheben lassen, woraus dann die so genannten »Grandmusketairs« formiert wurden, die als erstes Bataillon der Leibgarde in bunten Uniformen besonders beeindruckten. So sehr, dass man der Meinung war, sie seien viel zu schade, um von irgendwem irgendwann zusammengeschossen zu werden.

Die Gästeliste war mindestens ebenso beeindruckend wie die aufgefahrenen 30 000 sächsischen Militärs: Alles, was Rang und Namen hatte, bevölkerte die prächtig ausgestatteten Zeltlager und Tribünen: Prinzen und Fürsten, Barone und Herzöge, jede Menge »fürnehme Etrangers« und allen voran der alte preußische Eisenfresser, der Preußenkönig Friedrich Wilhelm I., mit seinem Sohn. Militärische Manöver zur Machtdemonstration wechselten mit allerlei Lustbarkeiten unterschiedlichster Natur.

Für das leibliche Wohl war hinlänglich gesorgt: 160 Ochsen wurden geschlachtet, 160 Bäcker versorgten Gäste und Soldateska mit Brot, 55 000 Kannen Wein wurden ausgeschenkt, und auf der Elbe schipperten ganze Flotten von Bier-, Musik- und Lustschiffen. Ein gigantisches Feuerwerk sorgte für eine weitere kurzweilige Unterbrechung des Lagerlebens. Mit anderen Worten: Es war eine riesige Militär-Kirmes mit bunten Fahnen, mit Musik, mit Rums und Bums und Tschingderassabum, weshalb dieses Manöver auch als das berühmte »Zeithainer Lustlager« in die Geschichte einging.

Und einen der Höhepunkte stellte zweifelsohne der kolossale Lagerkuchen dar, den August gegen Ende der ganzen Veranstaltung für seine Lagergäste auffahren ließ. An die 100 Bäcker und Konditoren waren zur Hand gegangen, um den 1,8 Tonnen schweren und »14 Ellen langen Lagerkuchen« herzustellen. Von dem Kriegs-Ministerial-Secretair Carl August Engelhardt liegt eine auf Augenzeugenberichten beruhende Beschreibung des Zeithaimer Lustlagers aus dem Jahre 1803 vor. Demzufolge bestanden die Zutaten aus »18 Scheffeln Mehl, 82 Schock Eiern, 3 Tonnen Milch, 1 Tonne Hefen, 1 Tonne Butter«. Allerdings: »Von Rosinen, Mandeln, Zucker, Zimt, Rosenwasser usw. findet sich nirgends eine Angabe – ein Beweis, dass auch damalige Schriftsteller schon ... Hauptsachen übersehen konnten.« Vielleicht aber waren diese »Hauptsachen« auch gar nicht verbacken worden. Schon allein die Unmengen des damals teuren weißen Weizenmehls machten den Lagerkuchen zu einem extravaganten Vergnügen.

Acht Pferde mussten den Wagen ziehen, auf dem man den Stollen präsentierte. Ein eigener Ofen war extra gebaut worden, um diesen gigantischen Teigballen zu einem auch nur halbwegs genießbaren Stollen zu erhitzen. Ein Zimmermann war es schließlich, der mit einem an einen Krummsäbel erinnernden Stollenmesser das Rekordbackwerk anschnitt. Manch einer der Gäste soll sein Scheibchen wie eine Reliquie noch jahrzehntelang in Erinnerung an das verschwenderische Lagerleben aufbewahrt haben.

So war das damals, im Jahre 1730. Der Bewunderung durch die Zeitgenossen konnte sich August angesichts solcher Prachtentfaltung sicher sein. Doch bei all dem Staunen über all den Luxus und das hemmungslose Bekenntnis zu Prunk und Power des starken August und seiner Regentschaft blieb rückblickend doch ein bitterer Nachgeschmack. Denn fiskalisch stand Sachsen, völlig überschuldet und von hoher Steuerlast gewürgt, am Abgrund. Zwei Generationen später beschreibt der bereits oben zitierte sächsische Kriegs-Ministerial-Secretair Carl August Engelhardt, wer unter dem Strich all die Prasserei, die Wohltaten und die Aufrüstung einer Hauptstadt einst bezahlen musste und was davon zu halten sei:

»Egoismus?? – Wenn ein Fürst schwelgt oder, wie mancher klug sich ausdrückt: brav aufgehen lässt, damit Geld unter die Leute komme – mögen wohl, so lange … Kreditoren wacker vorschießen, die Zeitgenossen … in mancher Hinsicht nicht übel sich befinden. – Wie aber, wenn ihre Kinder und Kindeskinder dieses Wohlsein ausbaden müssen – ›Wir nur wollen Genuss, mag die Nachkommenschaft darben‹, das heißt es, wenn man die Zeiten, wo [das Land] mit Schulden überhäuft wurde, goldne Zeiten nennt – und das ist wohl der gröbste Egoismus, der sich denken lässt, denn – er umfasst nicht ein einzelnes Ich – nicht eine Familie, einen Stand, Ort usw., sondern – das ganze Vaterland.«

Geschichte wiederholt sich nicht, sagen die Historiker. Da haben sie wohl Recht. Aber es gibt Ähnlichkeiten, die einem den Atem verschlagen.

Durian

... was die asiatische Durian mit einem Harzer Leichenfinger gemeinsam hat und warum man bei ihrem Verzehr im Hotel den Manager verständigen sollte ...

Am Harzer Käse scheiden sich hierzulande die Geister. Herstellungstechnisch gesehen, handelt es sich um einen Sauermilchkäse, die Erfindung von Schweizer Kasern, die sich im Dreißigjährigen Krieg mehr oder weniger zufällig im Harz aufhielten. Olfaktorisch ebenso wie geschmacklich ist ein reifer Harzer Käse, den man in seiner runden Form »Harzer Roller«, in seiner Stangenform weitaus treffender »Leichenfinger« nennt, eine scharfe (und gottlob nur regional bevorzugte) Tellermine. Den beißenden und stechenden Gestank zu mögen stellt ohne Zweifel eine Grenzform des Masochismus dar.

Das Gleiche gilt für den Genuss der vor allem in Frankfurt und Mainz beliebten hessischen Variante »Handkäs' mit Musik«, bei dem es sich um einen ölig marinierten und mit Zwiebeln belegten Sauermilchkäse handelt. Solcherlei Stinkbomben lösen bei ihren Liebhabern blankes Entzücken aus. Alle anderen hingegen streckt in der Regel eine akute Atemlähmung nieder.

Der Harzer ist also nichts für Lungenkranke. Doch hebt man den Blick einmal über den Tellerrand Richtung Asien, wird man staunend gewärtig, dass sich im Vergleich zu einer dort heimischen und in weiten Teilen sehr beliebten Baumfrucht selbst ein in der Sonne zu Höchstleistungen gereifter Harzer geruchlich nur als eine erbärmliche Lachnummer ausnimmt. Die Rede ist von der Durian. Diese südostasiatische Spezialität scheidet dort, wo sie heimisch ist und gezüchtet oder einfach nur verzehrt wird – in Malaysia, auf Borneo, in Thailand, Indonesien, Japan, aber auch in China und vor allem in Hongkong – gleichermaßen die Geister.

Und das hat – wie beim Harzer – Gründe: Die reife bzw. überreife, dunkelgelbe bis olivgrüne und in etwa footballgroße Durian, die mit ihren holzigen, konisch zulaufenden dornigen Höckern wie eine atomar mutierte Monster-Litschi aussieht, verströmt einen Gestank, der in Worte zu kleiden schwierig ist. Am häufigsten bedient man sich des Vergleichs mit einer Mischung aus faulen Eiern, verdorbener Hundenahrung, überreifem Käse (Harzer oder Limburger), Zwiebeln und Ziegenbock. Das Ganze übergossen mit Terpentin – eine Meisterleistung der Natur.

Die Durian, deren Name sich vom Malaiischen »duri« für Dorn ableitet, wird also nicht umsonst synonym »Stinkfrucht«, »Baumkäse« oder – weil die Zibetkatzen ebenfalls einen bestialischen Gestank absondern und sich gerne auf dem bis zu 40 Meter hohen Durianbaum aufhalten – auch »Zibetkatzenbaumfrucht« genannt. Verständlich, dass in den betreffenden Ländern Asiens das Mitführen von Durionen in Taxis, in Bussen, auf Fähren oder in U-Bahnen häufig (zum Beispiel in Singapur) nicht gestattet ist.

Auch Hotels, vor allem solche, die internationale Gäste betreuen, verbitten sich in der Regel die Anwesenheit der stinkenden Frucht. Und wer glaubt, eine überreife Durian – und sei sie auch noch so gut verpackt – in einem Flugzeug im Handgepäck mit sich führen zu können, der irrt gewaltig. Vor allem internationale Airlines haben den Bann über den Stinker gelegt. Was bisweilen zu wahren

Verpackungsexzessen der fanatischen Durian-Fans führt, die alles nur Erdenkliche tun, um beim Airline-Schmuggel nicht erwischt zu werden. In der Regel scheitern die Bemühungen jedoch spätestens an der Nase der platzanweisenden Stewardess.

Stellt sich nur mehr die Frage, warum es in Asien allen olfaktorischen Widerständen zum Trotz eine derart große Fangemeinde der übel riechenden Baumfrucht gibt. Warum hier in der Erntezeit im Sommer in Geschäften und an Verkaufsständen überall Durionen ausliegen und ihren Pesthauch in die Straßen entlassen. Doch darauf gibt es eine relativ einfache Antwort: Es ist der Geschmack!

Nachdem man mit einer Axt oder einem scharfen Messer die ca. 1,5 Kilogramm schwere Durian in vier Teile zerlegt hat und das ungenießbare butterfarbige Fruchtfleisch abgezogen hat, liegen fünf Kammern mit jeweils zwei bis vier Samenkernen frei. Und um die geht es. Das heißt, genau genommen geht es um den jeweiligen rahmfarbenen und sehr weichen, fast puddingartigen Samenmantel. Er ist das Objekt der Begierde und wird in der Regel direkt und ohne weitere Zutat roh verspeist.

Und wie schmeckt sie nun, diese helle, gelbliche Masse? Hier gehen freilich die Ansichten zwischen Fans und Feinden erneut extrem weit auseinander. Vor allem Europäer tun sich (anfangs) schwer mit dem eigenartigen Geschmackspotpourri. Ein britischer Abenteurer, der im Jahre 1800 Siam besuchte, beschrieb seine Empfindungen beim Verzehr der ersten Durian wie folgt: Durian zu essen sei in etwa vergleichbar mit dem Genuss von Hering mit Blauschimmelkäse über einer offenen Kloake! Nicht sonderlich charmant, dafür aber repräsentativ für das Geschmackserlebnis der meisten Europäer, weil man für gewöhnlich nicht in der Lage ist, den Geruch vom Geschmack zu trennen.

Alfred Russel Wallace (1823–1913), britischer Zoologe und Forschungsreisender, war da ganz anderer Ansicht: Eine Durian schmecke wie eine kräftige, butterähnliche Eiercreme, aromatisiert mit Mandeln, weder sauer noch süß oder fruchtig, aber das sei egal, man vermisse nämlich nichts von alldem, weil die Durian, so wie sie sei, eben einfach perfekt schmecke! Und seine Meinung teilen wohl die meisten Durian-Fans. Sie vergleichen das Fleisch des Samenmantels auch gerne mit einem Vanillepudding, der mit Mandeln gewürzt ist, ein wenig nach Frischkäse und süßer Zwiebelsauce oder Himbeersirup sowie nach Sherry schmeckt.

Dafür also reißen sich die Durian-Fans in Südostasien ein Bein aus, dafür fahren sie hin und wieder auch mal 100 Kilometer weit, um an All-you-can-eat-Partys auf Durian-Plantagen teilzunehmen. Und weil es sonst zu Prügeleien käme, ist sogar das Aufsammeln herabgefallener Früchte unter wild wachsenden Bäumen gesetzlich geregelt.

Man kann die Durian nicht nur als Frischfrucht ohne jede weitere Zutat essen, man kann sie auch mit Zucker bestreuen oder klein gehackt mit Salz und Pfeffer verzehren. Man kann Pasten aus ihr zubereiten, Marmelade und Eiscreme, die halb reifen Früchte kann man zudem in Suppen verwenden oder als Gemüse kochen. Auch Kuchen und Bonbons kann man daraus herstellen. Die etwa kastaniengroßen Kerne lassen sich zudem in Scheiben schneiden, frittieren und zu Reis servieren.

Aber Vorsicht, es sind mächtige Früchte. Sie weisen Vitamin B, C und E sowie Eisen, aber eben auch Eiweiß, Fett und verschiedene Zucker auf. Wer allzu gierig zugeschlagen hat, kann sich zur Linderung der Übermast einige

Blätter des Betel-Pfeffers in der Herzgegend aufkleben. Betel-Pfeffer soll die Wirkung der Durian aufheben.

Die Bewohner von Davao auf Mindanao schwören als Verdauungshilfe auf den anschließenden Verzehr von Mangostane, einer Beerenfrucht, die viele Menschen für die am besten schmeckende Frucht der Welt überhaupt halten. Durian und Cola sollte man hingegen strikt meiden. Die Folgen bestehen in der vermehrten Neigung zum – nun ja – zum Rülpsen, und dies mit einer Geruchsnote, die auf eine Form innerer Verfaulung verweist. Den Gestank an den Fingern beseitigt man kurioserweise am besten mit einem Fingerbad in der mit Wasser gefüllten Durianschale.

Hierzulande ist die Durian wegen der hohen Verderblichkeit eher selten zu erhalten (und man muss deswegen nicht unbedingt Trauer tragen: Wir haben ja unseren Harzer!). Am ehesten wird man noch in Thai-Shops fündig. Sollten Sie aber jemals nach Südostasien reisen und auf die Idee verfallen, eine Durian zu probieren, und sollten Sie den Stinker nicht direkt auf der Straße verzehren wollen, sondern im Hotel, und sollte es Ihnen gelingen, die Durian an der Rezeption vorbei in Ihr Hotelzimmer zu schmuggeln, dann beherzigen Sie folgenden Rat:

Rufen Sie umgehend beim Hotelmanager an und beschweren Sie sich über den Gestank auf Ihrer Etage in etwa wie folgt. Das sei ja wohl die Höhe, so was habe man ja noch nie erlebt, ob das Hotel wohl die städtische Sammelstelle für tote Katzen sei, man werde in keinem Fall bleiben, wenn der Gestank nicht umgehend abgestellt werde, und überhaupt, man werde das Hotel auf Schmerzensgeld verklagen! Wenn Sie das nämlich nicht tun, werden Sie der Einzige im ganzen Hotel sein. Und der Hotelmanager wird mithin sofort wissen, wo er Sie und Ihre Stinkfrucht findet.

Und ob er dann allein die Durian vor die Tür komplimentiert und auf welche Weise er dies tut, ist auch in Südostasien fatalerweise eine reine Frage des Temperaments.

Eier

... warum das Ei im Allgemeinen eine Säule der Küche ist, das Frühstücksei im Besonderen ein Scheidungsgrund sein kann und wie Schantall, Dieter und Helmut Rettung versprechen ...

Es sind häufig die besonders simplen Wahrheiten, die nachhaltig beeindrucken. Auch in der Kochkunst. Alexandre Dumas père (1802–1870), weltberühmter Autor der »Drei Musketiere« und des »Grafen von Monte Christo«, brachte ausgerechnet über das Ei eine solch simple Wahrheit zu Papier: »Es gibt Menschen, für die ein Ei einfach ein Ei ist.« Und dann: »Die irren sich.«

Die irren sich, fürwahr! In seinem »Großen Wörterbuch der Kochkunst«, schon seit langem ein Standardwerk der französischen Kochliteratur und bis heute ein in Teilen durchaus praktikables Kochbuch (das Dumas während seiner beiden letzten Lebensjahre schrieb und das nach gut 130 Jahren nun endlich auch in deutscher Übersetzung vorliegt), zählt der Mantel-und-Degen-Literat alleine 48 Rezepte auf, in denen das Ei die Hauptrolle (!) spielt. Und nicht alle kommen so extravagant daher wie das »Cuisinier imperial von 1808«, für dessen Zubereitung zwölf Enten am Spieß gebraten werden, nur um anschließend den aus ihnen gewonnenen Bratensaft über fünfzehn pochierte Eier geben zu können. »Zwölf Enten für fünfzehn Eier! Was sagen Sie dazu?«

Ja, was soll man dazu sagen? Wer – wie die meisten Menschen – als kulinarischer Simpel über diesen Erdball irrt und das Ei lediglich gekocht, als Spiegel- oder Rührei, bestenfalls noch als Bestandteil eines Omelettes, Pfannkuchens oder Kuchenteigs kennt, dem bleibt nur fassungsloses Staunen angesichts der ungeheuren Vielfalt der möglichen Zubereitungsformen. Dabei hatte Dumas zum Stichwort Ei nur einen Bruchteil dessen zusammengetragen, was man in Frankreich bereits seit langem zum Thema kannte. Mitte des 17. Jahrhunderts waren dort schon 60 verschiedene Ei-Zubereitungsformen bekannt, hundert Jahre später waren es gut 120. Im »Appetitlexikon« von Habs und Rosner aus dem Jahre 1894 wird darauf verwiesen, dass man im Jahre 1803 bereits 543 Eiergerichte zählte. Und 1912 führte der Küchenmeister Moritz Richter in seinem Kochbuch »Eierspeisen« gar 1 004 Rezepte auf. Vorsichtigen Schätzungen von Fachleuten zufolge dürften es heute mittlerweile gut 2000 Rezepte sein, in denen das Ei eine mehr oder weniger wichtige Rolle spielt.

Das »Appetitlexikon« lobte infolgedessen das Ei schon vor hundert Jahren als »eine der Säulen der Küche, bei deren Wegnahme die Kunst elend zusammenbrechen würde«. Und Grimod de la Reynière, einer der ersten französischen Gastrokritiker, erkannte in seinem »Almanach des Gourmands« von 1810 in den Eiern eines der »herrlichsten Geschenke, welche die Vorsehung je dem menschlichen Appetit gemacht hat«. Mit anderen Worten: In der Küche ist das Ei (übrigens ähnlich der Zwiebel) zwar nicht alles. Aber ohne das Ei ist in der Küche doch alles nichts.

Und so wundert es nicht, dass das Ei als Fruchtbarkeitssymbol und nahrhaftes Nahrungsmittel, wenn auch mit Unterbrechungen, seit gut 4000 Jahren (vermutlich von Indien ausgehend) eins der beliebtesten Objekte der kulinarischen Begierde darstellt. Im Mittelalter dienten in unseren Breitengraden Eier gar als Zahlungsmittel.

Der kleine Mann entrichtete seinen Naturalzins seit dem 12. Jahrhundert bisweilen in Form von Eierlieferungen an seinen Lehnsherrn – eine Art »Eizehnt«. Weshalb man bis heute noch hin und wieder Geld nicht nur als Kohle, sondern auch als Eier bezeichnet.

Auch in die Philosophie, die Kunst, das Design und in die Werbung hielt das Ei bedeutungsschwangeren Einzug. Die Philosophie stellte die Seinsfrage: Woher kommen wir? Wohin gehen wir? Was war zuerst da? Das Huhn oder das Ei? Der philosophiefeindliche Evolutionsbiologe gibt darauf eine zutiefst nüchterne und die Diskussion abrupt beendende Antwort: Das Ei! Denn die Eier der ersten Reptilien erblickten lange Zeit bevor das erste Huhn überhaupt zu gackern wagte, bereits das Licht der Welt. Mithin war das Ei als Fortpflanzungsidee vor dem Huhn da. Was Bibelgläubige wiederum bezweifeln. Ihrem Glauben zufolge wurden die Tiere ja von jenem höheren Wesen entworfen, welches sie verehren. Demzufolge wäre das Huhn zuerst da gewesen.

Zum Ei als elementarer Urform fühlte sich in der bildenden Kunst besonders der rumänische Bildhauer Constantin Brancusi (1876–1957) hingezogen, der abstrakte Skulpturen von bisweilen bezwingender Schönheit und Einfachheit schuf. Dass er die Bildhauerei irgendwann aufgegeben habe, weil ihm ein dem Ei vergleichbar genialer Gestaltentwurf nicht gelang, ist eine ebenso schöne wie abstruse Legende. Auch der weltbekannte Designer Arne Jacobsen (1902–1971) ließ sich vom Ei inspirieren, als er seinen berühmten »Egg-seat«, eine gestalterische 50er-Jahre-Verirrung, entwarf.

Und wer an Eier denkt, denkt natürlich an Kolumbus (1451–1506), den angeblichen Entdecker der Neuen Welt. Der soll 1493 nach seiner ersten »Indien«-Reise bei Kardinal Mendoza eingeladen gewesen sein, wo ihm spanische Edelleute vorhielten, dass seine Entdeckung so spektakulär nun auch wieder nicht gewesen sei. Daraufhin soll Kolumbus seine Verächter erbost aufgefordert haben, ein Ei auf eins seiner Enden zu stellen, was natürlich keinem der Anwesenden gelang. Kolumbus schlug daraufhin das Ei mit einem Ende auf den Tisch, was nach derlei beeindruckender Behandlung stand wie eine Eins. Schöne Geschichte, aber ein ziemlich faules Ei.

Erstens war Kolumbus bereits tot, als der Amerikareisende Girolamo Benzoni die Geschichte 1565 in Venedig erstmals in einem Buch über die Entdeckung der Neuen Welt veröffentlichte. Zweitens gab Benzoni zu, die Eier-Geschichte nur gehört zu haben, und drittens stammte sie vermutlich von dem Florentiner Baumeister Filippo Brunelleschi (1377–1446), der auf einer Architektenversammlung mit dem Eier-Trick beweisen wollte, dass nur er um die richtige Konstruktion für die zu bauende Domkuppel wisse. Entweder hat Kolumbus also gar kein Ei auf den Tisch gehauen, oder es war damals einfach nur ziemlich in Mode, mit einem Ei seine Genialität unter Beweis zu stellen.

Man sieht: Das Ei hat nicht nur Köche beschäftigt. Dennoch wollen wir an deren Betätigungsort zurückkehren, um an dieser Stelle praktische Lebenshilfe zu geben. Denn das Ei ist bisweilen Gegenstand erbittert geführter Auseinandersetzungen: Warum gibt es braune und weiße Eier? Ist das braune Ei gesünder oder leckerer als das weiße? Wo ist beim Ei oben, wo unten? Nähert man sich mit jedem erneuten Eier-Verzehr dem cholesterinbedingten letalen Herzinfarkt? Und vor allem: Wie kocht man das perfekte Ei?

Letztere ist mehr als alle anderen Fragen bisweilen von wahrhaft schicksalsträchtiger Bedeutung fürs Zwischenmenschliche: Denn das Frühstücksei, genauer das weiche, noch genauer das pflaumen- oder wachsweiche Frühstücksei, hat unverhofft schon so manch jung vermähltes Glück auf eine zu hart (oder zu weich) gekochte Probe gestellt. Nicht selten nämlich fliegt nach wiederholt missglückter sonntäglicher Eierkocherei der Löffel des(r) wutentbrannten Jungvermählten durch die Küche, wenn er oder sie feststellt, dass sich der geehelichte Partner des perfekten Eierkochens als nicht mächtig erweist. Gesellt sich zum fliegenden Eierlöffel alsdann noch so etwas wie ein gegrummeltes »Selbst zum Eierkochen zu blöd«, kann dies das vorzeitige Ende des jungen Glücks bedeuten. Den Frühstückstisch räumen dann in aller Regel Scheidungsanwälte ab.

Vielleicht war es also Mitleid, dass sich die Wissenschaft dem Problem annahm und das Ei näher durchleuchtete. Was dabei herauskam, lässt jedoch bedauerlicherweise und ausgerechnet in der Frühstückseischeidungsfrage am Praxisbezug der Wissenschaft zweifeln. Doch der Reihe nach und nicht den Kopf hängen lassen, Erlösung naht. Aus einer ganz anderen Richtung. Sie werden sehen.

Zur Form: Die Form des Eis ist unbestritten genial, weil stabil. Selbst Seewolf Harmsdorf wäre nicht in der Lage, ein zwischen zwei Fingern gehaltenes Ei zu zerdrücken (es sei denn, es hätte einen – und wenn auch noch so kleinen – Sprung). »Formen, die man nicht verbessern kann«, war denn auch der Slogan einer Werbung von Volkswagen im Jahre 1962, in der ein Ei gezeigt wurde, auf dem ein Käferheck abgebildet war.

Doch in der Frage, wo bei der genialen Eierform oben und wo unten ist, wie man also ein Frühstücksei in den Becher zu stellen hat, lassen uns Volkswagen und Wissenschaft im Stich. Ornithologen mühten sich, die Frage zu klären, indem sie das Huhn beim Legen mittels Röntgenstrahlen durchleuchteten. Man wollte herausfinden, welches Ende denn nun zuerst das Huhn verlässt. Aus England meldete man: Das stumpfe Ende zuerst! Was für das spitze als das obere Ende gesprochen hätte. In Deutschland sieht die Ornithologie jedoch in über 80 Prozent der Fälle das spitze Ende zuerst das Federvieh verlassen. Also keine Einigung. Es bleibt Ihnen überlassen zu definieren, was oben und was unten ist.

Im Hinblick auf die Eierfarbe kann Ihnen hingegen geholfen werden. Die ist nämlich nachweislich genetisch bedingt. Das heißt, ob ein Huhn braune Eier oder weiße Eier (und zwar immer) legt, ist von der Rasse abhängig und lässt sich auch nicht an der Farbe der Ohrläppchen oder des Gefieders ablesen. Braune Eier sind auch weder gesünder noch schmecken sie besser als weiße oder umgekehrt. Denn in beiden Eiern ist dasselbe drin. Und was da drin ist, macht das Ei zur begehrten Nährstoffbombe. Aber auch zum gesundheitlichen Schreckgespenst: Neben wertvollen essenziellen Aminosäuren, Vitamin D und A, Natrium, Kalium, Eisen, Phosphor und Magnesium entfallen auf 100 g Hühnerei auch ca. 600 mg Cholesterin.

Cholesterin – das ist im vom Wohlstandsinfarkt gepeinigten Nachkriegsdeutschland der wohl am meisten gefürchtete Stoff. Und da hilft es auch nicht, dass die Wissenschaft längst nachgewiesen hat, dass man entgegen früherer Annahmen den Cholesterinspiegel über die Nahrungszufuhr weder signifikant erhöhen noch signifikant senken kann. Der gesunde Körper steuert über ein Homöostase genanntes System den Cholesterinspiegel selbst ein, das heißt, er baut bei einem Überschuss Cholesterin ab und produziert Cholesterin bei einer Unterversorgung. Was auch durchaus sinnvoll ist, denn Cholesterin braucht der Mensch. Und das nicht zu knapp: Allein das infarktgefährdete Herz (!) besteht zu 10 Prozent, das schlagbedrohte Gehirn gar aus bis zu 20 Prozent Cholesterin. Doch es hilft alles nichts: Über dem Ei liegt seit mindestens 30 Jahren der Cholesterinfluch – allerdings mehr in Form eines theoretisch schlechten Gewissens. Praktisch gegessen werden Eier mehr denn je.

Und nun zur Schicksalsfrage: Wie kocht man ein Ei wachsweich? Bei der Beantwortung dieser Frage wächst die Wissenschaft, zumal die neue Disziplin der so genannten Molekulargastronomie, über sich hinaus. Zunächst: Stechen Sie das Ei an, bevor Sie es ins Wasser legen. Das, so lernen wir, dient nicht – wie bisher vermutet – dazu, Luft entweichen zu lassen. Die gezielte Störung der Eierschalenstruktur verhindert vielmehr, dass sich Spannungen aufbauen, die das Ei eventuell zum Platzen bringen. Man kann stattdessen das Ei auch in Essig baden. Damit löst man Kalkspatkristalle aus der Schale, was den gleichen Effekt haben soll.

Aha!

Unübersichtlicher wird's schon, will man erklären, warum man besser ältere Eier verwenden und diese auch abschrecken sollte, wenn man die Schale nach dem Kochen problemlos pellen und eine Braunfärbung des Eidotters (beim Hartkochen) verhindern möchte. Hier entfalten Albumine, wechselnde pH-Werte und Kohlendioxid im Zusammenspiel irgendwie ihre folgenreiche Wirkung. Quintessenz: Schwer schälbare Eier sind frisch, leicht schälbare sind nicht mehr ganz so frisch.

Wir haben verstanden.

Und jetzt kommt's: Zur Bestimmung bzw. zur Korrektur der exakten Kochzeit – und das ist des Pudels Kern – empfiehlt uns die Wissenschaft unter Berücksichtigung der luftdruckbedingt unterschiedlichen Siedepunkte des Wassers in unterschiedlichen Höhen (in den Alpen liegt der Siedepunkt von Wasser weit niedriger als an der Küste) die Ermittlung der Siedepunkterhöhung über die ebullioskopische Konstante bzw. den Born-Haber-Kreisprozess. Auch eine Näherungsformel, die sowohl die Lagertemperatur, die Temperatur des Eis als auch dessen Umfang berücksichtigt, hat man gefunden. Mit ihr kann man angeblich die Kochzeit auf mindestens zwei Stellen hinter dem Komma berechnen – wenn man kann.

Herrschaften: Damit kann man auch nicht eine einzige junge Ehe retten, die drauf und dran ist, am Streit über das Frühstücksei zu zerbrechen!

An dieser Stelle wäre das offenkundige Scheitern der Molekulargastronomie Grund genug, herzlich zu verzweifeln. Gäbe es da nicht Dieter, Hartmut und Schantall. Die Piepeier. Sie sind – man kann das wohl ohne Übertreibung behaupten – nach der Erfindung des revolutionären Eiersollbruchstellenverursachers zur einwandfreien und linearen Kappung des Eierkopfes die wahrscheinlich genialste küchentechnische Einrichtung seit der Entdeckung des Feuers. Denn mit Dieter, Hartmut und Schantall kann man das gesamte Formelwerk der Wissenschaft auf einfachste Weise praktisch umsetzen.

Und das geht so: Die drei Piepeier sind aus Kunststoff und haben Form und Größe eines mittelgroßen Hühnereis. Man bewahrt sie mit den natürlichen Eiern gemeinsam im Kühlschrank oder in der Speisekammer auf. Will man ein oder mehrere Eier kochen, legt man das betreffende Piepei gemeinsam mit den Hühnereiern zeitgleich in das kochende oder noch kalte (dann erübrigt sich das Anpiksen) Wasser. Detlef ist für weiche Eier, Schantall für wachsweiche und Hartmut für harte Eier zuständig. Ist die bereffende Zeit abgelaufen, beginnen die Eier laut vernehmbar die Melodie »Ich wollt, ich wär ein Huhn …« zu piepen. Und das alles funktioniert im Flachland ebenso wie im Hochgebirge. Und ganz ohne jede ebullioskopische Konstante.

So einfach geht das mit dem Eierkochen. Dann fliegen auch keine Eierlöffel mehr – am Frühstückstisch, sonntags morgens um halb zehn in Deutschland!

Und dann klappt's auch mit der Rentensicherung!

Frauen und Alkohol

… warum Alkohol Frauen und Asiaten schneller aus den Schuhen haut als den männlichen Rest der Menschheit …

Es müssen Millionen sein. Es müssen sehr viele Millionen Euro sein, die an einem jeden Wochenende von Männern in unzähligen Cocktail-, Wein- oder Champagnergläsern versenkt werden mit nur einem Ziel: den weiblichen Widerstand in willenlose erotische Hingabe zu verwandeln. Wir reden von Alkohol als Beischlafkatalysator.

Damit wir uns nicht falsch verstehen: Wir reden in diesem Zusammenhang also nicht von jenem Typ Mann, der mit einer Tüte selbst gebackener Dinkelplätzchen in der Hand das Herz seiner veganischen Kräuterfee im Sturm erobert, um sich mit ihr zu Ethno-Rhythmen aufs Jutekissen niederzulassen und mit einem Glas Sojamilch in sexuelle Raserei zu saufen.

Wir reden auch nicht von jenem Typ Frau, die schon die männliche Ambition als ein grundsätzlich verwerfliches Verhaltensmuster identifiziert, weil sie es als reines Unterwerfungswerkzeug im ewigen Kampf der Geschlechter empfindet. Wir reden im Gegenteil von jener in allen sozialen Schichten etablierten Geschlechteranbahnungskultur, in der ein Glas Alkohol beiderseitig als prickelnde Stimulans in einem mehr oder weniger amüsanten Verführungsspiel empfunden wird.

Das Spiel ist einfach. Und es findet statt. Jeden Tag. Zwischen Fremden und Ehepartnern. Und auf allen

Niveaus: In der Eckkneipe wird mit Kümmerling und Kirschwasser operiert, in der Disco mit Whisky-Cola, in der gehobenen (Hotel-)Bar mit Champagner. Wie viele Kohabitationscocktails werden wohl jedes Wochenende von fleißigen Bartendern geschüttelt und gerührt?

Ziel ist es, mittels einer gezielten Alkohol-Dosage das Objekt der männlichen Begierde so weit zu enthemmen, dass es schließlich mit einem Seufzer den Kopf an die Schulter des Verführers legt und die zutrauliche Warnung säuselt: »Mein Lieber, gleich bin ich beschwipst!« Was in der Regel heißen soll: »Was dann passiert, dafür bin ich nicht mehr verantwortlich.« Das ist es! Darum geht es! Angekündigter Kontrollverlust! Übergabe der Verantwortung! Dafür zahlt der Mann die Zeche. Widerstandslos wird sie bald in seine Arme sinken, im Hotelbett, auf dem Kanapee oder auf dem Bärenfell.

Und dann – millionenfach – diese maßlose Enttäuschung. Denn nicht selten sinken Gnädigste im entscheidenden Moment eben nicht in seine, sondern in Morpheus' Arme. Und das mit einer Geschwindigkeit, die den mühsam aufgebauten Erotik-Zauber wie eine Seifenblase platzen lässt.

Das war's. Der ganze Abend eine einzige Fehlinvestition! Gnädigste schlafen!

Was in frustrierender Regelmäßigkeit ein solch enormes Leid auslöst, ruft naturgemäß irgendwann die Wissenschaft auf den Plan. So auch in diesem Fall. Unlängst hat sich ein Forscherteam an der Mount Sinai School of Medicine in New York der Frage gewidmet, warum Alkohol Frauen einfach schneller aus den Pumps haut als Männer, warum sie also schneller betäubt entschlummern und so dem alten Verführungsspiel ein abrupteres Ende bereiten als erhofft und vorgesehen.

Bisher war bereits bekannt, dass Frauen schon allein

deswegen weniger Alkohol vertragen, weil sie in der Regel ein geringeres Körpergewicht sowie einen prozentual höheren Körperfettanteil und somit weniger Wasser aufweisen. Da sich Alkohol in Fett jedoch nicht so gut löst wie in Wasser, ist die Alkoholkonzentration bei Frauen höher als bei Männern. Ergebnis bekannt.

Doch verantwortlich fürs weibliche Schwächeln ist darüber hinaus – so die neuesten Erkenntnisse – vor allem ein Enzym. Alkohol wird nämlich zum Teil im Magen von dem Enzym Alkohol-Dehydrogenase (ADH) abgebaut. Das amerikanische Forscherteam verabreichte einer Gruppe von weiblichen und männlichen Probanden Alkohollösungen mit unterschiedlichen Alkoholkonzentrationen und untersuchte daraufhin den Spiegel von drei verschiedenen ADH-Typen im Magen der Teilnehmer. Und dabei stellte sich heraus, dass bei Alkoholkonzentrationen zwischen 10 und 40 Prozent, also bei Wein und schweren Alkoholika wie Whisky oder Cognac, bei Männern die Aktivität des so genannten chi-ADH-Enzyms sehr viel höher liegt als bei Frauen. Demzufolge bauen Frauen höhere Alkoholkonzentrationen nicht so gut im Magen ab wie Männer, der Alkohol wandert mithin über die Blutbahn direkt ins Gehirn und legt dort beizeiten zur Enttäuschung von Don Juan und Co. den Hebel von erregter Anspannung auf süße Träume um.

Ein kleiner Trost: Bei Getränken mit nur fünf Prozent Alkohol, wie zum Beispiel Bier, gibt es zwischen Männern und Frauen beim enzymbedingten Abbau des Alkohols offenbar keinen Unterschied. Hier herrscht gleiche Augenhöhe. Bedauerlich nur, dass sich Bier für den kultivierteren Teil der Menschheit als erotische Stimulans in etwa so gut eignet wie ein Tretroller für eine Formel-Eins-Veranstaltung. Bier leidet zu sehr unter dem Stigma, Bölkstoff für grölende Männerhorden in gekachelten

U-Bahn-Schächten zu sein. Es fehlt dem Bier die Grandezza eines feinperligen Champagners, es fehlt die Exotik eines Pina Colada.

Also bleibt lediglich die alte paracelsische Erkenntnis, dass nach wie vor die Dosis das Gift macht, dass man also bei Champagner und Cocktail Vorsicht walten lassen sollte. Vor allem dann, wenn man das Geschlechteranbahnungsunternehmen nicht vorzeitig torpedieren und dem Untergang weihen will.

Gänzlich ungeeignet ist der Einsatz von Alkohol übrigens, wenn die betreffende Dame auf dem Spielfeld der Leidenschaften Asiatin ist. Der Versuch, hier mit einem Glas Bollinger oder gar mit einem kunterbunten Karibikdrink Türen zu öffnen, könnte in einem wahren Desaster enden. Der Grund: Gut der Hälfte der Asiaten fehlt ein weiteres Enzym, das zum Alkoholabbau benötigt wird. Wird der Alkohol, wie oben erwähnt, zunächst im Verdauungstrakt sowie in der Leber mittels ADH zu Acetaldehyd abgebaut, bedarf es zur weiteren Vernichtung des toxischen Acetaldehyds in ungefährliche Essigsäure des Enzyms Acetaldehyddehydrogenase, das man verständlicherweise auch einfach ALDH nennt. Bei gut der Hälfte der Asiaten ist dieses besagte ALDH jedoch inaktiv. Die fatale Folge: Erst läuft der Kopf rot an, es folgen Schweißausbrüche, Übelkeit und rasender Puls – das Flush-Syndrom. Auch nicht sehr prickelnd.

So viel Benachteiligung durch die Natur provoziert Widerstand. Zum Beispiel bei Kim. Kim, in Stuttgart geborene Tochter koreanischer Eltern, lebt in Berlin und arbeitet in der Musikszene. Kim ist jung – und Kim will kiffen! Denn Alkohol, die Volksdroge Nummer eins, verträgt sie aus besagten Gründen überhaupt nicht. Dass sie deshalb das hierzulande allen anderen Menschen zugestandene Recht auf Rausch nicht wahrnehmen kann, empfindet sie als eine gesetzlich nicht legitimierte Einschränkung ihrer Persönlichkeitsrechte.

So wie der normale Mitteleuropäer nach der Arbeit zur Entspannung eine Flasche Wein öffnet, dreht sich Kim gerne einen Joint. Das entspannt. Also will sie Cannabis legal erwerben, besitzen und genießen. Dafür klagt sie.

Seit die Bundesopiumstelle in Bonn ihren ersten Antrag im Jahre 2000 abgewiesen hat, befindet sich Kim auf dem langen Marsch durch die Rechtsinstanzen. Gegebenenfalls will sie sich bis zum Bundesverfassungsgericht durchklagen.

Und Kim macht mobil: Auf einer eigenen Internetseite (www.kimwillkiffen.de) hält sie über den jeweiligen Stand der rechtlichen Dinge auf dem Laufenden. Pressespiegel, Kontaktforum, Newsletter, ein KWK-Shop mit Merchandising-Produkten wie T-Shirts und Tassen sowie eine »Kim's Kiffer Compilation«, eine CD mit 18 »Tracks« von szenebekannten »Hiphop-Artists«, runden das elektronische Kiffer-Angebot ab. Die Szene jubelt. Ihre Internetseite wurde 2002 auf der CannaBusiness in Castrop-Rauxel mit dem HANF-Preis ausgezeichnet. Hanf-Preis in Castrop-Rauxel. Man staunt.

Auch in Japan hat die genetisch bedingte Alkoholintoleranz bunte Blüten des Widerstands evoziert. Hier gehört es zum guten Ton, dass der Chef seine Angestellten hin und wieder nach Feierabend auf ein Glas in einer Bar einlädt. Nicht selten artet das Gläschen jedoch in eine saftige Macho-Sauferei aus. Wer sich dem entzieht, gilt als Weichei und kegelt sich selbst aus der Gemeinschaft.

Eine Antidrogengruppe bietet nun all denen, die wegen der ihnen angeborenen Alkoholunverträglichkeit unter derartigen Gepflogenheiten allzu sehr leiden, eine Art Sticker an: ein Pflaster, das anzeigt, ob der Betreffende Alkohol überhaupt verträgt oder nicht.

Da das entsprechende Enzym in Spuren auch im Körperschweiß enthalten ist, kann es von dem präparierten Pflaster nachgewiesen werden. Färbt es sich rot, fehlt dem Betreffenden das entsprechende Enzym und er darf darauf hoffen, nicht weiter mit Aufforderungen zum Alkoholkonsum behelligt zu werden. Färbt es sich nach fünf Minuten leicht rötlich, ist lediglich moderater Alkoholkonsum angeraten. Bleibt es ungefärbt, heißt das: alkoholtauglich! Dann darf der Chef erwarten, dass man richtig zulangt. Für den Team-Geist, den japanischen.

Doch wäre die Pflasteridee nicht – in modifizierter Form – auch im eingangs erwähnten Geschlechteranbahnungsunternehmen einsetzbar? Wäre nicht ein Pflaster sehr hilfreich, das sich warnend rot färbt, wenn sich der champagner- oder cocktailbedingte Alkoholspiegel der Umworbenen enzymmangelbedingt in gefährliche Nähe des Narkotisierungsniveaus bewegt?

Die Umworbene selbst und ihr Verehrer sähen sofort: Gnädige Frau haben gleich die Lampe an. »Barkeeper, die Rechnung, bitte! Schnell!«

Gänsestopfleber

... warum die Stopfleber im wahrsten Sinne eine pathologische Delikatesse darstellt und von Tierschützern deshalb am liebsten auf dem Altar der Genüsse geopfert würde ...

Umstritten war sie, die Foie gras d'oie (die fette Leber der Gans), bereits im 19. Jahrhundert, als sich in Paris und in anderen französischen Großstädten ein zunehmender Markt für das bäuerliche Luxusprodukt entwickelte. Alexandre Dumas (s. S. 87) beklagte 1870 in seinem großen »Wörterbuch der Kochkunst« die schon seinerzeit als äußerst fragwürdig empfundenen Methoden zur Herstellung des degenerierten Fettorgans. Er rügte dic »unerhörten Foltern«, die man den Gänsen antun würde, die man sich nicht mal für die ersten Christen ausgedacht hätte:

»Man nagelt ihre Füße auf Holzbretter, damit keinerlei Bewegung die Verfettung störe, sticht ihnen die Augen aus, um zu verhindern, dass äußere Reize sie ablenken, stopft sie mit Nüssen, ohne ihnen jemals zu trinken zu geben, wie laut sie auch vor Durst schreien mögen.« Und zur Untermauerung fügte er das herzergreifende literarische Plädoyer des Feinschmeckers und Autors Comte de Courchamps an, der bereits mehr als ein halbes Jahrhundert zuvor »im Namen der Straßburger Gänse« eine Petition »an das Oberhaus« geschrieben hatte. Was in Frankreich damals allerdings ebenso wenig Folgen zeitigte wie die meisten Reforminitiativen der Tierschützer heute in Brüssel.

Der Streit hat also Tradition. Und auch wenn man heutzutage Gänse zur künstlichen Lebermast nicht mehr blendet oder festnagelt: Das Procedere des Stopfens gewaltiger Mengen von Mastfutter mit Hilfe von Stopftrichter, -schlauch oder -stahlrohr, um die Gänseleber künstlich zu einem degenerierten, um das Sechs- bis Achtfache seiner natürlichen Größe angeschwollenen Fettkissen (900–1000 g) aufzuschwemmen, reizt nach wie vor die Gemüter.

Dabei hängt die Beurteilung der Stopferei allein davon ab, welchem Gott man huldigt: Die Feinschmecker knien nieder vor dem Altar höchster Genüsse, um derentwillen man auch bereit ist, die Schmerzgrenze aller anderen Beteiligten deutlich hoch zu halten. Die Moralisten hingegen predigen im Dom der Natur und im Sinne der Schöpfung und rufen ebenso apodiktisch wie gallig nach gesetzlich garantierter Barmherzigkeit fürs geschundene Federvieh.

Am erbärmlichsten fühlen sich in dieser Debatte von jeher die moralischen Genießer, die nie so recht wissen, welcher Stimme sie nun folgen sollen, der des Bauches oder der des Herzens.

Die Stimme des Bauches hat dabei eine weitaus längere Tradition als die des Herzens. Bereits Plinius (23–79) im alten Rom lobte die Gans wegen ihrer »vortrefflichen Leber, die durch Mast besonders groß wird und sogar noch nach dem Ausnehmen fortwächst, wenn man sie in versüßte Milch legt«. Plinius spekulierte seinerzeit, welchem Römer wohl die Ehre gebühre, die Mästerei mit Stopfnudeln aus Gerste, Feigen und Datteln erfunden zu haben: ob Scipius Metellus oder Marcus Sejus. Nun, Plinius hätte geholfen werden können: Es waren nämlich keine Römer, die als Erste Gänselebern mit Macht und Mast aufbliesen, sondern bereits vor 4500 Jahren die

Ägypter, was Darstellungen in einem Grabmal zweifelsfrei belegen.

Auf welch verschlungenen Wegen die Stopfmästerei ins gelobte Land nach Frankreich kam, weiß man nicht genau. Im 16. Jahrhundert kannte man sie jedenfalls bereits in der Gascogne. Eine der pikantesten Variationen der Gänseleber erfand jedoch im 18. Jahrhundert zu Beginn der 80er Jahre Jean Pierre Clause, der damals noch sehr junge Küchenchef des Marquis de Contades, Marschall und französischer Oberkommandierender in Straßburg im Elsass. Der Marquis hatte ihn beauftragt, für erwartete Gäste einmal nicht das Übliche zu servieren, also weder Kaninchen noch Nudeln, noch die »ewigen« Elsässer Spätzle, sondern etwas Außergewöhnliches zu kreieren.

Clause erfand daraufhin den Prototypen der ersten Stopfleberpastete, die – in ausgereifter Form – wenig später König Ludwig XVI. in Paris kredenzt wurde. Der schenkte daraufhin aus lauter Dankbarkeit dem Marquis Ländereien in der Picardie. Clause machte sich nach der großen Revolution mit dem ersten Leberpastetenladen selbständig und gründete damit die bis heute weltweit bekannte Straßburger Leberpastetentradition.

Doch trotz aller steigenden Nachfrage in Paris und anderen Städten – bis in die Sechziger des 19. Jahrhunderts blieb die Stopfleberproduktion in Frankreich für die betreffenden Bauernhöfe wohl eher ein lukratives Zubrot. Erst mit dem wirtschaftlichen Aufschwung in den Sechzigern begann man die Stopfleberproduktion auszuweiten und zu professionalisieren. Das war zudem die Zeit, in der man auch die Ente als Leberlieferanten zunehmend einsetzte (Foie gras de canard). Sie lässt sich leichter (vor allem in Massenbetrieben) halten und mästen und deckt mittlerweile um die 90 Prozent der Stopflebernachfrage.

Frankreich ist unbestritten bis heute *das* Land der Stopfleber. Keine Nation produziert und verzehrt so viel des pathologisch aufgepumpten Geflügelorgans. Die Hauptproduktion liegt im Südwesten, besonders gute Qualität kommt maßgeblich aus der Gascogne oder dem Périgord. Um die steigende Nachfrage in Frankreich zu decken, wird mittlerweile aber auch aus Ungarn und Israel zugeliefert.

Wer einmal die selbstverständliche Verehrung des umstrittenen Objekts vor Ort besichtigen möchte, der sollte in der Zeit zwischen November und März nach Frankreich in die Gascogne fahren und sich auf den Marchés au gras, den Märkten für gestopfte Gänse und Enten in Samatan, Gimont, Périgueux oder Aire-sur-Adour, umschauen. Hier kann man beobachten, mit welcher Andacht das geschwollene Organ angeboten und begutachtet wird. Hier kann man gegebenenfalls auch die Hersteller nach den Umständen der Mast befragen, Besichtigungstermine verabreden. Foie gras ist eben Vertrauenssache.

In Deutschland (wie auch in Österreich und in der Schweiz) ist die Stopfleberherstellung aus tierschutzrechtlichen Gründen verboten, der Import – wie sinnig – hingegen nicht. Und die Deutschen gehören zu den größten Importeuren von Gänse- und Entenstopfleber aus Frankreich, wenngleich sich die Verzehrmengen hier nach wie vor verschwindend gering ausnehmen gegenüber den Konsumgewohnheiten der Franzosen.

Und je mehr gegessen, produziert und im- und exportiert wird, desto heftiger fallen die alljährlichen Proteste und Aktionen der Tierschützer aus. In Deutschland und in der Schweiz vor allem, wo man gerne einmal in konzertierter Aktion die Toiletten von Restaurants verstopft, die Foie gras auf der Karte führen (»lieber verstopfen als stopfen«). Aber mittlerweile regt sich auch Widerstand in Frankreich. Und zwischen den Fraktionen der fanatischen Genießer und der ebenso fanatischen Tierschützer herrscht eine wahrlich lange und herzlich gepflegte Feindschaft. Die Schützengräben verlaufen entlang einer heftig umkämpften Front zwischen Moral und Genuss – ein Frontverlauf, der auf keinen Frieden hoffen lässt.

Denn die einen reden von jeher davon, dass man sich beim Stopfen lediglich die natürliche Veranlagung der Gänse zunutze mache. Gänse seien schließlich Zugvögel, die von Natur aus sehr gefräßig seien, um ihre langen Reisen überstehen zu können. Und man verweist auf die Erkenntnis, dass Gänse bei unbegrenzter Bereitstellung von Futter weit mehr fressen würden, als man ihnen beim Stopfen zuführe (ca. 25 Kilo in drei Wochen). Die anderen reden von der brutalen Prozedur einer auf Organdeformation angelegten Zwangsüberernährung, für die ein Mensch vergleichsweise jeden Tag etwa 17 Kilogramm Spaghetti essen müsste, bis seine Leber 20 Kilogramm schwer sei.

Denn die einen reden von jeher von artgerechter Haltung frei laufender Gänse, die erst in den letzten drei Wochen ihres ansonsten glücklichen Gänselebens die Stopfprozedur im Stall recht gelassen über sich ergehen lassen würden. Denn würde es sie stressen, würde sich dies auf die Qualität der Leber auswirken, weil die Tiere doch so sensibel seien. Schlechte Leberqualität sei aber nicht zu verkaufen. Die anderen reden davon, dass es sich bei solchen Betrieben um reine Vorzeigeunternehmen handele. Millionen von Enten und Gänsen würde man jedoch in elender Massentierhaltung in Käfigen mit hydraulischen Pumpen den Futterbrei in den Magen pumpen, bis er platze.

Denn die einen reden von jeher von himmlischen Genüssen, vom genialen Zusammenspiel zwischen edlem

Süßwein und einfach in Butter oder Gänseschmalz gebratener und mit Salz und Pfeffer zart gewürzter Gänseleberscheibe, von rosa pochierter, durch ein Sieb gestrichener und mit Madeiragelee glatt gerührter Gänselebermousse, von Trüffelpasteten und Leberparfaits. Die anderen reden von unerträglichen Schmerzen, von Erstickungstod, verletzten Speiseröhren, von Herz- und Nierenversagen, von Leberblutungen und Darmentzündungen.

Keine Hoffnung auf Frieden! Wer Stopfleber isst, der wird diesen Spagat der Unvereinbarkeit mitessen müssen. Aber das geht. Fragen Sie mal einen Franzosen. Oder einen anderen Leberliebhaber.

Man kann sich auch in scheinbarer Sicherheit wiegen und Stopfleber nur noch in einem der Sternetempel delektieren, in der stillen, wenn auch nicht sonderlich begründeten Hoffnung, höchste Qualität sei Garant fürs vormalige Glück der gestopften Gans. Das geht auch.

Nur eins geht nicht: sich mit Ekel abwenden, lauthals über die Stopferei der Gans schimpfen, großspurig über Tierrechte spekulieren und am nächsten Tag ein Turbomasthähnchen aus der Tiefkühltruhe im Supermarkt abgreifen – das geht nicht: Tierrechte sind nicht teilbar!

Genfood

... wie man ganz ohne jede Gentechnik in Atomkraftwerken und in aller Stille Evolution spielte und unsere Märkte mit »naturbelassenen« Gemüse-, Obst- und Getreidesorten bestückte ...

So ein Nackthuhn ist schon eine prima Sache. Wie ein zum Huhn mutiertes rosafarbenes Gummibärchen stolziert es daher. Via Genmanipulation wurde das nackte, federlose Vieh von Forschern an der Hebrew University of Jerusalem designed. Als bahnbrechender Gewinn für die Menschheit.

Einen Gewinn verspricht es zunächst einmal dem Züchter bzw. Schlachter. Denn es muss ja nicht mehr gerupft werden, das Nackthuhn. Und das verkürzt die Schlachtzeit. Und Zeit ist Geld, auch beim Hühnertod. Zudem sei es kalorienarm, betonen die Forscher, also gut für die schlanke Linie. Und es kommt in heißen Klimabedingungen besser zurecht und wächst schneller. Rückständige, noch mit Federn bewehrte Hühner verbrauchen beim Wachsen nämlich Energie, die sie über Körperwärme abgeben. Um unter ihrem Federkleid nicht zu überhitzen, wachsen sie im Sommer eben langsamer. Nicht so das Nackthuhn. Ohne Federn keine Überhitzung, also schnelleres Wachstum. Und: Der Züchter kann zukünftig auch bei den kühlenden Belüftungsanlagen Geld sparen. Ein wirklicher Gewinn für die Menschheit.

Andererseits: So ein Nackthuhn sieht einfach echt scheiße aus, und einen Sonnenbrand holt es sich auch schnell. Von Mücken wird es schutzlos attackiert, und wenn's mal richtig kalt wird, geht es auch gerne an Unterkühlung ein. Außerdem kann es sich nicht so recht fortpflanzen, weil es zur Balz und zum Gleichgewicht beim Akt nicht mehr mit den Flügeln schlagen kann. Und vor allem: Kaum jemand will das Fleisch von einer solchen Hühner-Mutante essen. Denn: Die überwiegende Mehrheit der Konsumenten, in Europa zumal und besonders in Deutschland (ca. 75 Prozent), lehnen gentechnisch manipulierte Lebensmittel grundsätzlich ab.

Bilder von Nackthühnern oder von Labormäusen, die ein menschliches Ohr auf ihrem Rücken durch ihren Käfig spazieren führen; Nachrichten von gentechnisch im Labor zusammengebastelten Riesenschweinen, die an Gelenkschwäche und Herzkasper leiden; Nachrichten von Turbolachsen, die zehnmal schneller wachsen als ihre normalen Artgenossen; Nachrichten vom Klonschaf »Dolly« und vom niederländischen »Herman«, dem ersten Rindviech, dem ein Menschengen eingebaut wurde, das normalerweise für das keimtötende Antibiotikum Lactoferrin in der Muttermilch zuständig ist und das fortan auch die Kuhmilch zum Gesundbrunnen machen soll – all das nährt profunde Zweifel, ob Gen-Techniker noch alle Tassen auf ihren DNA-Strängen sauber sortiert haben.

Die Fummelei in Gottes Tierpark ist – bisweilen jedenfalls – sichtbar. Und dann irritiert sie. So eine Ohrmaus stört die Sehgewohnheiten. Da tauchen Visionen aus den angstbeladenen Tiefen der von Horrorfilmen geprägten Bewusstseinsschichten auf. Gen-Labore werden da in unserer Vorstellung zu Hexenküchen, in denen von pathologischem Ehrgeiz angetriebene »Verrückte« ihre Monster zusammenschrauben. Und keiner weiß, was sich »die kranken Hirne« da hinter verschlossenen Türen noch alles für perverse Putzigkeiten zum Wohle der Menschheit einfallen lassen.

Was man beim Tier bisweilen noch sieht, kommt in der Pflanzenwelt in der Regel heimtückisch unsichtbar daher. Ob ein Mais- oder Weizenkorn gentechnisch manipuliert und gegen Fressfeinde oder Pestizidduschen resistent gezüchtet wurde, ob man der Tomate das Enzym Polygalacturonase umgekehrt eingebaut hat und sie damit zur (am Markt völlig erfolglosen, weil fad schmeckenden) Anti-Matsch-Tomate machte – die Fummelei in Gottes Garten sieht man nicht! Und in der Regel schmeckt man sie auch nicht!

Den Verbraucher interessiert bei alldem zuvorderst seine Gesundheit: Macht mich Genfood nun krank oder nicht? Und blickt sorgenvoll in die treuen Augen von Wissenschaft und Politik. Und erhält natürlich keine Antwort.

Denn seitdem Anfang der siebziger Jahre erstmals amerikanische Molekularbiologen an Frosch- und Bakterien-DNA ihren Forscherdrang austobten, wird ein erbitterter Glaubenskrieg geführt. Die einen malen Horrorszenarien an die Wand: Das Einpflanzen fremder Gene in eine Pflanze könne unüberschaubare, komplexe Stoffwechselprozesse auslösen, gefährliche Kettenreaktionen, die zur Bildung hochgiftiger Substanzen im Körper führen. Von Allergie-Attacken ist da die Rede, von seuchenartigen Krankheiten, die in einer Apokalypse die Menschheit und die Natur heimsuchen und vernichten würden. Wenn nicht jetzt, dann irgendwann.

Die anderen wiegeln ab: Völlig ungefährlich, jedenfalls nicht gefährlicher als ohne Genfood. Nichts ist erwiesen. Bis heute gibt es keinen einzigen ernsthaften Gen-GAU. Wieder andere behaupten: Die einen haben Recht, die anderen aber auch. Und damit haben sie wahrscheinlich Recht. Keiner weiß also Genaues. Und die Politik taumelt hin und her zwischen regelmäßig novellierten Verbraucherschutz- und Deklarationsgesetzen, Zulassungs- und Prüfungsverfahren, Einfuhrverboten und Klageandrohungen – zum Beispiel durch die USA vor der Welthandelsorganisation. Ein grandioses Kasperltheater.

Nun steht er da, der Verbraucher, und kennt sich nicht mehr aus. Was er aber nicht kennt, das frisst er auch nicht. Also ist er gegen Genfood, prinzipiell. Und all die, die professionell dafür sind, dagegen zu sein, laufen seither medienwirksam Sturm gegen das verteufelte Genfood. Umweltverbände wie Greenpeace und BUND agitieren gegen Minister, Gen-Labore und Gen-Konzerne wie Novartis und Monsanto, die sich das ganz große Geld mit patentiertem und lizenziertem Genfood erhoffen (und dabei wahrlich nicht zimperlich vorgehen). Öko-Anarchos trampeln derweil Versuchsfelder nieder und kippen genmanipuliertes Soja-Mehl protestierend vor Ministerien. Slow-Food-Happenings und große Tamtam-Initiativen von Gourmets und Spitzenköchen runden das Instrumentarium aus dem Schatzkästchen bürgerlichen Ungehorsams ab.

Begleitend predigen besorgte Ernährungsfachleute ebenso wie die Lordsiegelbewahrer des guten Geschmacks als einzigen Ausweg vor dem Gen-Terror die Besinnung auf eine naturbelassene Kost: frisches Obst und Gemüse. Vom Markt. Oder – besser noch – vom Bio-Bauern. Da gehe man auf Nummer Sicher.

Und dann platzte – von der breiten Öffentlichkeit weitestgehend ungehört – vor nicht allzu langer Zeit eine Bombe. Kenner der Szene, wie der Lebensmittelchemiker Udo Pollmer, waren den ganzen Zauber und das unsinnige Gerede von naturbelassener Kost, vom Obst und Gemüse, wie der Herrgott es erschaffen und wie es der Landmann auf heimischer Scholle gesät und geerntet hat, offenbar leid und klärten auf:

Während die Gegner im Glaubenskrieg um die Gentechnologie in eingeübten Ritualen aufeinander einschlugen, wurden unzählige der im Handel bis heute gebräuchlichen Obst- und Gemüsesorten in Atomkraftwerken durch radioaktive Bestrahlung gezüchtet. Röntgenstrahlen und Kobaltkanonen waren im Einsatz. Und das über mindestens 30 Jahre hinweg. Mit anderen Worten: Die »traditionelle« Züchtung, die man der Gentechnik immer als heile Welt entgegenhielt und -hält, bediente sich jahrelang eines technischen Instrumentariums, das auf dem Horrorindex der Gentechnik-Gegner ganz oben stand: Atomkraft und radioaktive Strahlung!

Das Bild vom Züchter, der wie einst Mendels Gregor im Gewächshaus bunte Bohnen zu neuen Sorten kreuzt, ist in der Tat eine recht romantische Vorstellung. Bis auf traditionellem Züchtungsweg eine neue Obst- oder Gemüsesorte marktreif ist, vergehen nämlich zehn bis 15 Jahre oder auch mehr. Und das ist sehr lang. Denn erstens ist auch in der Landwirtschaft Zeit Geld, und zweitens müssen permanent züchterische Antworten auf neuartige, bisweilen auch aus fremden Ländern eingeschleppte Schädlinge oder Krankheitserreger, auf gewünschte Ertragssteigerungen oder neue Farbwünsche gefunden werden.

Und hier nun also bot die Atomindustrie Anfang der Sechziger ihre hilfreichen Dienste an: mit der so genannten Mutationszüchtung. Strahlen können das Erbmaterial verändern. Um nun eine neue Getreide-, Kartoffel- oder Apfelsorte herzustellen, wurden Versuchspflanzen in Atomreaktoren einem radioaktiven Bombardement ausgesetzt oder auf dem freien Feld mit Kobalt-60-Kanonen beschossen. Künstliche Mutationen wurden auf diese Weise erzeugt.

Dieser Form der Züchtung lag das Zufallsprinzip zugrunde. Da man nicht wie in der Gentechnologie gezielt einzelne Geninformationen austauschen oder manipulieren konnte, setzte man bei solchen Bestrahlungen auf Masse statt Klasse. Gut und gerne an die 10000 Mutanten konnten bei solchen Bestrahlungsaktionen anfallen. Man spielte also Evolution, komprimierte und erhöhte künstlich die in der Natur zum Beispiel durch kosmische Strahlung ohnehin vorkommende Mutationsrate um ein Vielfaches.

Und ohne dass auch nur ein einziger Demonstrant mit einem Protestschild in der Hand und wie Rumpelstilzchen wutschnaubend auf heimischen Boden gestampft hätte, wurden Tausende solcher Mutanten ins Freie – zum Beispiel im bayrischen Wald – ausgebracht, um zu überprüfen, welche der »Missbildungen« sich im Sinne einer gewünschten Änderung positiv entwickelte und zur Weiterzucht eignete. Die Demonstranten waren derweil nämlich intensiv damit beschäftigt, Biolabore zu belagern oder das Ausbringen einer einzigen Pflanzenmutante auf einem Versuchsfeld zu verhindern. Was den konventionellen Züchtern ein unbehelligtes Arbeiten ermöglichte.

Die Unterabteilung der in Wien ansässigen Internationalen Atomenergiebehörde für Pflanzenzüchtung und Genetik verzeichnete die weltweit gemeldeten Zuchtversuche mit Pflanzensorten: Von 1967 bis 1992 waren es alleine 20000 gemeldete Strahlungsexperimente in Atomreaktoren und mit Kobaltkanonen (eine nicht genau zu beziffernde Grauzone von nicht gemeldeten Experimenten, vor allem im ehemaligen Ostblock, nicht mitgerechnet). An die 2500 daraus resultierenden Pflanzensorten sind seither im Handel. Ob Tomaten, Äpfel, Birnen, Weizen oder Gerste, Erbsen, Bohnen, Bananen, Mais, Reis, Quinoa, Trauben, Pfirsiche, Limonen, Papaya,

Erdnüsse – kaum eine Obst- oder Gemüseart, die nicht bestrahlt worden wäre.

Im Bier, im Whisky, in Nudeln – in allem steckt das Mutationsgetreide. Ja selbst die legendären Jute-Säcke, mit denen strickende Rauschebärte in den Siebzigern und Achtzigern gegen Atomkraftwerke zu Felde zogen, waren aus radioaktiv mutierten Jute-Pflanzen hergestellt. Kaum ein Blumenstrauß, in dem sich nicht eine durch Strahlung erzeugte Nelken-, Azaleen- oder Chrysanthemensorte befindet. Und selbst Bio-Bauern dürften der AKW-Züchtung im Nachhinein dankbar sein, stellten Züchter doch auf diese Weise Pflanzenarten her, die kaum oder gar nicht gespritzt werden müssen, weil sie gegen Krankheitsbefall resistent gezüchtet wurden.

Und wer nun glaubt, dass allein die gute alte Sortenkreuzung das alternative Mittel der Wahl sei, dem halten Fachleute entgegen, dass selbstverständlich auch hierbei Gensequenzen im großen Maßstab hin und her geschoben und ein- und ausgeschaltet wurden und werden – mit nicht vorhersehbarem und potenziell ebenfalls gefährlichem Ergebnis. Diese »altertümliche« Form des genetischen Würfelspiels kann – wie bei der Gentechnik – nämlich gleichermaßen kräftig in die Hose gehen: So wies beispielsweise eine auf diese Weise hergestellte Kartoffelsorte einen viel zu hohen giftigen Solanin-Gehalt auf, weshalb man sie schnell wieder aus dem Verkehr zog. Und Kreuzungsversuche von Imkern, die schließlich in die ungewollte Zucht von so genannten Killerbienen führten, können ebenfalls nicht unbedingt als vertrauensbildende Maßnahme gewertet werden.

So naturbelassen sieht's also aus auf unseren Wochenmärkten und auf den Äckern der Bauernschaft!

Kritische Geister wie Udo Pollmer werden nicht müde, darauf hinzuweisen, dass es wohl keine Züchtungsmethode gibt, die gänzlich gefahrlos ist. Glaubt man diesen Stimmen, birgt die Gentechnologie zweifelsfrei große Risiken. Doch selbst die härtesten Kritiker gestehen mittlerweile ein, dass die Gentechnik mit ihrer weitaus präziseren Vorgehensweise von Fall zu Fall weitaus vorteilhafter sein kann als das genetische Roulettespiel, das man mit den herkömmlichen Methoden bisher veranstaltet hat.

Es gilt also zu differenzieren. Ein mühsames Geschäft, mühsamer jedenfalls, als in den Schützengräben zu verharren und sich mit lieb gewonnenen Kombattanten immer wieder die alten bekannten Schlachten zu liefern.

Wer als Verbraucher aber weiterhin unbeirrbar und grundsätzlich gegen jede Form von Gentechnologie ist, sollte im Supermarkt keinesfalls mehr das tun, was die rein rechnerische Mehrheit der Gen-Gegner gleichwohl jeden Tag tut: Man sollte in keinem Fall mehr zu Convenience-Produkten greifen. In denen befindet sich nämlich eine Vielzahl von Enzymen, Vitaminen und Aromen, die längst von gentechnisch aktivierten Mikroben produziert werden.

Auch in vielen Medikamenten befinden sich gentechnisch hergestellte Wirkstoffe (z.B. Insulin), die widerstandslos geschluckt werden. Man sieht, die Materie ist kompliziert, und es ist schwer, sich im Dschungel der Fakten, Halbwahrheiten und Mythen zu orientieren.

Es braucht folglich den öffentlichen Diskurs. Und es braucht vor allem unabhängige, unvoreingenommene, helle und kritische Geister, die helfen, die versteckten Probleme im Detail zu orten.

Den augenfälligen Blödsinn eines Nackthuhns erkennt man von alleine – mit dem gesunden Menschenverstand.

Hummer

... warum ein Hummer »schreit«, wenn man ihn in kochendes Wasser gibt, und wie man beim Sternekoch auf die Grillwurst kommen kann ...

11.00 Uhr, Begrüßung im Restaurant durch den Küchenchef und Besitzer des Sternetempels. Zwölf zahlungs- und lernwillige Amateure haben sich hier für zwei Tage eingefunden, um einem der ganz Großen in der Küche über die Schulter schauen zu dürfen. Um sich zeigen zu lassen, wie's geht – und wie's zugeht bei einem, der sich bereits höhere Weihen erschmurgelt hat. Kochkurs beim Meister.

Man sitzt beieinander, man stellt sich vor. Ein Blick in die Runde macht stutzig. Keine Paare, nur Einzelgänger. Mehrheitlich Männer sind vertreten, Männer an der Ruhestandsgrenze. Essen und Trinken sei die Erotik des Alters, sagt man ja. Muss was dran sein. Die weibliche Teilnehmerschaft ist sehr viel jünger, und ausnahmslos alle haben sie den Kochkurs von ihren Männern geschenkt bekommen. Was auch immer die sich dabei gedacht haben mögen.

Auch Erika aus dem Westfälischen wurde von ihrem Gatten mit diesem Kochkurs bedacht. Leidenschaftliche Köchin sei sie, über 400 Kochbücher habe sie zu Hause. Das beeindruckt. Ja, und zu Hause würde sie überhaupt jeden Tag kochen. Und eigentlich nur vom Feinsten, und nur mehrere Gänge. Das sei halt ihr Hobby. Auch das beeindruckt.

Das sei nun bereits der fünfte Sterne-Kochkurs, das brauche sie eben. Man beginnt, sich ein Bild von Erikas Mann und seinem Kontostand zu machen. Und wenn sie Gäste empfange, dann präge sie die Menüfolge auf feinstes Bütten und präsentiere dieses dann auf einem antiken Notenständer, flankiert von barocken Kerzenleuchtern mit klassischer Musik und so. Das habe Stil. Man beginnt, Erikas Mann zu bemitleiden.

Ja, kochen tun sie natürlich alle gern, und auch schon lange. Ambitioniert sei man irgendwie, aber es gäbe natürlich nichts, was nicht verbesserungswürdig sei. Man beginnt sich angeregt zu unterhalten, welcher Küche man zu Hause den Vorzug gebe. Italienisch sei einfach hinreißend. Und, ja natürlich, auch schnell müsse es manchmal gehen. Aber am Wochenende – es gäbe doch nichts Schöneres als Essen und Trinken! Nur Klaus aus Wuppertal ist recht still. Er hat den Kochkurs von seinen Kindern geschenkt bekommen. Weil er doch zu Hause so gerne grillt, im Sommer. Klaus ist nervös.

Ein erstes Glas Schaumwein. Der Chef stellt das Programm der beiden nächsten Tage vor. Morgen Fleisch und Geflügel: Grundkenntnisse für die Zubereitung von Fasan, Wachteln, Hirschrücken und Reh sowie Vorbereitung des gemeinsamen abendlichen Menüs. Heute aber: Fische, Schalen- und Krustentiere – Grundkenntnisse für die Zubereitung von Jakobsmuscheln, Wolfsbarsch, Seeteufel, Steinbutt, Hummer ... Ha!, ruft Erika dazwischen, dafür sei sie hier. Hummer! Alles habe sie bereits ausprobiert, ja sie habe es sogar zu gewisser Meisterschaft gebracht. Nur Hummer! Da habe sie immer Respekt vor gehabt, weil der ja noch lebe, wenn man ihn ... Erika ist immer ein bisschen zu laut.

Der Schaumwein wirkt. Mit tauben Wangen und ein klein wenig Schwellenangst betritt die Gruppe die heilige

Halle. Die Küche ist nicht groß. Eher klein. Jedenfalls kleiner als erwartet. Aber hier werden Sterne erkocht. Und daran hindern auch die Teilnehmer des Kochkurses die vierzehn ebenso konzentriert wie gut gelaunt agierenden Köche nicht.

Die Vorbereitungen für den Mittagstisch laufen bereits. Wer Sterneküche nur von der anderen Seite der Küchentür kennt, wer nur die kunstvoll bereiteten Amuse-Gueules, die fertigen Gesamtkunstwerke auf den Tellern kennt, der mag versucht sein, in einer solchen Küche auf Spitzentanz eingedrehte nervöse Künstler anzutreffen, Ballerinen am Kochtopf. Weit gefehlt. Hier wird gearbeitet. Kräftige Jungköche wuchten riesige randvolle Töpfe über die Herdstellen. Überall simmert, brutzelt, spritzt, kocht und brodelt es. Eine olfaktorische Melange aus unterschiedlichsten Kräutern umspielt verführerisch die Rezeptoren der Nase – ein Fest der Sinne.

Währenddessen wühlt die Gruppe unter Anleitung des Meisters Eingeweide aus Fischbäuchen, zwickt Papageienschnäbel aus Tintenfischen, durchtrennt Muschelmuskeln und filetiert, so gut es eben geht, Edelfische. Klaus degradiert unter Negierung des »b« den vor ihm liegenden widerspenstigen Fisch zum verfluchten Wolfsarsch. Der Meister überlässt die Gruppe kurze Zeit sich selbst und weist seine Postenchefs an, damit sie ihm nicht einen seiner Sterne verbrutzeln. Erika übernimmt derweil die Führung der Gruppe, zeigt, wie's gemacht wird, routiniert. Wie gesagt, fünfter Kochkurs. Sie gibt ein wenig den Klassenprimus und lässt großzügig abgucken. Das könne sie ja alles. Das sei alles keine Kunst. Sie sei ja nur wegen des Hummers hier. Jetzt wolle sie endlich wissen, wie es geht.

Obwohl, da sei sie jetzt schon ein wenig nervös. Habe gehört, dass der Hummer so entsetzlich schreien würde, wenn man ihn kopfüber in das heiße Wasser gibt. Weil, wie gesagt, der lebe dann ja noch. Man bedenke, das arme Tier. In der Gruppe schaut man sich an. Der schreit? Können Hummer schreien? Wie schrecklich! Klaus murmelt irgendwas wie, Hummer brauche er persönlich sowieso nicht. Er könne Grillwürstchen. Eigentlich reiche das.

Kurze Pause. Stärkung mit einer Kartoffelsahnesuppe mit Sauerkraut und angebratener Blutwurst – eine rustikal-delikate Köstlichkeit. Dazu einen trockenen Weißburgunder aus der Pfalz. Manch einer nimmt einen größeren Schluck, denn als Nächstes gilt es: Hummer!

Ein leises Murmeln geht durch die Gruppe, als der Meister eine Kunststoffkiste aus der Kühlkammer holt. Das Salzwasser in einem großen hohen Topf kocht bereits. Hübsch aufgereiht liegen sie nebeneinander auf Eis in der Kiste. Die Zangen sind mit Gummibändern stillgelegt, um zu verhindern, dass die Tiere sich gegenseitig verletzen. Und in der Tat, sie leben, wenn sie auch ein bisschen träge sind wegen der niedrigen Temperaturen.

Der Meister greift einen der Hummer am Körper. Einmal kurz an die Anrichte geklopft, beginnt das Tier sich aufzubäumen. Die Zangen stehen gerade vom Körper ab, der Schwanz rollt sich ein und wieder aus. Ein Zeichen für Frische. Keinesfalls länger als eine Woche ist es her, dass die Tiere den Atlantik vor Frankreichs bretonischer Küste verlassen haben. Bretonischer Hummer, eigentlich im Moment kaum bezahlbar. Aber bitte, wo sind wir hier schließlich? Da draußen an den Tischen will man nur das Beste, und dafür zahlt man gern.

Der Meister erklärt, worauf es ankommt: In Deutschland sei die einzig erlaubte Methode, Krusten- und Schalentiere zu töten, diejenige, die Tiere in stark kochendes Wasser zu geben. Artikel 13, Absatz 8 der deutschen

Tierschutzverordnung schreibe dies so vor. Dabei solle das Wasservolumen im Topf groß genug sein, damit das Wasser auch nach dem Hineingeben des Tieres noch weiterkocht. Und, nein, man dürfe ihn nicht wie anderswo durch einen Stich in das Hauptnervenzentrum zwischen den Augen töten.

Während er der Gruppe nüchtern den Vorgang der Hummer-Hinrichtung erläutert, zappelt der Delinquent in seiner Hand, als wolle er ein Gnadengesuch einreichen. Doch Gnade wird hier nicht gewährt. Der Meister befreit die Zangen von ihren Gummibändern, weil selbst gekochtes Gummi keinen wirklichen Genuss darstellt, und lässt das bläulich schwarze Tier in Rückenlage und mit dem Kopf voran ins sprudelnde Wasser gleiten. Erika, erst ganz mutig und ganz nah am Topf, weicht zurück. Blässe legt sich über ihr Antlitz. Erika schwächelt.

Und dann passiert tatsächlich, worauf alle gespannt gewartet haben: Der Hummer schreit! Ein gemeines Geräusch, eine Mischung aus Zischen und schrillem Pfeifen. Und man meint, das Tier im Todeskampf am Topf verzweifelt kratzen zu hören. Einige Mitglieder der Gruppe wenden sich angewidert ab. Andere schauen eher belustigt drein. Klaus lächelt unsicher. Und Erika? Erika wankt. Erika sinkt in die Arme des hinter ihr Stehenden. Frische Luft und Weißburgunder richten sie wieder auf.

Der Meister beruhigt: Der Hummer habe nicht geschrien! Hummer könnten nicht schreien. Hummer seien Kiemenatmer, hätten auch keine Stimmbänder, weil man sich unter Wasser als Hummer anders verständige. Das gehe beim Hummer über Pipi. Wie bitte? Ja doch, wenn sich Hummer begegnen, dann pinkeln sie sich quasi an. In dem Pipi seien nämlich Pheromone, Duftstoffe, die dem Gegenüber signalisieren, wer man ist und so weiter, das sei quasi die Visitenkarte.

Was man da jetzt aus dem Topf gehört hätte, sei allein entweichende Luft aus den Hohlräumen in den Beinen und zwischen Panzer und Körper. Der Hummer pfeife sozusagen auf dem letzten Loch. Aber es sei ein vergleichsweise »humaner« Tod, der zentrale Nervenknoten und der Kiemenapparat würden durch das kochende Wasser sofort zerstört. Das Tier leide nicht, sei sofort tot. Hummer seien eben primitive Tiere, hätten kein Gehirn, kein so zentralisiertes Nervensystem wie Säugetiere, eher das einer Heuschrecke. Manch einer bestreite auch, dass Hummer überhaupt Schmerzen empfinden könnten.

Unwillkürlich erinnert man sich an die Worte von Vincent Klink, versteht besser denn je, was er meint, wenn er von der »Entleibung der Speisen« schreibt. Dass wir den natürlicherweise dem Verspeisen der Tiere vorangehenden Vorgang des Tötens verlernt und delegiert haben. Dass die Steaks aus der Kühltruhe, dass Hamburger und Leberwurst an alles erinnern, nur nicht mehr an das einst lebende Tier, vor dessen Genuss nun aber einmal dessen Tod stehe.

Welche Hausfrau, welcher Hausmann könnte denn noch wie vor hundert Jahren ein Haustier, ein Huhn oder ein Kaninchen, schlachten und ausnehmen? Kaum einer. Vom Wollen gar nicht zu reden. Und wo bekommt man denn, wie in manchen französischen Restaurants, Geflügel mit Kopf und Kralle serviert? Wer wäre hierzulande denn überhaupt noch in der Lage, die Güte und Frische des Geflügels nach Kopf und Kralle zu beurteilen? Keiner. Wie auch? Unser Geflügel begegnet uns nur enthauptet und entfußt, liegt in Kunststoff eingeschweißt im Kühlregal.

Doch beim Hummer ist das anders. Will man ihn zu Hause zubereiten, muss man ihn in der Regel auch selbst töten. Denn nur frisch zubereitet schmeckt er. Tiefgefrorenes und Dosenkost sind es nicht wert, überhaupt erwähnt zu werden. Manche Händler bieten allerdings den Service an, dem Kunden das Töten des ausgesuchten Tiers abzunehmen, und erledigen das noch im Geschäft. Doch das Tier muss um des Geschmacks willen auch in diesem Fall möglichst schnell gegessen oder weiterverarbeitet werden, sonst verliert das Fleisch an Aroma. Und längst nicht alle Händler bieten diesen Tötungsservice. Also muss man es schon selbst machen. Oder man geht ins Restaurant. Oder man verzichtet eben ganz.

Als der Meister das Tier mit einer Zange aus dem Topf hebt, ist es nicht nur ziemlich tot, sondern auch ziemlich rot. Hummerrot. Das liege an einem Beta-Crustacyanin genannten Protein, das vor dem Kochen das eigentlich orangefarbene Carotenoid Astaxanthin im Panzer gebunden habe, weshalb der Hummer von Natur aus blauschwarz sei, erklärt der Meister. Erst durch das Kochen würde das Beta-Crustacyanin seine Struktur verändern, das orangefarbene Astaxanthin könne dann nicht mehr andocken, und so beginne der Hummer schließlich im Todeskampf zu erröten – Küchenchemie.

Doch jetzt wollen natürlich alle an das begehrte Fleisch. Goldgräberstimmung überfällt mit einem Mal die Gruppe. Und jetzt werden hemmungslos die Scheren und die Beine vom Körper gedreht, der Panzer geknackt, und es wird gezuzelt und gesaugt und gefummelt, bis auch das letzte Stückchen Fleisch aus dem letzten Bein seinen Weg in eine der hummergeilen Kehlen gefunden hat.

Nur vom Verzehr der Leber rät der Meister der Sterne ab. Das sei eine Art Nahrungsfilter, und da habe man schon mal Unappetitliches gefunden, Giftstoffe, unter anderem Dioxin. Klaus findet das ziemlich widerlich. Alles: das Totmachen, das Schreien, das Zuzeln am Hummerbein und das Dioxin in der Leber. Erika hat das Zerlegen des Krustentieres wieder eine gesunde Röte in die Backen getrieben. Erika ist begeistert. Die anderen auch.

Abends dann, beim gemeinsamen Fünfgängemenü, vorne im Restaurant bei den übrigen Gästen, ist man sich zu fortgeschrittener Stunde und nach reichlich Spätburgunder allerdings einig. Hummer, ja der schmecke wirklich phantastisch, auch das Kürbis-Eiswein-Süppchen mit Hummer vom Meister heute Abend – einfach hinreißend! À la bonheur! Aber zu Hause? Selbst machen? Die Nummer mit dem Hummer? Nein, man komme dann doch lieber zum Meister.

Klaus findet den ganzen Zauber um den Hummer ziemlich aufgeblasen. Und das müsse man doch jetzt auch mal sagen: Eigentlich sei so ein Grillwürstchen, ein wirklich gutes, also ein gut gewürztes, so über Holzkohle gegrillt und so, einfach ganz klasse. Ganz klasse! Das müsse man doch mal sagen dürfen. Auch an diesem Tisch.

Und da hat er ja irgendwie auch Recht, der Klaus.

Jamón ibérico

... warum der Jamón ibérico der beste und teuerste Schinken der Welt ist und warum man die Schinken liefernde »Schwarzpfote« auch eine herzgesunde »Olive auf vier Beinen« nennt ...

Vor einer giftgrün und graubraun dunkel verwischten, rau verputzten Kellerwand hängt ein zu purem Gold erstarrter, an seinen Flanken verheißungsvoll und metallisch gelb leuchtender Schinken. Ein gigantischer Goldnugget, ein archaischer Klumpen Edelmetall, wie aus uraltem Gestein herausgehauen. Er hängt an einem Seil über einer dunklen Tischplatte, auf der rechts unter dem Goldschinken dezent fünf gestapelte und ebenso verführerisch leuchtende Goldbarren andeuten, welche Währung eigentlich die einzig angemessene für die hängende Handelsware darstellt. Lediglich die natürlich erhaltene Schweineklaue, um die sich haltend das Hanfseil am oberen Bildrand schlingt, verrät, dass das Ausgangsprodukt ursprünglich ein lebendes Geschöpf war: ein Schwein!

Mit diesem in Feinschmecker- und Weinzeitschriften veröffentlichten Bild machte ausgangs des letzten Jahrhunderts einer der bekanntesten und größten spanischen Hersteller von Spitzenschinken Werbung für sein Produkt: Jamón ibérico, den edelsten Schinken der Welt! Auf welchem Parkett man sich mit diesem De-luxe-Schinken bewegt, daran ließ auch der Text des Werbefotos keine Zweifel: »Reines Gold«, stand darüber. »Der beste Schinken der Welt« darunter. Und es sei an dieser Stelle direkt vermerkt: Es handelt sich nicht nur um den besten Schinken der Welt. Es handelt sich auch um den teuersten. Nichts für eine Pausenstulle zwischendurch!

Das hat natürlich Gründe: Wenn man sich nämlich eine hauchdünn von der luftgetrockneten Schweinekeule abgehobelte Scheibe Ibérico-Schinkens auf die Zunge legt, sie dort einen Moment lang verweilen und zart dahinschmelzen lässt, wenn man sie dann mit andächtigem Biss und ohne jede Hast im Mund zu zerlegen beginnt, dann entfalten sich die Geschmacksaromen von ca. dreieinhalb bis vier Jahren Arbeit. Arbeit, die allein im Dienste höchster Genüsse vollzogen wurde. Denn so lange dauert es in etwa, bis von Geburt des Ferkels an das Endprodukt schließlich zum genießerischen Verzehr angeboten werden kann. Was man für ein Produkt dieser Güte alles anstellt, welche Freude und Anstrengungen es bereitet, sei im Folgenden verraten.

Für den besten Schinken der Welt bedarf es zunächst einmal des besten Rohstoffes, den man zur Herstellung gewinnen kann. Denn so wie man aus Plastik nur Trabis und keinen Benz und keinen Audi zaubern kann, so kann am Anfang eines qualitativ hochwertigen Schinkens nur ein ebensolches Schwein stehen. Das *Cerdo ibérico,* das iberische Schwein, ist ein solch hochwertiges Schwein.

Es handelt sich dabei um eine seit Jahrhunderten züchterisch orts- und regionalgebunden erhaltene Rasse – eine halbwilde dazu. Was man sieht: Als Erstes fallen nämlich die dunkle Hautfärbung und das dunkle Haarkleid auf, weshalb man das iberische Schwein und den aus ihm hergestellten Schinken umgangssprachlich auch einfach *pata negra*, »schwarze Klaue« oder »Schwarzpfote«, nennt. Es ist mit seinen relativ langen kräftigen Beinen recht hoch gebaut, hat eine lang gezogene Schnauze und hübsche große Schlappohren – eine genügsame spanische Prachtsau!

Mit seiner Geländeausstattung ist das ganzjährig im Freien lebende iberische Schwein auch bestens an seine Heimat angepasst. Gehalten, gehätschelt und schließlich zur Freude aller Genießer geschlachtet wird das iberische Schwein nämlich im Westen und Südwesten Spaniens, in der extrem sommerheißen Extremadura, in Teilen Westkastiliens und in Nordandalusien. Mit seiner dunkel gefärbten Haut und seinem Haarkleid hält dieses belastungsfähige Urviech sowohl die sengende Sonne als auch den bisweilen recht frischen Wind in dieser Region aus.

Den hier vorherrschenden Landschaftstyp nennt man *dehesa*, womit eine wunderschöne, hügelige, von knorrigen und krumm gebeugten Stein- und Korkeichen licht bestandene Weidelandschaft gemeint ist. Ein einmaliges Ökosystem, das seine seit Jahrhunderten währende Existenz einem einmaligen Zusammenspiel von Mensch, Tier und Pflanzenwelt verdankt. Und das iberische Schwein spielt hier in dieser Landschaft eine Sonderrolle. Eine Sonderrolle, die ihm zumindest in den letzten Monaten seines Lebens eine Wohllebe zubilligt, wie sie im Vergleich den wenigsten Menschen widerfährt, schon gar nicht in den letzten Lebensmonaten.

Nachdem die Ferkel die ersten acht Wochen von der Muttersau gesäugt wurden, ziehen die schwarzen Schweine gemeinsam in kleinen Rudeln durch die *dehesa* und ernähren sich von Wurzeln, Gräsern und Kräutern. Bisweilen auch von Oliven, was sowohl das Schwein als auch sein Endverbraucher geschmacklich zu schätzen wissen. Mit ihren kräftigen Beinen vermag die Ibero-Sau auch längere Strecken auf Nahrungssuche zu bewältigen. Und so durchpflügen und durchwühlen sie – frei wie die Schweine – ihr Revier, düngen den Boden und fühlen sich ganz offensichtlich sauwohl bei der Verrichtung ihres Jobs. Denn das ist *auch* ihr Job: Neben der Rohstofflieferung für exquisite Schinken verdanken sie ihre Existenz der Tatsache, dass ohne sie und ihr schweinetypisches Leben die Ökologie einer ganzen Region ins Wanken geraten würde, die Ökologie von 2,3 Millionen Hektar *dehesas*. (Was nach einer verheerenden Schweinepest beinahe schon einmal geschehen wäre.)

Im Sommer, wenn die Vegetation ihr Nahrungsangebot nur zurückhaltend offeriert, wird Getreide zugefüttert, auch wenn die Ibéricos selbst längere Hungerperioden schadlos überstehen würden. Doch dann, wenn der Winter naht, wenn die Eichen ihre Früchte abwerfen, beginnt die eigentliche Sensation ihres Lebens. 500 Kilogramm Eicheln lässt ein jeder der auf einem Hektar stehenden etwa 35 Bäume unter sich. Jetzt beginnt für den spanischen Schweineadel das große Fressen! Jetzt, in der *montanera* genannten Mastzeit, schlagen sich die schwarzen Aristokraten noch einmal so richtig den Bauch voll. Um die 100 Kilogramm wiegen sie zu diesem Zeitpunkt. In drei bis vier Monaten fressen sie sich weitere 60 bis 80 Kilogramm an! Bis sie im Februar schließlich ihr Schlachtgewicht von ca. 150 bis 180 Kilogramm und ihr Fleisch eine unübertroffene Fettmarmorierung erreicht haben. Gute 700 Kilogramm Eicheln frisst ein solches Schwein in der finalen Mastperiode! Versuchen Sie das mal einer dieser Turbomastsäue im Güllegürtel unserer Republik zu erzählen: 700 Kilogramm Eicheln! Was für ein Leben! In Spanien!

Allein tröstlich für die Vertreter des deutschen Güllegürtels: Auch in Spanien endet das Leben einer Sau auf der Schlachtbank. Mit 14 bis 18 Monaten haben auch die schwarzen Spanier ihr glückliches Leben verwirkt. Geschlachtet werden sie allerdings unter Vermeidung von jeglichem Stress in den Schinkentrocknereien der Region. Hier werden die Eichelschweine schließlich auch in einem geduldigen und langwierigen Prozess veredelt. Der Adelsschlag erfolgt in drei Phasen: erstens Trocknen, zweitens Schwitzen und drittens die eigentliche Reifung.

Um dem Fleisch Wasser zu entziehen, werden die Schinken mit Meersalz bedeckt und in großen Hallen gelagert, wobei sie regelmäßig umgeschichtet werden. Ein bis anderthalb Tage pro Schinkenkilo rechnet man, insgesamt 10 bis 14 Tage. Es handelt sich dabei um eine der edelsten Formen des Einsalzens im Vergleich zum Beispiel zur Spritzpökelung, wie man sie beim Fleisch von Vertretern aus dem Güllegürtel zur Herstellung minderwertiger Schinkenqualität vornimmt: Mit Hilfe einer Spritze bringt man bei dieser Pökelform Salzlake direkt über die Hauptschlagader ins Fleisch ein.

Nach einer Waschung und einer mehrwöchigen Zwischenstation in kühlen Lagerhäusern werden die Edelschinken schließlich in luftigen Trockenhallen aufgehängt, deren Belüftungsklappen je nach Windstärke und -richtung geöffnet und geschlossen werden können. Hier schwitzt der Schinken mit zunehmenden sommerlichen Temperaturen Wasser und Fett aus, verliert bis zu einem Drittel seines Gewichtes. Hier nimmt er auch über die zugeführte Luft die typischen Aromen der Region auf. Zur eigentlichen Reifung wird er im Frühherbst schließlich in zehn Grad kalte Keller gehängt, wo der Edelschimmelpilz *Penicillium roquefortis* wie bei einem Käse die Reifung vollendet, indem er die Entfaltung der komplexen nussartigen Aromastoffe forciert. (Zarte Gemüter verzagen bisweilen beim Anblick der mit Schimmel überzogenen Fleischkeule, weshalb auch gewaschene Ware im Handel angeboten wird.)

18 bis 30 Monate nach der Schlachtung ist der Schinken dann reif. Reif, um mit einem roten Spanier (Kenner bevorzugen allerdings einen Fino oder Manzanilla!) als

Tapa verzehrt zu werden. Anders sollte man ihn nicht genießen. Er sollte der Star im Genussensemble sein und bleiben, will heißen: Er verträgt begleitend nur Wein und ein Stück weißes Brot. Und das bei optimalen 16 bis 20 Grad – wie ein großer Wein!

Natürlich besitzt der Jamón ibérico eine D. O., eine Denominación de Origen, also eine gesetzlich geschützte Herkunftsbezeichnung mit entsprechenden Qualitätskontrollen. Und man unterscheidet klar definierte Qualitätsstufen: Premiumqualität bietet »Jamón ibérico de bellota« mit reinen Eichel- und Kräuterschweinen, »de recebo«-Schweine wurden zusätzlich mit Getreide gefüttert, »de cebo«-Schweine (selten) nur mit Getreide. Gleiche Qualitätsstufen gibt es auch für den Vorderlauf, die *paleta*.

In den Tapas-Bars ist das Schneiden des in einer speziellen Vorrichtung eingespannten Schinkens reine Männersache, eine hohe Kunst und nahezu eine Kulthandlung. Um Hinz und Kunz und damit Hunz am Kult zu verhindern, bieten die Hersteller in regelmäßigen Abständen sogar Nachhilfestunden in Sachen Schinkenschneiden und Geschmacksdifferenzierung an. Alles Dienst am zahlenden Kunden.

Hierzulande ist der Schwarzfußschinken nicht ganz so einfach zu erhalten. Denn Spanien ist zwar europaweit führendes Schweineland, glaubt aber offensichtlich, bis heute die Entbehrungen der jahrhundertelangen schweinefleischfreien muselmanischen Herrschaft ausgleichen zu müssen. Jedenfalls exportiert es gerade einmal ca. zehn Prozent von insgesamt rund 30 Millionen spanischen Schinken.

Gut sortierte Feinkostläden sollten den Edelschinken aber führen (für ca. 15 € je 100 Gramm, ein ganzer Schinken kann 400 € und mehr kosten). Und hier sollte man ab und an einkehren und sich ein paar Scheiben gönnen.

Denn er schmeckt nicht nur gut, er ist auch noch gesund. Fürs Herz! Trotz des Fetts. Das liegt am hohen Anteil der ungesättigten Fettsäuren, wie man sie auch vom ebenso gesunden Olivenöl kennt. Deshalb wird das iberische Schwein von den Herstellern auch gerne »Olive auf vier Beinen« genannt.

Und man sollte ihn ab und an genießen, damit man sich daran erinnert, wie gut Schinken tatsächlich schmecken kann. Alltagsschinken vom Güllegürtel wird man dann nur noch als das empfinden, was sie eigentlich sind: Schinkentrabis aus Schweineplastik.

Andererseits: Man kann nicht jede Scheibe Schinken auf die Goldwaage legen.

Knoblauch

... warum man ausgerechnet mit Knoblauch die Fürsten der Finsternis vertreiben, Untoten den ewigen Frieden und Normalsterblichen ein ewiges Leben schenken kann ...

Es fröstelt ein wenig, wenn der Fürst der Finsternis in Gestalt einer Fledermaus, als schwarzer Hund oder riesiger Wolf die gespenstische Szene betritt. Er saugt seinen Opfern den Lebenssaft aus der Halsschlagader, er scheut das Licht ebenso wie sein Spiegelbild. Und – welch Grauen – er schläft vorzugsweise im Sarg.

Wen er mit spitzem Zahn heimsucht, den infiziert er mit dem Virus der ewigen Unrast, der wird gleichermaßen zum blassgesichtigen Wiedergänger. Und so treiben seine blutrünstigen Untoten als knoblauchscheues Gesindel ihr Unwesen auf dem Londoner Friedhof. Kinder werden entführt und ihres Blutes beraubt, schöne unschuldige Frauen erleiden das gleiche Schicksal.

Die Jäger gehen mit nicht eben edleren Methoden gegen diese Geschöpfe aus dem Reich der Schatten vor. Da werden Särge aufgebrochen, Pflöcke und Messer in Herzen gebohrt und Köpfe von ihrem Rumpf getrennt. Und zu guter Letzt füllt man den Mund der Entleibten – nun ja, es soll ja helfen – randvoll mit Knoblauch. Und man tut dies alles, um die gequälten Kreaturen auf diese Weise vom Schicksal der »Untoten« zu befreien.

Hinter all dem Unheil steckt, die Fans des Grusel-Genres werden es längst erkannt haben, Graf Dracula aus Transsylvanien. Dieser Dracula geistert so erfolgreich wie kaum eine andere Figur durch die Unterhaltungsbranche und bestimmt unsere Vorstellung von Blut saugenden Vampiren und ihrer panischen Angst vor Knoblauch.

Draculas geistiger Vater, der irische Schriftsteller und Theatermanager Bram Stoker (1847–1912), hatte mit seiner Romanfigur eine unsterbliche Stereotype geschaffen. Eine Stereotype, die dazu reizte, sie Hunderte Male zu verfilmen und zu interpretieren: als klassischen Gruselgrafen, als schwulen Blutsauger oder als romantischen Hals- und Herzensbrecher.

Vorbild dieser sehr fiktiven Dracula-Horrorfigur war eine sehr reale Horrorgestalt der rumänischen Geschichte namens Vlad III. Tepes (1431–1477). Von den Legenden um die unsagbaren Grausamkeiten dieses Despoten hatte sich Bram Stoker zu seiner weltbekannten Romanfigur inspirieren lassen.

Doch war Vlad ein Vampir? Nein, Vlad III. war ein walachischer Fürst, der im komplizierten Ränkespiel der unterschiedlichen Mächte im Südosten Europas seine machtpolitischen Interessen nach innen gegenüber seinen Rivalen sowie nach außen – und hier vor allem gegenüber den nach Norden vordrängenden Osmanen – mit brutaler Skrupellosigkeit durchzusetzen versuchte. Weswegen ihn seine Gegner verfluchten. Die Rumänen und Bulgaren allerdings setzten ihrem Helden posthum wegen seiner Treue zum Volk und wegen der Bewahrung des wahren christlichen Glaubens gegenüber den türkischen Muselmanen Denkmäler.

Zimperlich ging Vlad III. bei all seinen Bemühungen tatsächlich nicht vor. Nicht umsonst erhielt er den Beinamen Tepes, was »Pfähler« bedeutet, denn das war seine Spezialität: das Töten mittels eines Pfahls, auf den die Delinquenten mit dem Anus gesetzt wurden und der sich dann langsam in Darm und Innereien bohrte, bis – oftmals erst nach Tagen – der erlösende Tod eintrat. Nach einer gewonnenen Schlacht gegen die Osmanen habe er 20 000 Kriegsgefangene auf einer Ebene pfählen lassen, berichten einige Quellen.

Vlad hatte aber auch durchaus Sinn für – grausamen – Humor: Italienischen Gesandten, die sich geweigert hatten, in seiner Gegenwart ihre Kopfbedeckungen abzunehmen, hatte er – in pädagogisch bester Absicht – die Hüte auf den Köpfen festnageln lassen. Und als eins seiner so genannten »Schlafweiber« behauptete, von ihm schwanger zu sein, soll er der Unglücklichen kurzerhand den Bauch bis zu den Brüsten aufgeschlitzt haben, um selbst in Augenschein nehmen zu können, wo denn wohl die angebliche Leibesfrucht sei.

Es war beileibe kein englischer Gentleman, der Pfählerfürst. Er war allerdings auch alles andere als ein Wiedergänger oder gar Blut saugender Vampir, dem man mit Knoblauch hätte beikommen können. Er wurde stattdessen profan ermordet oder fiel im Kampf. Seinen in Honig eingelegten Kopf überstellte man seinem türkischen Widersacher Mehmed II.

Bram Stoker hatte sich für seinen Dracula aber nicht nur den historischen Vlad III. zum Vorbild genommen, er hatte sich auch aus dem Schatzkästchen des Volksglaubens bedient. Das Ergebnis war schließlich eine Kunstfigur, die weder mit der historischen Fürstenfigur noch mit dem ausgesprochen vielgestaltigen Volksglauben an Vampire in Südosteuropa sonderlich viel gemein hatte. Doch in einer Hinsicht war Stoker durchaus gut beraten und realitätsnah: Der eingesetzte Knoblauch galt bei allen Vampirgläubigen in Rumänien und im Balkanraum tatsächlich als eins der wichtigsten Mittel im Kampf gegen die unheimlichen Wiedergänger.

Erste halbwegs seriöse Berichte, wie man sich in Südosteuropa vor vermeintlichen Vampiren schützte, lagen in Westeuropa bereits zu Beginn des 18. Jahrhunderts vor: Um zu verhindern, dass ein Verstorbener im Grab zum Vampir mutierte, wurde neben vielen anderen skurrilen Abwehrmaßnahmen, wie Leichenfesselungen mit Fischernetzen, Ketten oder eisernen Bändern sowie das Durchtrennen der Fersen- und Kniesehnen, immer wieder auch Knoblauch eingesetzt. Man stopfte ihn in den Mund des verdächtigen Toten, man legte ihn als Grabbeilage in den Sarg oder rieb denselben mit angeschnittenem Knoblauch aus. Der Schilderung eines Mannes aus dem Banat zufolge, die er 1968 (!) zu Protokoll gab, musste der betreffende Bestatter der verdächtigen Leiche gar »eine Knoblauchzehe in den Hintern stecken«.

Gegen die Heimsuchung von Vampiren, die trotz all dieser Vorsorgemaßnahmen ihr Grab verlassen konnten, half dann allerdings nur noch – in erster Instanz –, Fenster, Türen und Schlüssellöcher mit Knoblauch einzureiben und – in zweiter Instanz – die Särge der Vampire zu öffnen, ihnen einen Pflock durchs Herz zu rammen, den Kopf abzuhacken, die Leiche zu verbrennen und die Asche ins Grab zu streuen.

In der Walachei bevorzugte man nach dem Abhacken des Kopfes noch das Aufhauen des Leibes, der anschließend mit siedendem Wein ausgebrüht wurde und sodann den Hunden und Vögeln zum Fraß überlassen wurde. Wer von einem Vampir bereits angefallen worden war und erste Symptome zeigte, musste zur Genesung mit dem Blut des Vampirs eingerieben werden oder dessen Graberde essen bzw. Vampirblut trinken – es ging wahrlich nicht appetitlich zu im Kampf gegen Vampire.

Nun kann man die Ursachen dieses archaisch anmutenden Vampirglaubens aus religionshistorischer Sicht, aus volkskundlicher oder politischer Perspektive zu erklären versuchen. Überzeugende Erklärungsversuche scheint aber auch die Medizin zu bieten. Denn es liegt schließlich nahe, dass das viel beschriebene Aussehen und Verhalten angeblicher Vampire und ihre mythische Panik vor Knoblauch einer vielleicht seuchenartigen Krankheit entsprachen, die man – auf dem Lande zumal – nicht kannte und die mithin aus Unwissenheit in den Gruselglauben an Untote mündete. Solche Theorien gibt es seit geraumer Zeit mehrere.

Besondere Aufmerksamkeit wurde der Porphyrie-Theorie der amerikanischen Wissenschaftler David H. Dolphin und Lionel Milgrom zuteil. Porphyrie ist eine Stoffwechselanomalie, bei der es zu einer Blutarmut infolge der gestörten Synthese des Blutfarbstoffs kommt. Milgrom kaprizierte sich auf eine besondere Spielart der Porphyrie, auf die so genannte Eisen-Mangel-Porphyrie, bei der das zur Produktion des Blutfarbstoffs benötigte Eisen-II-Ion nicht synthetisiert werden kann.

Die Folgen sind eine vampirtypische Blässe, eine extreme und ebenfalls vampirtypische Lichtempfindlichkeit, die zu einer Verlagerung der Aktivitäten in die Nacht führt, Zahnfleischschwund mit Blutungen im Mundraum, was das Hervortreten der Zähne zur Folge hat, sowie eine extreme Sensibilisierung der Sinne, insbesondere des Geruchssinns. Letzteres würde die vampirtypische Abneigung eines Kranken vor Knoblauch und damit die Wirksamkeit des Knoblauchs gegen die »Wiedergänger« erklären.

Klingt gut, die Theorie, wird aber trotz ihrer Popularität von Fachleuten bezweifelt. Denn erstens ist die Porphyrie eine nur sehr, sehr selten in Erscheinung tretende Erbkrankheit, deren Auftreten rein zahlenmäßig kaum ausgereicht haben dürfte, in Südosteuropa einen beständigen Eindruck im kollektiven Gedächtnis der vampirgläubigen Menschen zu hinterlassen. Und zweitens werden mit der Porphyrie Dinge erklärt, die es zwar in der Literatur, nicht aber im Volksglauben gab: Hervortretende Zähne werden dort nämlich nirgendwo erwähnt. Sie sind eine reine Erfindung.

Der Spanier Juan Gómez-Alonso führte statt der Porphyrie als eine weitere mögliche Erklärung die Tollwut ins Feld. In der Tat wüteten in den 20er Jahren des 18. Jahrhunderts beispielsweise in Ungarn Tollwutepidemien. Und einzelne Elemente des Krankheitsverlaufs könnten auch in diesem Fall den seinerzeit heftig aufkeimenden Vampirglauben erklären, beginnend mit der Tatsache, dass die meisten Vampire männlichen Geschlechts waren und Tollwut bei Männern sehr viel häufiger vorkommt als bei Frauen, weil Männer nun einmal mehr auf dem Feld und im Wald arbeiten als Frauen. Und hier können sie entsprechend von infizierten Tieren gebissen werden. Tollwütige reagieren zudem mit heftigen Krampfattacken der Atem- und Schluckmuskulatur auf Spiegelungen und Licht, was sie zu lichtscheuen Wesen macht. Und schließlich sind Symptome wie Rötung der Bissstelle, Schaum vor dem Mund, Beißwut, Schlaflosigkeit mit einhergehender nächtlicher Unruhe, unkontrollierbare Wutanfälle sowie die Abneigung gegen Gerüche wie Knoblauch mehr als vampirverdächtig. Die Tollwut könnte also zur Erklärung des Vampirglaubens in Teilen tatsächlich herangezogen werden.

Volkskundler zeigen sich gleichwohl mit derart monokausalen Erklärungsversuchen (auch Milzbrand war im Gespräch) nicht sonderlich einverstanden, weil sie nie die gesamte Bandbreite des Vampirphänomens im Volksglauben erklären können. Ihrer Meinung nach können sie bestenfalls Bestandteil eines komplexeren Deutungsmusters sein. Und der Knoblauch, der sich in all diese

Theorien so hübsch einfügt, hat ebenfalls nur eine eingeschränkte Beweiskraft für die medizinischen Theorien.

Denn Knoblauch wurde von jeher und überall gegen alles Böse und Übel überhaupt eingesetzt, gegen Hexen und Diebe, gegen Geister und Dämonen. Im Sanskrit wird er der »Mörder der Ungeheuer« genannt, Seeleute trugen ihn zum Schutz vor Schiffbruch mit sich, Bergleute gegen die bösen Mächte der Unterwelt, und Odysseus aß ihn auf Geheiß von Hermes, um von Circe nicht in ein Schwein verwandelt zu werden.

Es mag an seinem strengen Geruch liegen, der sich entwickelt, wenn die schwefelhaltige Verbindung Alliin bei der Verletzung des Fruchtfleisches durch das Enzym Alliinase in das antibakteriell und antimykotisch wirkende Allicin verwandelt wird. Was derart streng riecht, muss wohl vor allem Bösen schützen. Es mag aber auch an der seit Jahrtausenden geschätzten medizinischen Wirkung dieser heilenden Allzweckwaffe liegen, die gegen Schlangen- und Skorpionbisse, gegen Lepra, Pest, Typhus und Blähungen eingesetzt wurde.

Belegt ist, dass Knoblauch der Arteriosklerose entgegenwirkt, den Blutdruck und den Blutzucker senken kann und eine antibakterielle Wirkung besitzt, die man unter anderem in den Schützengräben beider Weltkriege gegen Wundbrand zu nutzen wusste. Er soll sogar gegen bestimmte Krebsarten eine vorbeugende Wirkung entfalten – Knoblauch verspricht ewiges Leben.

Und so was muss auch gegen Vampire helfen. Wer allerdings ganz auf Nummer Sicher gehen will: erst in die Knolle beißen und dann ein Schluck aus der Pulle – Fernet Branca! Soll nämlich auch helfen. Gegen Vampire. Und überhaupt.

Kobe-Beef

... warum man in Japan Rinder angeblich mit Bier füttert, warum man sie bei Musik massiert und wie schnell ein Mythos zur Legende wird ...

Es war Ende der Neunziger. Jene Zeit, als die Menschen mit Vokabeln aus dem Wörterbuch der Krisenstäbe jonglierten: BSE, Kohortenschlachtung, Creutzfeldt-Jacob-Krankheit, Tiermehl, Prionen. In den Medien kolportierten Kriegsberichterstatter die neuesten Nachrichten von der Seuchenfront. Von größter Bedeutung: Body-counting in Großbritannien. Wie viele CJK-Patienten zählte man bereits in britischen Krankenhäusern? Wie viele Tote würde man, hochgerechnet, erwarten dürfen – auch in Deutschland?

Das Fernsehen war aufgeladen mit Bildern von torkelnden Rinderleibern, von in Scheiben geschnittenen, perforierten Hirnwindungen auf Labortischen. Wenig später überfiel die Maul- und Klauenseuche deutsche, britische und holländische Schweinebestände. In den Quarantänezonen stapelten sich die massenhaft gekeulten Stallbewohner zu brennenden und düster qualmenden Scheiterhaufen. Infernalische Bilder. Es verging einem der Appetit auf nahezu alles Fleischliche. Jedenfalls auf Rind und Schwein.

Verzweifelt suchte der Handel die vom Fleischboykott gerissenen Konsumlöcher zu stopfen. Pferdefleisch, Känguru- und Krokodilfleisch wurden hier und da vollmundig als garantiert BSE-freie Alternative gepriesen. »Känguru und Krokodil – ja warum denn nicht?«, wird sich der ein oder andere gedacht haben. Als Fleischfresser war man ja dankbar für jede nahrhafte Alternative, die hoffen ließ, nicht selbst irgendwann zuckend vor laufenden Kameras über den Hof getrieben zu werden. Lange haben sie sich aber in den Auslagen der Metzger nicht gehalten. Irgendwie fühlten sich Pferd und Krokodil auf heimischen Tellern nicht recht wohl.

Auch Bio-Fleisch rückte als Alternative wieder einmal in den Fokus. Ach, die guten Menschen von Demeter und Bioland. Sie hatten es ja schon immer gewusst. Eine genugtuende Bestätigung war die Krise – die Natur keilte zurück, direkt in die Köpfe des bewusstlosen Konsumenten. Allerdings kamen auch hier Zweifel beim Fleischliebhaber auf: Wie politisch korrekt ist so ein BSE-Erreger? Macht er vor den Toren des Bio-Hofes aus Hochachtung vor guter Gesinnung unverrichteter Dinge kehrt? Ein Restrisiko doch auch hier, oder? Was also blieb? Umschwenken auf Geflügel. Den Artensprung aufs Federvieh hatte BSE noch nicht gewagt. Und um ganz sicherzugehen: Bio-Geflügel.

Nur, bei aller Liebe zu Coq au Vin, Hühnersuppe und Fricassée de poulet, als echter Carnivore vermisst man schon bald den Biss ins satte Rinderfleisch. Also die verzweifelte Frage an den Feinkostmetzger: Was kann man tun? Gibt's denn gar keine sichere, wohlschmeckende Rindfleischquelle? Und dann die Überraschung: Ja, doch, da gebe es schon eine Möglichkeit. Da müsse er nur mal kurz in die Kühlkammer.

So, bitte sehr, eine Portion Rinderfilet. Die sei aber leider reserviert. Für den Kunden dort links. Man dürfe das doch mal gerade zeigen. Der Kunde links nickt.

Hervorragende Qualität sei das, führt der Metzger aus. Eigentlich das Beste vom Besten – geschmacklich. Das sei das leckerste, das gesündeste und in Feinschmeckerkreisen das beliebteste Rindfleisch überhaupt – und das teuerste.

»Stimmt alles«, bestätigt der Kunde links und nimmt die abgepackte Fleischration dankbar entgegen. Offenbar ein Kenner. Als Ausweis für seine Kennerschaft trägt er jedenfalls eine prächtige Feinkostbeule über dem Gürtel. Das überzeugt.

Aus Japan komme das Fleisch, führt der Fleischfachmann weiter aus.

Ach was! Aus Japan?

Ja, ja, aus Japan: Kobe-Beef!

Ko... was?

Kobe-Beef vom Wagyu-Rind. Wunderbares Fleisch, herrlich marmoriert. So was würde hier gar nicht hergestellt. Und das sei so was von Bio, das gäb's eigentlich gar nicht, so was von Bio sei das. Man bedenke: Massiert würden die Rindviecher, und mit Bier würden sie gefüttert.

Wie bitte?

Ja, doch. Und vor allem: Japan sei BSE-frei! Garantiert. Absolut sauberes Fleisch also. Er habe da für seine Kunden eine Info-Mappe zusammengestellt, denn der Preis werfe Fragen auf. Die Antworten würde man da drin finden. Wenn man es aber einmal probieren wolle, dann müsse man leider – wie der Kunde links – vorbestellen. Weil: Da sei nur sehr schwer und über sehr verschlungene Wege dranzukommen. Man könne natürlich auch in dem ein oder anderen Feinschmeckerlokal das edle Fleisch vom Wagyu bekommen, aber natürlich mit dem entsprechenden Aufschlag – Augenzwinkern.

Zu Hause dann: Studium der Infomappe und weiterführende Recherchen. Schnell wird klar, warum das Japan-Beef so einen außergewöhnlichen Ruf hat. Der gründet auf den ersten Blick in einem Widerspruch. Denn eigentlich besitzt die japanische Küche gar keine sonderlich ausgeprägte Fleischtradition. Die ersten Rindviecher wurden vermutlich um das Jahr 800 von China nach Japan eingeführt. Aber nur als Arbeitstiere. Zudem fielen die Rinder unter das traditionelle buddhistische Tötungsverbot.

Ein Wandel vollzog sich erst, als sich Japan in der so genannten Meiji-Zeit, der Zeit der »Erleuchteten Regierung« (1868–1912), dem Westen gegenüber öffnete. Kaiser Mutsuhito (1852–1912) hob das Fleischverbot auf. Ein Berater des Kaisers hatte sich mächtig beeindruckt gezeigt von den Verzehrmengen und der Fleischkost der königlich britischen Leibwache, den so genannten »Yeomen of the Guard«, im Volksmund auch »Beefeater«, Fleischfresser, genannt.

Der Kaiser und sein Berater waren sich offenbar schnell einig, dass man als stolze japanische Nation im internationalen Geschäft und vor allem neben dem britischen Empire und seinen Beefeatern nur bestehen könne, wenn der schmächtige Japaner lernen würde, Steaks zu essen. Also zeigte sich der Kaiser vorbildlich und in aller Öffentlichkeit selbst Fleisch essend. Doch die japanischen Fleischzüchter mussten sich einiges einfallen lassen, um den Widerwillen ihrer Landsleute gegen die verachtete Leibspeise der europäischen Langnasen zu brechen. Zumal die Japaner – ähnlich wie die Franzosen – besonders stolz auf ihre Esskultur sind, auf die Qualität und die Ästhetik ihrer Agrarprodukte.

Etwas Besonderes musste also her. Und so kreuzten die Züchter die einheimischen Rinder mit anderen Rinderrassen wie Shorthorn oder Aberdeen Angus. Das Ergebnis dieser züchterischen Bemühungen war einige Jahrzehnte später das so genannte Wagyu, was so viel heißt wie japanisches (Wa) Rind (Gyu). Und weil die Rinder ursprünglich vor allem in der Gegend um die Stadt Kobe gezüchtet und gehalten wurden, nennt man sie deshalb auch Kobe-Rinder und deren Fleisch Kobe-Beef.

Heute kommen die Rinder jedoch kaum noch aus Kobe, sondern aus der Nachbarschaft, maßgeblich aus der Gegend um Matsuzaka bzw. aus Miyazaki von der südlicheren Insel Kyushu. Da Aufzucht und Tierrasse aber angeblich identisch sind, ist die Bezeichnung Kobe-Beef nach wie vor gerechtfertigt.

Fürs Kobe-Beef kommt ausschließlich die Rinderrasse Tajima in Frage: schwarze, gedrungene Rinder, die nur sehr langsam zu ihrem Schlachtgewicht heranwachsen. Sie liefern das sagenhafte, feinstmarmorierte Fleisch, das alle Kenner wegen seines Aromas in höchsten Tönen preisen.

Und in der Tat, es schmeckt unvergleichlich, zergeht wie Butter auf der Zunge und lässt wenigstens für die kurze Zeit des Sinnenrausches den exorbitanten Preis vergessen. Getragen werden die Fleischaromen vom Fett, dass das komplette Muskelfleisch in feinsten Äderchen durchzieht. Um seine Gesundheit muss man sich deshalb gleichwohl keine Sorgen machen, denn die Fettbilanz ist positiv. In diesem Fall liegen die gesunden ungesättigten Fettsäuren im Verhältnis 2 : 1 zu den gesättigten Fettsäuren vor. Zudem weist das Kobe-Beef eine optimal ausgewogene Zusammensetzung von essenziellen Aminosäuren, Vitaminen (B_1, B_2, B_3, B_{12}) sowie Zink, Phosphor und Eisen auf.

Doch das Aufregendste am ganzen japanischen Wagyu-Zauber sind die Behandlung und Aufzucht der schwarzen Fleischberge. Um dieses Höchstmaß an Qualität zu erzeugen, wird den Tieren die größte Zuwendung und Aufmerksamkeit zuteil: Gefüttert werden sie nur mit bestem

Kraftfutter, bestehend aus Getreide, Mais, Soja und Weizenkleie. Hormone und Antibiotika sind selbstverständlich tabu.

Und weil offenbar besonders Tiefenentspannung beste Fleischqualität garantiert, wird das Vieh im Anschluss an die Fütterung mit einem die Rinderseele beruhigenden Liter Bier verwöhnt. Und als wäre es von all dem noch nicht genug verhätschelt, erhält jedes Rindviech täglich noch eine Massage mit Reisigbündeln oder mit einer Bürste, nachdem man es zuvor mit Öl oder gar Reiswein besprenkelt hat. So soll sich das Fett gleichmäßig im Fleisch verteilen. In dem ein oder anderen Stall soll sogar klassische Musikberieselung für gute Laune sorgen. Solch liebevoll gehätscheltes Vieh lässt sich gut gelaunt und stressfrei zur Schlachtbank führen.

Das also ist die Geschichte vom Kobe-Beef, vom Stall als Wellness-Farm und Rinder-Spa, von der glücklichen schwarzen Kuh mit japanischem Wohlfühl-Gütesiegel. Ein erfolgreicher und ausgesprochen wohlschmeckender Mythos fürs interessierte und vor allem zahlungswillige Publikum. Erfolgreiche Mythen haben bei allen Vorzügen allerdings einen Nachteil: Sie rufen in der Regel zweierlei Arten von Zeitgenossen auf den Plan. Erstens die Nachahmer und zweitens die Schnüffler und Aufklärer. Erstere wollen Teilhabe am Erfolg. Letztere sind meist humorlose Spaßverderber und professionelle Legendenzerstörer. Beide zusammen garantieren dem Gläubigen eine grandiose Enttäuschung.

Zunächst zu den Nachahmern: Was solche Preise wie Kobe-Beef erzielt, provoziert, wie sollte es anders sein, Trittbrettfahrer. Anfang der neunziger Jahre sollen einige Tiere von Japan aus nach Australien »geschmuggelt« worden sein, um auch hier eine Wagyu-Zucht aufzubauen. Der Versuch war erfolgreich. Für die Züchter. Fürs Vieh hingegen war in Australien schnell Schluss mit lustig – keine Massagen mehr, kein Bier, keine Musik.

Von Australien aus fanden die japanischen Rinder ihren Weg Mitte der Neunziger offenbar auch in die USA. Auch hier gibt es seither eine Wagyu-Zucht sowie eine Organisation der amerikanischen Kobe-Beef-Produzenten. Seitdem wird maßgeblich australisches und amerikanisches Wagyu-Beef auf dem internationalen Markt angeboten.

Und die Begehrlichkeiten nehmen weiter zu: Mittlerweile scheint es sogar einen regen internationalen Handel mit Wagyu-Embryos zu geben. Mittels der Embryotransplantierung lassen sich Wagyu-Embryos nämlich scheinbar problemlos auch in ganz normale Mutterkühe implantieren, die dann die begehrten schwarzen Japaner ausbrüten. Und so liefern amerikanische Embryo-Produzenten auch ins interessierte Neuseeland und Argentinien. Im »Embryo Transfer Centre« in Maria Hoop in den Niederlanden wendet man, basierend auf den Erfahrungen des niederländischen Institutsleiters mit Wagyu-Rindern, die Embryotransplantierung inzwischen auch auf die Züchtung edler Pferde an.

Abschließend nun zu den Schnüfflern und Aufklärern: Ende 2001 waren es zunächst Veterinäre, die dem japanischen Inselstaat die bovine Unschuld raubten, als sie den ersten BSE-Fall in Japan dokumentierten. Da war's um den bis dahin stolz hochgehaltenen Traum von der Reinheit des japanischen Fleisches geschehen. Ein Land im Schockzustand.

Doch vollends ins Wanken geriet der Mythos Kobe-Beef – zumindest hierzulande –, als Grimm kam. Hans Ulrich Grimm, ehemaliger Spiegel-Journalist und Autor zahlreicher Artikel und Bücher. In denen geht er seiner Lieblingsbeschäftigung nach. Die besteht darin, im Sinne der Konsumentenaufklärung hinter die Kulissen der Lebensmittelhersteller zu schauen und ihnen unnachgiebig für ihre kleinen und großen Ferkeleien auf die Finger zu hauen.

Auch Grimm hatte vom Mythos Kobe-Beef gehört und wollte der Sache mit dem Bier und den Massagen tiefer auf den Grund gehen. Denn erste Skepsis war geboten: Behauptet doch der amerikanische Züchterverband auf seiner Internetseite – den Kobe-Mythos ziemlich relativierend –, dass beides, sowohl die Versorgung mit Bier als auch Massagen, in Japan vorkommen würde. Was allerdings impliziert, dass es nicht, wie der Mythos es will, die Regel ist. Und das Bier würden die Tiere sowieso nur im Sommer erhalten. Und zwar um den Appetit zu steigern, weniger um die Tiere zu entspannen.

So viele Widersprüchlichkeiten provozieren. Also flog Grimm nach Japan, um höchstpersönlich im asiatischen Stall nach Bierkästen und Massagebänken zu suchen. Was Grimm vor Ort allerdings vorfand, war Dr. Hirose, zuständiger Experte fürs japanische Vieh in Kobe. Und auf die Frage nach Bier, Massagen und Musik tat er das, was Japaner häufig und gerne tun: lächeln. Aber von Bier und Massage in Kobe wusste er nichts. Von Musik auch nicht. Allein in Matsuzaka, das wüsste er wohl, da veranstalte man ab und an solche Vorführungen mit Massagen und Bier. Fürs Fernsehen!

Der ganze Medienrummel ums Bier trinkende Massagerind soll unterm Strich also nicht mehr als ein hübscher Marketinggag sein? Der Japaner ist demzufolge ein erbärmlicher Schwindler? Oder ist Dr. Yasunori Hirose vielleicht einfach nur ein bürokratischer Ignorant, der redet, wovon er im tieferen Sinne eigentlich nichts versteht? Das wäre nach europäischer Erfahrung mit Fachleuten aus der Bürokratie so unwahrscheinlich nicht. Und hätte Grimm nicht weitersuchen müssen, in Matsuzaka und auch auf der Insel Kyushu? Irgendwo *muss* es sie doch geben, die Rindviecher, die japanischen, die glücklichen!

Fragen über Fragen. Man bleibt allein mit seinen Zweifeln. Mit seiner kleinen Enttäuschung. Also geht man zum Metzger. Man kauft Geflügel. Und Kaninchen. Schmeckt nämlich auch.

Und? Kobe-Beef? Hat's geschmeckt?

Ja, ja, sehr lecker!

Und? Neu bestellen?

Nein, danke – viel zu teuer … für eine Legende.

Koffein

... wie Koffeinfahnder Schweizer Schmutzfinken auf die Schliche kamen und warum Kaffeetrinken fortan ein Akt umweltpolitischen Bewusstseins darstellt ...

Wenn im Sommer die im Nordwesten untergehende Sonne den malerischen Schweizer Greifensee mit rötlich eingefärbtem Blattgold zu überziehen scheint, sollte man sich am Seeufer des gleichnamigen »Städtlis« auf dem malerisch ins Wasser ragenden Schiffssteg einfinden. Vielleicht gar zu zweit, Händchen haltend. Denn hier kann man die magischen Momente dieses phantastischen Seepanoramas im romantischen Abendrot besonders genießen.

Einsame Angler säumen das Seeufer, Rostgänse und Schwäne ziehen ihre ruhigen Spuren durch den friedlich daliegenden glatten See, dessen gesamte Uferzone erklärtes Naturschutzgebiet ist. Heimat unzähliger seltener Tier- und Pflanzenarten. Vom Ufer des Städtchens öffnet sich der Blick nach Süden über den See hinüber zu einem überwältigenden Bergpanorama der im Abendlicht zartrosa gekleideten Glarner Alpen mit den Gipfeln Bös Fulen, Gemsfairen, Tödi, Clariden und Schärhorn.

Der Greifensee: die Perle des Glatt-Tales, östlich und nicht allzu weit von Zürich gelegen, verkörpert ein Stück schönste Schweizer Beschaulichkeit. Auch das »Städtli« Greifensee – friedlich schmiegt es sich ans Ufer des Sees mit seinem im 13. Jahrhundert erbauten Schloss, seiner gotischen Kirche aus dem Jahre 1330 und dem hübschen Pfarrhaus in rotem Fachwerk.

Und dann das! Das Unfassbare! Ein empörender Verdacht, eine vernichtende Anklage: Die Anwohner des Greifensees, die Hüter eidgenössischer Postkartenidylle, schienen in einem barbarischen Akt umweltpolitischer Grausamkeit Unglaubliches zu tun. Sie schienen – was sollte man dazu sagen? – hineinzupinkeln in ihren naturgeschützten See! Und zwar geradewegs und ungeklärt. Die Beweise waren erdrückend und wissenschaftlich unwiderlegbar: Im Wasser des Greifensees hatte man unlängst einen untrüglichen Indikator menschlicher Körperausscheidungen gefunden. Nein, keine Fäkalbakterien. Die eignen sich nur schwer zum Nachweis anthropogener Umweltsünden, zerfallen oft schneller, als man sie nachweisen kann. Nein, Koffein hatte man entdeckt! Den munter machenden Bestandteil des Kaffees. Und das in einer Konzentration, die fünfmal höher war, als sie hätte sein dürfen. Was grundsätzliche Fragen nach der sprichwörtlichen Sauberkeit des eidgenössischen Bergvolkes aufwarf.

Wie war das Koffein in den idyllischen Greifensee gelangt? Verfügte die Seegemeinde nicht über eine Kläranlage? Undenkbar! Oder neigte die Seebevölkerung nach allmorgendlichem Frühstückskaffee zur kollektiven und konspirativen Notdurftverrichtung im Freien an den friedlichen Gestaden des heimatlichen Gewässers? Angesichts der festgestellten Konzentrationen hätte die Kaffee trinkende Seebevölkerung täglich in Kompaniestärke zum Urinieren antreten müssen.

Doch wir reden hier über die Schweiz. Und so fällt die Erklärung für das jüngst in Wissenschaftskreisen Aufsehen erregende Untersuchungsergebnis, wie sollte es anders sein, sehr viel nüchterner aus, als es auf den ersten

Blick scheint. Der überführende Koffeinbefund war nämlich nicht das Ergebnis einer behördlichen Fahndung nach Umweltsündern. Er war vielmehr das Ergebnis einer vom Gewässerschutzamt Zürich in Auftrag gegebenen Studie.

Ein Forscherteam der Forschungsanstalt für Obst-, Wein- und Gartenbau in Wädenswill am benachbarten Zürichsee sollte ermitteln, ob es einen so genannten Marker oder Tracer, also einen spezifischen Anzeigeparameter für die Verschmutzung von Oberflächengewässern durch private Haushalte gebe. Denn um die (Trink-)Gewässer (u. a. von pathogenen Keimen) sauber zu halten, muss man zunächst wissen, wer sie verschmutzt – ob Landwirtschaft, Industrie oder eben private Schmutzfinken, zum Beispiel über defekte oder unterdimensionierte Kläranlagen – oder gar auf direktem, ungeklärtem Weg, was die größte aller Sauereien darstellt.

Das Forscherteam hatte sich also auf die Suche nach einem solchen Marker gemacht. Voraussetzung: Der Marker muss herkunftsspezifisch sein, d. h., er darf nur in Haushaltsabwässern vorkommen und definitiv nicht in Einleitungen aus Industrie oder Landwirtschaft. Er muss messbar sein, und er muss in einer konstanten Größenordnung in den Kreislauf eingespeist werden.

In Frage kamen zum Beispiel Arznei- oder Waschmittel. Über deren Verbrauch hatte man aber keine nachweisbaren Zahlen. In Frage kamen auch menschliche Stoffwechselprodukte. Fäkalkeime wie *Escherichia coli* waren jedoch von jeher kein besonders guter Marker, weil sie auf die Lebensbedingungen im Magen-Darm-Trakt von Warmblütern eingerichtet sind und außerhalb ihres Lebensraumes innerhalb weniger Stunden, spätestens aber nach zwei Tagen abgebaut werden. Nach längerem Überlegen gab es nur einen einzigen Stoff, der alle gestellten Bedingungen erfüllte: Koffein.

Koffein, ein Alkaloid, ist eine chemisch ausgesprochen stabile Substanz, und sie ist selbst in kleinsten Mengen noch gut messbar. Obwohl Koffein in gut funktionierenden Kläranlagen zu 99 Prozent abgebaut wird, war es von dem Forscherteam in nahezu allen untersuchten Oberflächengewässern nachweisbar, selbst in Wasserproben aus dem Mittelmeer. Nur nicht in abgelegenen Bergseen. Aber wer pinkelt auch schon in abgelegene Bergseen – niemand, jedenfalls nicht messrelevant.

Hinzu kommt, dass Koffein vermutlich die mit Abstand meistkonsumierte Droge darstellt. Weltweit werden jährlich mehr als 110 Millionen Sack Kaffee à 60 Kilogramm geerntet, Kaffee ist nach Erdöl das zweitwichtigste Handelsgut überhaupt. Allein in Deutschland werden weit über 300 Millionen Tassen Kaffee täglich getrunken, Kaffee ist hier noch vor Bier das Volksgetränk Nummer eins (Import ca. 550 000 Tonnen Rohkaffee jährlich).

Koffein befindet sich aber nicht nur im Espresso, im Cappuccino, in der Latte Macchiato oder im Café au lait, sondern in einer Unmenge von anderen Erfrischungsgetränken, in Fitnessriegeln, Schokoladen und in einer Vielzahl von Medikamenten. Weltweit liegt die durchschnittliche Koffeinaufnahme pro Person täglich bei ca. 70 Milligramm, in der Schweiz liegt sie bei durchschnittlich 300 Milligramm, also deutlich höher, im Vergleich zu den 440 Milligramm der Tee trinkenden Briten allerdings niedriger.

Unter Berücksichtigung der Bevölkerungszahl, des Wasservolumens des Sees, Aufenthaltszeit der Haushaltsabwässer im See und des Wasserdurchflusses im See konnte das Forschungsteam eindeutig nachweisen, dass mit Hilfe des Koffeins ein relativ verlässlicher Indikator für die Einträge aus privaten Haushalten in Oberflächengewässer vorliegt. Was für die Wasserwissenschaftler tatsächlich eine kleine Sensation darstellte.

Und wie ließen sich nun die erhöhten Koffeinwerte im Greifensee erklären? Lag es vielleicht daran, dass die Greifenseer überdurchschnittlich viel Kaffee tranken? Immerhin sind sie wie viele Schweizer Bewohner der Alpenregion, wo gerne ein Tässchen Kaffee mehr getrunken wird. Was wiederum mit der Wirkungsweise des Koffeins zu tun hat. Koffein bewirkt nämlich eine Insulinausschüttung, woraufhin der Spiegel des Serotonins, des so genannten Glückshormons, steigt, was das allgemeine Wohlbefinden steigen lässt. Normalerweise ist der natürliche Serotoninspiegel abhängig von der Lichteinwirkung der Sonne, was erklärt, warum besonders morgens, nach langer lichtloser Nacht, und nachmittags mit schwindendem Tageslicht das Bedürfnis nach Koffein steigt. Deshalb wird auch in den sonnenarmen skandinavischen Ländern entsprechend mehr Kaffee getrunken als in der sonnenverwöhnten Mittelmeerregion. Und in den tiefen Alpentälern, in denen die Sonne später auf- und früher untergeht, ist der Bedarf nach dem Katalysator Kaffee für den Glückseligmacher Serotonin ebenfalls etwas höher.

War das also der Grund dafür, dass im Greifensee der Koffeingehalt so hoch lag? Nein, Sonne bekommen sie genug im offenen Tal. Der Grund war profaner. Es waren offensichtlich tatsächlich menschliche Flüssigkeiten ungeklärt in den See gelangt. Allerdings nicht durch kollektives Wasserlassen am Seestrand. Es war Regen. Zu viel Regen. Das Fassungsvermögen der Greifenseer Kläranlagen war während heftiger Niederschläge schlicht überschritten worden. Die Suppe war übergelaufen.

Das alles ist jedoch eigentlich nicht sonderlich aufregend, jedenfalls gemessen an dem Tatbestand, dass in anderen europäischen Ländern zum Teil nur 70 Prozent der Haushalte überhaupt an Kläranlagen und Abwassersysteme angeschlossen sind. Aber auf die übrigen Schmutzfinken kann man ja jetzt Koffeinkommissare ansetzen. Sie werden's schon herausfinden, wer da ungeklärt ins Wasser macht. Denn Kaffee trinken sie alle.

Wozu so ein kleiner Espresso letztlich nicht alles gut sein kann.

Konservendose

... warum Alltagsköche Napoleon und seinem Kriegshandwerk auf ewig dankbar sein sollten und wie ein ambitioniertes Forschungsunternehmen an der Konservendose tragisch scheiterte ...

Da stehen sie. Sauber aufgereiht in den Regalen des Supermarktes. Meter um Meter. Dosen! Große und kleine, runde und eckige, hohe und flache. Dosen, soweit das Auge reicht. Graupen-, Feuer-, Linsen-, und Pichelsteiner Eintöpfe, Lübecker Hochzeitssuppen, Königsberger Klopse in Kapernsoße, Waldpilz-Gulaschtöpfe, Heringsfilets in Tomatensauce, Hausmacher Lebersülzen und Frankfurter Lange Kerls – eine Galerie der kulinarischen Grausamkeiten, Blechsärge des guten Geschmacks.

Dem Liebhaber einer halbwegs zivilisierten Genusskultur drängt sich beim Gang durch solcherlei Lebensmittel-Leichenhallen – immer wieder – die bedrückende Frage auf: Wer kauft so was? Und viel drängender noch: Wer isst so was? Wie überwindet man den natürlichen Würgereflex, wenn glasig-glitschige Kohlrouladen aus grau beschichtetem Blechfutteral in den Kochtopf gleiten? Wer liebt, wer überlebt Dosenkost?

Die Antwort ist ebenso ernüchternd wie simpel: alle! Jedenfalls fast alle. Vor allem die, die nicht kochen können oder nicht kochen wollen. Dankbar sind sie für das fertige Gericht. Dankbar auch die, die eine einfache Dose Gemüse als zeitsparende Beilage in stressgeplagter Alltagsküche einzusetzen wissen. Dankbar sind sie allesamt für das Dosen- und Tütenfutter. Allen vorweg die Camper, die Speerspitze des Feinschmeckertums. Aus der Dose in den Topf und in den Kopf. Schnell und einfach. Weißblech säumt die kulinarische Existenz des modernen Menschen.

Und die Profis? Die Wächter des Wohlgeschmacks? Die Starköche? Das Heer der Fernsehköche? Immer alles nur frisch und saisonal? Von des heimischen Bauern Scholle? Weit gefehlt! Auch hier der Griff zur Dose. Hin und wieder jedenfalls. Nicht zum Fertiggericht. Nein, das nun doch nicht. Aber zum Dosengemüse. Bohnen zum Beispiel. Oder Tomaten. Die sind besonders beliebt. Weil die »auch aus der Dose wirklich gut schmecken«, die Spitzenprodukte jedenfalls. Die kann man im Winter bedenkenlos einsetzen. Denn: Tomaten wachsen ja nicht das ganze Jahr über, leider. Das ist fein beobachtet. Also empfiehlt man die Dose. Und also eifern all die ambitionierten Hobby-Köche ihren Vorbildern nach – Biolek hat ihnen von der TV-Kanzel die Absolution erteilt. Und Biolek hat Rückendeckung von Witzigmann.

Mit anderen Worten: In der Alltagsküche spielt die Dose eine mehr oder weniger zentrale Rolle. Ohne Dose geht in den meisten Küchen nichts! So gesehen ist es eigentlich erstaunlich, dass kaum jemand dieses offenbar unverzichtbare Koch-Utensil wirklich zu würdigen weiß, dass man seinen Erfindern kein Denkmal setzt. Müsste es angesichts der Bedeutung der Dose nicht eigentlich einen Dosentag geben, einen internationalen, einen Weltdosentag? An dem man der Dosenerfinder gedenkt? Man gedenkt doch an jedem Tag irgendeinem Hinz oder Kunz, warum nicht den Wegbereitern der Dose?

Doch halt! Wenigstens in Amerika, dem Land der Dose schlechthin, dem Land, das nicht umsonst die Campell-Dose zur künstlerisch überhöhten Ikone der westlichen Leitkultur erkoren hat, dem Land, dessen Eroberung durch die Siedlertrecks ohne die kulinarische Begleitmusik aus Konservendosen vielleicht auf halber Strecke hungertechnisch zum Erliegen gekommen wäre, hier, in diesem Land, gedenkt man seit 1941 dem wichtigsten Dosenpionier wenigstens in Form einer Medaille. Jedes Jahr wird seither an einen ausgesuchten Nahrungsmittelforscher eine Auszeichnung verliehen: Es ist der so genannte Nicolas-Appert-Award.

Nicolas François Appert (1752–1841) – den Namen sollte jeder Mann beim Betreten eines Supermarktes beten können. Er war es nämlich, der den entscheidenden Technologiesprung zur Konservierung von Lebensmitteln bewältigte. Ausschlaggebend dafür, dass sich der Süßwarenhersteller und Erfinder Appert dem Konservierungsproblem zuwandte, war vor allem ein Preisgeld. Ausgesetzt hatte das Geld ein Mann, der, aus kleinen Verhältnissen stammend und von kleinem Wuchs, dennoch als ein ganz Großer in die Geschichte einging. Und das maßgeblich deshalb, weil er ein typisch männliches Handwerk besonders gut beherrschte: Der kleine Große hieß Napoleon. Und das Handwerk nennt man gemeinhin Krieg.

Im Jahre 1793 stand der spätere Kaiser noch am Anfang einer noch nicht sonderlich viel versprechenden Karriere. Erste militärische und politische Gehversuche in den Wirren der frühen Revolutionsjahre waren ebenso gescheitert wie die Verwirklichung seines Jugendtraumes, als Schriftsteller sein Auskommen verdienen zu können.

Da erhielt Napoleon erneut die Chance, sich als Soldat verdient zu machen. Die strategisch wichtige Hafenstadt Toulon hatte sich 1793 gegen die revolutionäre Jakobinerherrschaft in Paris aufgelehnt und eine englische Besatzung aufgenommen. (Das revolutionäre Frankreich führte seinerzeit Krieg gegen solche militärtechnischen Petitessen wie Österreich, Preußen, Sardinien und eben

England.) Napoleon erhielt das Artilleriekommando, erwies sich als ein äußerst klug agierender Taktiker, der die Schwachstelle in der Verteidigungslinie sofort erkannte und seine Gegner mitsamt dem von den Engländern Kleingibraltar genannten Fort gründlich zusammenschießen ließ. Napoleon wurde verletzt und für seine Tapferkeit ausgezeichnet. Später wurde er General, Konsul und Kaiser. Und den Rest kennt man auch: männlicher Größenwahn, Moskau, Waterloo, Elba.

Was Napoleon aber bei der Belagerung von Toulon neben der Bedeutung der Artillerie noch erkannt hatte, war die Tatsache, dass die Unzulänglichkeit der Verpflegung auf die Stimmung in der Truppe und damit auf den Ausgang von Schlachten eine nicht zu unterschätzende Wirkung haben konnte. Ohne Mampf kein Kampf! Also setzte er 1895, nachdem das Direktorium ihn im Oktober zum Oberbefehlshaber der Armee des Innern ernannt hatte, ein Preisgeld in der nicht unerheblichen Höhe von 12 000 Goldfranc für die Erfindung eines Verfahrens zur Konservierung von Lebensmitteln aus. Napoleon erhoffte sich von einer perfektionierten Truppenverpflegung ein zusätzliches Maß an militärischer Unabhängigkeit und Mobilität.

12 000 Goldfranc waren für Nicolas Appert offenbar genug Anreiz, das Problem des kleinen Korsen einer Lösung zuzuführen. Mit der Zubereitung von Lebensmitteln war er als Sohn eines Herbergswirts in Câlons-sur-Marne geübt. Einige Jahre lang hatte er sich zudem offenbar auch als Koch in herzoglichen Küchen durchgeschlagen, bis er schließlich 1780 in Paris eine Zuckerbäckerei eröffnete. 1790 hatte er bereits das Prinzip der Hitzekonservierung entdeckt. 1804 war er so weit, seine Kenntnisse in größerem Umfang in praktische Produkte umzusetzen. In seiner außerhalb von Paris in Massy gebauten Fabrik stellte

er seine ersten Konserven mit Gemüse, Obst, Fleisch und Brühen her. Schließlich reichte er die in einem großen Kessel in kochendem Wasser erhitzten und gut verschlossenen Glaskonserven bei der zuständigen französischen Kommission zur Begutachtung ein.

Noch im gleichen Jahr ordnete der Marineminister an, die Glasgefäße im Hafengelände von Brest für mehrere Monate zu lagern, um sie dann zu öffnen und einem kritischen Test zu unterziehen. Der Bericht der Wettbewerbskommission an die Gesundheitsbehörde ebenso wie die Berichte weiterer Prüfungsgremien fielen geradezu euphorisch aus. Das Rindfleisch sei sehr zart und schmackhaft, die Brühe mit Fleisch sei geschmacklich sehr gut, alles in allem habe sich der Inhalt, ob Fleisch, Obst oder Gemüse, »beinahe unverändert erhalten«.

Contre-Admiral Allemand schrieb gar an Appert persönlich, dass er scherzhalber seinen Kapitänen ein Jahr alte, konservierte Bohnen und Erbsen aufgetischt habe und diese dieselben für frisch gepflückt gehalten hätten, weil gerade die Bohnen- und Erbsensaison begonnen hatte. Und der Almanach des Gourmands schwärmte von der »Annäherung der Saison der Früchte an die des Eises«.

Ein voller Erfolg also. 1810 konnte Appert die ausgesetzte Belohnung von 12 000 Goldfranc dann tatsächlich entgegennehmen. Gleichzeitig wurde ihm auferlegt, seine Kenntnisse in einem Kochbuch zu veröffentlichen: »Die Kunst, alle animalischen und vegetabilischen Substanzen ... in voller Frische, Schmackhaftigkeit und eigenthümlicher Würze mehrere Jahre zu erhalten«, hieß das Werk, das 1922 auch in die deutsche Sprache übersetzt wurde.

Bei aller Genialität seiner Erfindung galt es dennoch, einen entscheidenden Nachteil seiner »Bouteillen« zu beseitigen. Glas war nämlich nichts für kämpfende oder forschungsreisende Männer. Es bedurfte eines bruchfesteren Werkstoffes, um die Belastungen des Expansions- und Forschungsdrangs auszuhalten. Deshalb hatte Appert bereits mit Weißblech experimentiert. Der Krieg hinderte ihn aber an einem entscheidenden technologischen Durchbruch. Seine Fabrik wurde als Lazarett konfisziert, die Experimente eingestellt. Appert starb schließlich hochgeehrt, aber völlig verarmt im Jahre 1841 in Massy. Sein Leichnam wurde in einem Massengrab beigesetzt.

Was der Franzose Appert nicht hatte perfektionieren können, führte ein Engländer zur Vollendung: Im Jahre 1810 meldete der Londoner Kaufmann Peter Durand sein Patent zur Herstellung einer Konservendose aus Weißblech an. Wenig später verkaufte er sein Patent für 1000 Pfund an die Firma Donkin, Hall & Gamble. Damit war der entscheidende Sprung getan: Das Militär, vor allem aber die englische Marine, erkannte die logistischen Vorzüge der Konservendosen. 1818 lieferte Donkin, Hall & Gamble knapp 24 000 Konservendosen an ein Versorgungsdepot der englischen Marine.

Doch allzu sicher war die Konservierungsmethode in den Dosenpionierjahren noch nicht. 1850 musste die englische Marine gut 100 000 Pfund Fleisch vernichten, weil es in den Dosen verdorben war. Eine besonders perfide Gefahr, die von den ersten Dosengenerationen ausging, war aber weder zu sehen noch zu riechen oder zu schmecken. Diese unheimliche Gefahr besiegelte das Schicksal eines der berühmtesten und ambitioniertesten Forschungsunternehmen des 19. Jahrhunderts.

Als am 19. Mai des Jahres 1845 die Schiffe »HMS Erebus« und »HMS Terror« der Royal Navy unter Leitung von Sir John Franklin die Themsemündung Richtung nördliches Polarmeer verließen, ahnte niemand, dass die generalstabsmäßig geplante und mit sehr viel Zuversicht angegangene Suche nach der berühmten Nordwestpassage in einem grauenhaften Desaster enden sollte. Ein Desaster, das 129 bestens ausgebildete Expeditionsmitglieder das Leben kosten sollte.

Gut 140 Jahre hatte man mangels schriftlicher Reiseberichte oder anderer Dokumente über die Ursachen des tödlichen Scheiterns nur rätseln können. Erste Aufklärungsmissionen, die wenige Jahre nachdem man kein Lebenszeichen mehr erhalten hatte, in den Norden geschickt worden waren, fanden Gräber und Tote. Die Mannschaften hatten ihre vom Eis eingeschlossenen Schiffe offenbar verlassen, waren an Hunger und Kälte gestorben. Doch was war die eigentliche Ursache für das grauenhafte Scheitern der Franklin-Expedition?

Ein Team unter der Leitung des Anthropologen Owen Beattie fand Anfang der achtziger Jahre des 20. Jahrhunderts einige im ewigen Eis noch gut erhaltene Leichen sowie einige Konservendosen und ließ sie untersuchen. Die Ergebnisse offenbarten – 140 Jahre später – die wahren Gründe der schicksalhaften Tragödie der Franklin-Expedition: Ein Teil der 8000 geladenen Konservendosen war an einer Lötnaht nicht vollständig verschlossen gewesen und der Inhalt auf diesem Weg offenbar verdorben.

Aber noch viel dramatischer und aufsehenerregender war die Tatsache, dass man in den forensisch untersuchten Leichenteilen extrem hohe Bleigehalte fand, die nur über den hohen Bleigehalt der Lötmasse zu erklären waren, mit der man die Dosen verschlossen hatte. Das Blei hatte den Inhalt kontaminiert und so bei den Männern zu einer schleichenden Bleivergiftung geführt. Die Folge waren vermutlich ein Schwinden der Körperkräfte, Verzweiflung, Müdigkeit, Appetitverlust, Lähmung der Gliedmaßen und vor allem: Störungen des zentralen Nervensystems, die ein neurotisches und unberechenbares Verhalten auslösen konnten.

Die Bleivergiftung hatte aller Vermutung nach die Entscheidungsfähigkeit vor allem der Offiziere nachteilig beeinflusst. Schuld am Tod der 129 Männer waren die Konservendosen!

Sterben muss man heute nach dem Verzehr von Dosenkost wohl nicht mehr. Es wäre vermutlich auch der einzige Grund, der Konsumenten vom Griff zur Dose abhalten würde. Selbst frühe Widerstände beim Öffnen des begehrten Konservierungsguts wusste man zu überwinden. Denn was beim ersten Eindosen völlig vergessen wurde, war die zeitgleiche Erfindung einer Technik, wie man die verschlossene Dose wieder öffnet. Soldaten sollen dementsprechend in den ersten Jahren der Dose ihre Konserven mit Bajonetten und Gewehrfeuer malträtiert haben. Auf den Konserven des Arktisforschers William Erward Perry stand noch 1824 geschrieben: »Oben mit Hammer und Meißel rund aufschneiden.« Die ersten ernstzunehmenden Dosenöffner wurden erst sehr viel später, Mitte des 19. und Anfang des 20. Jahrhunderts, erfunden.

Seither steht dem »Genuss« von Dosenkost nichts Nennenswertes mehr entgegen. Technisch. Inhaltlich darf man allerdings Vorbehalte anmelden. Zum Beispiel gegen Kohlrouladen. Oder gegen Königsberger Klopse. Wegen der Würgerei. Und: Man kann, aber man *muss* im Winter keine Tomaten essen.

Kürbis

... wie hierzulande ein geisteskranker Massenmörder Halloween bekannt machte und auf welch abenteuerlichen Umwegen sich der Kürbis schließlich auch auf deutschen Tellern einfand ...

31. Oktober 1963 – Haddenfield, Illinois, eine amerikanische Kleinstadt. Wie so viele Klein- und Vorstädte ein Refugium des amerikanischen Mittelstands, kleinbürgerliche Trutzburg vor den Fährnissen der Großstadt. Ein junges Mädchen verabschiedet sich im ersten Stockwerk eines schmucken Einfamilienhauses von ihrem Freund. Eine Etage tiefer greift eine Hand nach einem Tranchiermesser. Ein maskierter Täter fällt schließlich über das nackt vor dem Spiegel sitzende Mädchen her. Er sticht zu. Ein Mal, zwei Mal, immer wieder. Es ist eine Blutorgie. Es ist Halloween! Die Nacht des Grauens. Es ist das Ende der amerikanischen Kleinstadt-Idylle.

Bei dem Mörder handelte es sich um den sechsjährigen Bruder der Getöteten, Michael Myers. Ein infantiler Psychopath, der im Anschluss an seine unfassbare Tat in eine Nervenheilanstalt eingewiesen wird. Der zuständige Psychiater, Dr. Loomis, gibt ihn jedoch schon bald als untherapierbaren Fall auf. Für den Rest seines Lebens soll Michael Myers in sicherer Verwahrung hinter Schloss und Riegel bleiben. Doch 15 Jahre später gelingt ihm die Flucht aus der Psychiatrie. Und er kehrt zurück in seine Heimat. Erneut sucht er die Kleinstadt mit unvorstellbaren Bluttaten heim.

Es ist wieder einmal Halloween in Haddenfield!

Der Regisseur John Carpenter – damals gerade einmal 30 Jahre alt – hatte uns 1978 mit seinem für kaum 300 000 Dollar in knapp drei Wochen in Szene gesetzten Grusel-Schocker »Halloween« (»The Night *He* Came Home«) ein Stück typischen amerikanischen Brauchtums auf recht drastische Weise nahe gebracht. Und wir mochten es. Weltweit spielte der Film etwa 55 Millionen Dollar ein. Das amerikanische Halloween, das Fest der umherirrenden Gespenster und Geister, der verkleidet umherziehenden Kinder in der Nacht vom 31. Oktober auf den 1. November, war damit in Good old Europe endgültig ein Begriff.

Gefeiert wie in Amerika wurde es hierzulande zunächst allerdings nicht. Bis heute wissen die meisten Menschen hier nicht, welcher Brauch sich ursprünglich hinter Halloween verbirgt. Und der klassische Speisekürbis, aus dem man in Amerika gern die mit einer Kerze von innen beleuchteten Halloween-Laternen schnitzt, blieb uns als Leuchtquelle noch ebenso lange fremd wie als Lebensmittel.

Dabei hätte man gut 500 Jahre Zeit gehabt, sich mit dem Kürbis anzufreunden. Kolumbus hatte Ende des 15. Jahrhunderts in dem Bericht über seine erste Reise von einem Dorf auf Kuba berichtet, auf dessen Feldern die bis dahin in Europa unbekannten Kürbisse wuchsen. Cabeza de Vaca, Schatzmeister des spanischen Königs und einer von vier Überlebenden einer 300-köpfigen Expedition nach Florida und Texas, berichtete um 1540 Ähnliches.

In der Neuen Welt zählte der Kürbis offensichtlich seit Jahrhunderten neben Mais und Bohnen zu den Grundnahrungsmitteln der Indianer. Wahrscheinlich waren Kürbisse sogar das erste Gemüse, das von den Ureinwohnern kultiviert wurde, noch lange bevor man an Mais überhaupt denken konnte. Archäologische Funde aus Süd- und Zentralamerika lassen die Vermutung zu, dass es sogar bereits vor gut 10 000 Jahren Zuchtformen von Kürbissen gab. Ein sehr altes Gemüse also, das mittlerweile gut 100 Gattungen und an die 850 Sorten aufweist und in weiten Teilen Asiens, Amerikas und vor allem Afrikas ein alltägliches Nahrungsmittel darstellt.

Doch obwohl sich die Botaniker in der Alten Welt recht schnell des von den spanischen Konquistadoren aus Übersee mitgebrachten neuen Gemüses annahmen, führte der Kürbis hier noch lange Zeit ein gewisses Schattendasein. Selbst in Ländern wie Italien, aus dessen Küche die Kürbisgewächse, zu denen botanisch auch Melonen ebenso wie Zucchini gehören, nicht wegzudenken sind, blieben sie zunächst ein eher illustres Schmuckgewächs in Haus- und Ziergärten. Ein Schicksal, das sie im Übrigen mit Tomaten und Auberginen teilten.

In Italien legten dann insbesondere die Zucchini eine atemberaubende Küchenkarriere hin. In den Achtzigern des letzten Jahrhunderts machten sich diese kleinen grünen Gartenkürbisse, die nur halb reif geerntet werden, auf den Weg in den Norden und eroberten in einem gigantischen Eroberungsfeldzug schließlich auch die Schweiz und Deutschland. Der großblättrige Speise- bzw. Riesenkürbis allerdings, *das* Halloween-Attribut aus den USA, war zu diesem Zeitpunkt hierzulande noch immer keine Selbstverständlichkeit auf dem Speiseplan. Er diente bestenfalls im Kleingarten als Begrünung und Beschattung des Komposthaufens. Mehr nicht.

Als 1998 und 2002 mit »Halloween: H_2O« und »Halloween: Resurrection« die gottlob letzten Horror-Episoden in den Kinos anliefen, hatte sich das Bild für Halloween und den Kürbis in Deutschland ebenso wie in der Schweiz allerdings grundlegend geändert. Mittlerweile feierte man auch hierzulande in Kneipen und Diskotheken Halloween-Partys. Mittlerweile grinsten auch hier aus Kürbissen geschnitzte Geisterfratzen aus den Fenstern. Und zur Erntesaison im Herbst liegen mittlerweile in bunter und variantenreicher Vielfalt Riesen- und Muskat-, Hokkaido- und Spaghettikürbisse, Butternutkürbisse und Bischofsmützen in den Obst- und Gemüseläden aus, ja sogar im Supermarktregal.

Erste Initiatoren für den Kürbisboom in der Küche waren Spitzenköche, die nicht nur die verschiedensten Kürbis-, sondern überhaupt eine Menge alte Gemüsesorten für ihre Küche neu entdeckten. Auch die alternative Szene, die so gerne auf regionale Produkte zurückgreift und dankbar für jede Variante aus heimischen Böden ist, hat dem Kürbis zu Ansehen verholfen. Und mittlerweile gibt es kaum mehr eine ambitionierte Amateurköchin, die nicht irgendwann wenigstens mal eine Kürbissuppe zusammengerührt hätte.

Seit den Neunzigern füllen sich zudem alljährlich zum Herbst hin die Seiten der Lifestyle-Magazine mit mehr oder weniger hilfreichen Tipps, welche Accessoires denn nun besonders hip für die ultimative Halloween-Party mit Kind und Kegel und welche Kürbisrezepte der letzte Schrei sind. Die Auslagen in den Spielzeugläden bieten von Masken und Horrorfratzen über Gummispinnen bis hin zu Hexen- und Gespensterkostümen alles an, was das Herz begehrt. Das Kürbisfest ist mittlerweile ein Wirtschaftsfaktor! Wie in Amerika. Um die sieben Milliarden US-Dollar gibt man in den Staaten alljährlich für die nötige Halloween-Ausstattung aus. Typisch amerikanisch, möchte man sagen.

Dabei ist Halloween nichts anderes als ein europäischer Re-Import aus Amerika. Ursprünglich rührt der Halloween-Brauch nämlich von einer alten keltischen

Mythologie her. Ende Oktober feierten die Kelten das so genannte Samheim-Fest, das große Neujahrsfest zu Ehren ihres Gottes Samheim (oder Samuin), denn der Sommer verabschiedete sich, es galt für eine gute Ernte zu danken und das nach ihrem Verständnis neue Jahr zu begrüßen.

Dieser zeitliche Jahresübergang in der Samheim-Nacht vom 31. Oktober auf den 1. November markierte bei den naturverbundenen Kelten aber auch eine Zeit der Grenzaufhebung zwischen der erfahrbaren realen Welt und dem übernatürlichen Reich. Es war die Zeit, in der man der Verstorbenen und ihrer Seelen gedachte, und man glaubte daran, dass sie in dieser Nacht auf die Erde zurückkehrten. Also entzündete man große Feuer, um die guten Geister zu beschwören und die bösen Geister zu beschwichtigen. Tänze und Prozessionen wurden veranstaltet, und man stellte kleine Geschenke und Opfer bereit, schnitzte Fratzen in Rüben, um ungebetene Geistergäste von Haus und Hof fern zu halten.

Die christliche Kirche wehrte sich lange vergeblich gegen diese hartnäckig gefeierten heidnischen Bräuche und stülpte schließlich in einer taktischen Meisterleistung den heidnischen Gedenk- und Festtagen die eigenen christlichen über. So wurde schließlich auch das keltische Ahnenfest von Samheim unter Ludwig dem Frommen im Jahre 835 als »Allerheiligen« für den 1. November ins Verzeichnis der christlichen Feiertage aufgenommen.

»Allerseelen« – denn auch die christlichen Seelen erwarteten Pflege und Andenken – wurde im Jahre 998 von Odilo von Cluny für alle Benediktinerklöster auf den 2. November gelegt und von Papst Johannes XIX. für alle Christen im Jahre 1006 verbindlich bestätigt. Nunmehr konnte man aller umherirrenden heidnischen und christlichen Seelen sowie aller Heiligen ziemlich zeitnah gemeinsam gedenken, weshalb sich im Volksglauben die heidnischen und christlichen Bräuche kunterbunt und von Region zu Region unterschiedlich mischten.

Im angelsächsischen Sprachgebrauch nannte man Allerheiligen zunächst »All Hallows day«, später »All Saints day«. Den Abend zuvor, also die Samheim-Nacht, das alte nächtliche Ahnenfest der Kelten, nannte man folglich »All Hallows eve(ning)«. Und daraus wurde verkürzt schließlich »Halloween«.

Irische Auswanderer, die in den 40er Jahren des 19. Jahrhunderts wegen Kartoffelfäule und Hungersnot nach Amerika zogen, nahmen »Halloween« und Anklänge an die alten keltischen Bräuche mit in die Neue Welt. Hier entwickelten sie sich seit den 50er Jahren des 20. Jahrhunderts zu einem von Groß und vor allem von Klein gefeierten Volksfest mit Partys und Paraden.

Seither fordern statt der keltischen Seelen und Geister amerikanische Kinder in gespenstischer Verkleidung an der Tür ihre »Opfergaben« (treats) in Form von Süßigkeiten. Bei Verweigerung drohen üble Streiche (tricks), bei denen es auch durchaus härter zur Sache gehen kann. »Tricks-or-treating« nennt man diese Form der Erpressung.

Doch wie kommt nun der Kürbis als innen beleuchtete Fratze und Laterne ins Spiel? Eine der schönsten Legenden stammt aus Irland und erinnert an Jack, einen alten Säufer, der am Abend vor Allerheiligen den Tod nahen fühlte. Angesichts all der noch zu leerenden Flaschen irischen Whiskys beschloss Jack aber einsam und mutig, einfach nicht zu sterben.

Als nun der Teufel sich neben ihm am Tresen einfand, um seine Seele zu holen, bat Jack den Teufel, sich in eine Sixpence-Münze zu verwandeln, schließlich könne er nicht von Erden wandeln, ohne die Zeche bezahlt zu haben. Sobald der Wirt sein Geld habe, könne der Teufel sich ja wieder zurückverwandeln und mit ihm in die Hölle schreiten. Es muss ein ziemlich dummer Teufel gewesen sein, denn er glaubte Jack und verwandelte sich wie gewünscht in eine Münze, woraufhin Jack die Münze in seine Hosentasche zu einem silbernen Kreuz steckte. Der Teufel saß nunmehr in Jacks Tasche fest, denn seine Macht war angesichts des Kreuzes gebrochen. Erst als er Jack ein Jahr Aufschub gewährte, ließ der alte Säufer seinen Peiniger frei.

Als nun nach einem Jahr der Teufel erneut neben Jack am Tresen auftauchte, bat Jack ihn nochmals um einen letzten Gefallen. Der Teufel solle in einen Apfelbaum klettern und ihm als Henkersmahlzeit einen Apfel pflücken, für ihn sei ein solcher Kletterakt zu beschwerlich. Der Teufel war offensichtlich nicht nur dumm, sondern auch noch gutmütig, denn er ließ sich von Jacks Schultern in den Baum heben, musste dort aber feststellen, erneut hinters Licht geführt worden zu sein, denn Jack hatte ein Kreuz in den Stamm des Baumes geritzt. Diesmal war der Preis der Freiheit allerdings höher: Er musste Jack versprechen, ihn nie wieder zu belästigen.

Als nun Jack eines Tages dennoch starb – er hatte ja nur den Teufel, nicht aber den Tod hinters Licht geführt –, machte er sich auf zu den Pforten des Paradieses, wo man seine Bitte um Aufnahme allerdings abschlägig beschied. Eine Etage tiefer wies ihm der geprellte und zu Recht erzürnte Teufel ebenfalls die Tür und schickte ihn bis zum Jüngsten Gericht als ruhelose Seele mit den Toten auf Wanderschaft zwischen den Welten. Damit ihm auf seiner Wanderschaft wenigstens ein Licht den Weg weise, warf er Jack noch ein Stück Höllenfeuer zu. Jack nahm das glühende Scheit und steckte es in eine ausgehöhlte Rübe, die ihm fortan als Laterne diente.

Als diese Legende von »Jack O'Lantern« und seiner Rübe mit den irischen Auswanderern in Amerika schließlich an Land ging, stellte man vor Ort fest, dass Kürbisse erstens viel größer sind, zweitens ein besseres Laternenlicht abgeben und drittens in ausreichender Menge vorhanden waren. Also entledigte man sich der irischen Rübe und adaptierte den amerikanischen Kürbis. So kam der Kürbis in Amerika schließlich zu neuen, legendären und leuchtenden Ehren.

Es war nur eine Frage der Zeit, bis über Hollywood und die transatlantische Brücke diese spaßige Variante des Seelengedenkens über den großen Teich zu uns kam und dem hierzulande üblichen Angebot von Andacht, Gebet und Kerzenschein zur Seite gestellt wurde. Konkurrenz belebt das Geschäft!

Mittlerweile verdient die Industrie in Deutschland an Halloween mehr als an Ostern. Also feiern wir Halloween, schnitzen Fratzen in die ausgehöhlten Beerenfrüchte, essen Kürbissuppe und Kürbiscurry, Kürbispuffer und Kürbisgulasch, Kürbissalat und Kürbisauflauf – Kürbisboom!

Manche Lebensmittel müssen schon seltsame Umwege gehen, bis sie dampfend zum Verzehr auf unseren Tischen stehen.

Martinsgans

... wie der Heilige Martin als Soldat aus dem Graben an der Front auf den Bischofssessel in Tour und erst im Himmel an die fette Gans kam ...

Er war schon ein Sonderling. Ein Aussteiger, einer von denen, die für ihre Überzeugung lieber gestorben wären als nachzugeben. Mit dem war nicht zu reden. Ein fanatischer Spinner eben. Dabei – mein Gott –, der Mann hätte Karriere machen können! Kam aus bestem Haus! War der Sohn eines römischen Tribuns! Das war doch was. Konnte sogar am Dienstort seines Vaters in Pavia in Oberitalien aufwachsen, musste nicht mal in der ungarischen Provinz bleiben, wo er 336 (andere Quellen gehen von 316 aus) geboren wurde.

Und später? Papa vermittelte ihm einen Superjob, da war er gerade mal 15, unser Martin. Militärdienst mit 25-jährigem Dienstanspruch. Und das nicht in irgendeiner fußkranken Putztruppe. Nein, nein, Elite! Martin diente – zu Pferde – in der kaiserlichen Garde, die man auch »das weiße Heer« nannte, weil ihre Mitglieder eine todschicke Uniform mit einem zweiteiligen weißen Mantel trugen, am Rückenteil sogar mit Schaffellbesatz. Sah also auch noch wie ein Zuckerstückchen aus, der Junge.

Und was war seine Aufgabe? Germanen abwehren. Mann, das war doch aufregend! Durch die Lande ziehen und fremde Leute erschlagen. Und dafür auch noch befördert werden.

Und was machte unser Martin? Schmiss alles hin!

Und warum? Weil er eine Erscheinung hatte, der gute Mensch. Und das kam so: Just als Martin, vermutlich im Jahre 354, hoch zu Ross in die nordfranzösische Stadt Amiens einreiten wollte, kreuzte ein Bettler seinen Weg. Nun war Martin zwar barmherzig, aber selbstverständlich führte ein Mann seines Standes kein Kleingeld in der Tasche, geschweige denn irgendwelche Lebensmittel, die er dem hungrigen Bettler hätte geben können. Das Einzige, was er hatte, war sein schöner teurer weißer Mantel. Und was machte er damit? Schnitt mit dem Schwert den schicken Mantel durch und gab die eine Hälfte dem Bettler! Der hatte zwar weiterhin Hunger, musste jetzt aber wenigstens nicht mehr frieren. Das mit dem Mantel war streng genommen auch mutwillige Zerstörung von Militäreigentum. Aber gut, so ist das eben mit Wohltätern: Wenn die barmherzig sein wollen, kennen die kein Eigentum.

Tja, und in der folgenden Nacht erschien ihm dann dieser Jesus. Den kannte man damals noch nicht so überall als den großen Erlöser. Die meisten seiner Anhänger hatte man bis vor kurzem noch verfolgt und eingekerkert. Aber dem Martin erschien er jetzt im Traum – mit der Mantelhälfte. Und Jesus sagte zu einer Engelschar, die um ihn herumflatterte: »Martinus, obwohl erst Katechumene, hat mich mit diesem Mantel bekleidet.«

Ja, sakra, das war doch wohl ein Zeichen! Und da hat der Martin sich dann taufen lassen, mit 18 Jahren, leistete quasi seinen Fahneneid auf diesen Jesus.

Nun war damals noch nicht ganz klar, ob man für den Kaiser Germanen totschlagen und gleichzeitig ein Anhänger von Jesus sein durfte. Martin blieb also erst mal bei der Truppe. Aber irgendwie plagte ihn das Gewissen, und 356 war es dann so weit: Kaiser Julian hatte bei Worms ein Heer zusammengezogen und begann schon mal – als

Vorschuss für noch zu leistende Dienste –, ein bisschen Geld an die Soldaten zu verteilen.

Da meldete sich Martin zu Wort und sagte: Nööö, irgendwie wolle er jetzt doch nicht mehr mitmachen, er wolle jetzt nur noch seinem Gott dienen und nicht mehr in Schlachten ziehen, und das Geld könne Hochwohlgeboren sich ... Und wenn man ihm nicht glaube, dass das alles nichts mit Feigheit vor dem Feind zu tun habe, dann würde er sich am nächsten Tag unbewaffnet in die erste Reihe dem Gegner entgegenstellen. Und dann werde man ja sehen.

Da war er aber bei seinem Kaiser schief gewickelt. Statt nämlich weinend seinem Offiziersstab in die Arme zu fallen und verzweifelt irgendwas wie »Mein Gott, holt den Mann doch ab, das hat doch alles keinen Sinn mehr« zu murmeln, sagte der: »Wird gemacht. Morgen früh, ohne Waffen, erste Reihe!«

Da war Martin froh, denn das waren jetzt wirklich beste Voraussetzungen, am nächsten Morgen durch Feindeshand als Märtyrer zu enden. Als Märtyrer! Und was machte der Feind? Schickte Unterhändler und ergab sich, mit Mann und Maus. Kampflos!

Da war der Martin natürlich nicht mehr zu halten. Also ließ man ihn endlich ziehen, diesen frömmelnden Kriegsdienstverweigerer, diesen uneinsichtigen Radikalpazifisten. Der machte sich auf den Weg und ging als Erstes in die Lehre beim Bischof von Poitiers, empfing die Weihe zum Exorzisten, hielt sich aber nicht lange mit der Teufelsaustreiberei auf, sondern zog sich erst mal zwecks Kontemplation in die Einsiedelei auf der Insel Galinaria vor Genua zurück. Dann war's genug mit der Insel-Einsamkeit. Und so kehrte er zurück zum Bischof und gründete in der Nähe von Poitiers bei Ligugé schließlich ein Kloster.

Und hier ging er in völliger Armut und Abgeschiedenheit mit einer Schar von gleichsam fundamentalistischen Asketen den ganzen Tag dem Gebet, der Schriftlesung und der Meditation nach. Nebenbei wurde noch ein bisschen die heidnische Landbevölkerung missioniert, ein paar Kranke geheilt und Tote zum Leben erweckt. Mit so was machte man sich damals bei der einfachen Bevölkerung unglaublich beliebt, weil das alles irgendwie sehr authentisch wirkte, weil da jemand nicht nur Gottes Wort predigte, sondern Gottes Wort auch lebte. Als dann der Bischof von Tours starb, war klar, wen die Gemeinde unbedingt als Nachfolger wollte.

Die benachbarten Bischöfe hatten allerdings so ihre Bedenken. Dieser Sonderling sollte Kollege werden? Wie der schon aussah, so ärmlich, so gar nicht bischöflich. Und auch die Haare so ungepflegt. Und vor allem: Martin selbst hatte ebenfalls überhaupt keine Ambitionen. Bischof werden hieß nämlich, hin und her reisen, Konferenzen leiten, beim Kaiser vorstellig werden, Konzile besuchen – und das alles im bischöflichen Ornat. Also musste ihn die Bevölkerung mit einer List nach Tours locken.

Als Martin merkte, worauf das alles hinauslaufen sollte, versteckte er sich in einem Gänsestall. Und es kam, wie es kommen musste: Die Gänse schlugen, wie einst 750 Jahre zuvor auf dem römischen Kapitol, lauthals an und verrieten Martins Versteck, der sich alsdann seiner Bischofsberufung stellte und nach seinem Tod am 8. November 397 als Supermönch und Heiliger in die Geschichtsbücher einging.

Die legendären Gänse gingen zwar ebenfalls in die Geschichtsbücher ein, aber erst auf dem Umweg über den Grillspieß, denn als Strafe für ihren Verrat hatte man sie geschlachtet. Und deshalb freuen wir uns bis heute am so genannten Martinitag oder auch Martinstag, dem 11. November, dem Tag der Beerdigung des Heiligen Martins, auf eine knusprige und nach dem Bischof benannte Martinsgans.

Diesen Unsinn erzählt man uns seit nunmehr ein paar Jahrhunderten jedes Jahr aufs Neue. Dabei ist die Gänselegende so durchsichtig wie kaum eine andere. Denn erstens: Warum hätte die Bevölkerung zur Strafe die Gänse schlachten sollen? Sie wollten doch, dass Martin ihr Bischof wird, und hätten den Gänsen dankbar sein müssen.

Und der Martin? Der war ein barmherziger Gutmensch. Der hätte bestimmt nicht zum Massenmord an einer Gänseherde aufgerufen, denn Gänse können ja schließlich auch nicht wider ihre Natur, und die ist zudem göttlich. Also alles Humbug mit der Martinsgans.

Die Wahrheit ist: Martin von Tours war strategisch einfach an einem ausgesprochen günstigen Jahrestag gestorben. Dieser Tag bot sich späterhin geradezu an, ihn mit allerlei vorweihnachtlichem und saisonalem Brauchtum zu verknüpfen. Denn erstens begann bereits seit dem 6. Jahrhundert, also nicht allzu lange nach seinem Ableben, mit dem Martinitag am 11. November das heute so nicht mehr gebräuchliche Adventsfasten (»alter Advent«, »Fastnacht«), was Grund genug war, sich zuvor noch einmal richtig den Bauch voll zu schlagen.

Zweitens liegt der Martinitag ziemlich genau in der eigentlichen Gänsesaison, denn zwischen November und Dezember haben sie das beste Gewicht und schmecken am besten. Drittens liegt Martini am Wendepunkt des Vegetationsjahres: Der Sommer ist endgültig passé, der Winter kündigt sich unbarmherzig an. Und damit einher ging viertens das Ende eines Wirtschaftsjahres.

Und so war der Martinitag auch ein wichtiger Rechtstermin, denn es war der Tag, an dem die Pachtgelder und Naturalzinsen an den Grundherrn gezahlt werden mussten, oftmals auch in Form von Federvieh. Es war zudem der Tag, an dem das ländliche Dienstpersonal, die Knechte und Mägde, die Erntehelfer, die Senner und Hirten bezahlt wurden. Für viele dieser Saisonkräfte war damit das Beschäftigungsverhältnis beendet, sie mussten sich für das folgende Jahr neue Arbeit suchen oder besuchten zunächst einmal Verwandte.

Es gab also Gründe genug, an diesem Tag eine Gans in den Ofen zu schieben und ein Festessen zu veranstalten. Und so entwickelte sich im Laufe der Zeit wohl der Brauch der Martinsgans. Mit dem Martin und der Gänselegende hatte das alles allerdings herzlich wenig zu tun.

Geichwohl: Es sei ihm gegönnt, dass man sich seiner bis heute so vielgestaltig erinnert, in Form einer Gans, in Form von Tausenden von Kirchen, die man ihm im christlichen Abendland namentlich widmete und die man der Verehrung der Mantelreliquie entsprechend anfangs »capella« (lat. = kleiner Mantel) nannte (davon abgeleitet Kapelle und Kaplan).

Sein Mantel wurde von den fränkischen Königen als Glück bringendes Reichskleinod mit in den Krieg geführt. Und er ist bis heute der gefeierte Schutzheilige von allen und jedem, von Armen und Bettlern, von Schneidern und Webern (Mantel!), von Reitern, Kriegsdienstverweigerern, Hirten, Hufschmieden und und und ... Das alles sei ihm gegönnt, er war ja ein guter Mensch.

Nur die Sache mit dem Bettler und dem Mantel, also, dass man jahrelang an verregneten, bitterkalten Novembertagen hinter seinen Kindern herlaufen und mit blau gefrorenen Fingern Laternen halten muss, dass man sich das Geheule und Gezeter der Kinder anhören muss, weil die Laterne ein Raub der Flamme wurde, dass man durch die frisch gelegten Pferdeäpfel von Martins altersschwachem Schimmel waten muss, dass man sich jedes Jahr an der Tür aus klingenden Kinderkehlen Lieder wie »Hier wohnt ein reicher Mann …« anhören muss – all das strapaziert den Glauben an den tieferen Sinn der christlichen Vergebung doch sehr.

Aber gut, dafür kann der Martin ja eigentlich auch nichts. Also Schwamm drüber.

Mecca-Cola

... wie man mit ein bisschen Antiamerikanismus im Kapitalismus für den Fundamentalismus Kohle machen kann ...

Irgendwie schmeckt sie ein wenig fad. Nicht so kraftbetont wie das amerikanische Original aus Atlanta, Georgia. Das Grundrezept der so genannten Mecca-Cola hat ihr Erfinder, Tawfik Mathlouthi, ein Franzose tunesischer Herkunft, angeblich aus dem Internet: Ein bisschen Zucker, mit Kohlensäure versetztes Wasser, ein wenig Koffein, die üblichen Geschmacksstoffe und ein bisschen Farbstoff sollen drin sein. Irgendwie fad eben. Aber: Ein »Geschmackle« hat sie dennoch. Was allerdings weniger an den Ingredienzien liegt als an der Tatsache, dass die 1,5-Liter-PET-Flaschen mit weit brisanterem Stoff aufgeladen sind: mit Politik.

Seit dem Beginn des Ramadan Anfang November 2002 vertreibt Herr Mathlouthi seine muslimisch ambitionierte Mecca-Cola, und das mit zunehmendem Erfolg. Dabei hatte er zunächst ganz klein angefangen. Nachdem sein Bemühen, die iranische ZamZam-Cola in Lizenz herstellen zu dürfen, am Widerstand der Mullahs gescheitert war, reifte der Entschluss zur Eigenproduktion. 15000 Euro musste er zu seinem Startkapital von 7000 Euro als Darlehen bei einer Bank aufnehmen. Zunächst glaubte er, mit dem anvisierten Verkauf von insgesamt 160000 Flaschen an die in Frankreich lebenden gläubigen Muslime die Messlatte sehr hoch gelegt zu haben. Die aber waren schneller weg als erwartet, und schnell wurden die Produktionszahlen erhöht.

Geholfen hat ihm in der Startphase vor allem der amerikanische Präsident persönlich. Und zwar mit einer Riesen-PR-Nummer. Denn als Mr. Bush junior sich vornahm, an Herrn Saddam Hussein zu vollenden, was Mr. Bush senior nicht zu Ende gebracht hatte, evozierte das vielkehligen Widerspruch. Und Widerspruch hat Durst, vor allem wenn er stundenlang Fahnen schwingend durch die Straßen zieht. Auf Friedensdemonstrationen in London ließ Mathlouthi über 30 000 Flaschen seiner Mecca-Cola sowie Tausende von T-Shirts mit friedensbewegten Sinnsprüchen wie »Stop the war« verteilen. Zusammen mit einer gewaltigen Mecca-Cola-Dose brachte ihm dies eine prominente Erwähnung in der »Sunday Times« und eine Menge Publicity ein. Herr Mathlouthi weiß, wie freie Marktwirtschaft funktioniert.

In Frankreich und England liefen die ersten Großbestellungen durch islamische Hälse. Selbst die französische Supermarktkette »Auchan« stellte die Brause der Gläubigen in die Regale, zumindest in jenen Vororten, in denen viele Muslime wohnen. Mittlerweile gehen die Produktionszahlen in die Billionen. In über 20 Ländern, darunter natürlich auch Deutschland, scheint Herr Mathlouthi eine muslimische Cola-Gemeinde mit seinem Glaubensbekenntnis zu beglücken. Und es sollen noch sehr viel mehr werden.

In Deutschland – wie in den meisten anderen europäischen Ländern auch – wird Mecca-Cola hauptsächlich in türkischen oder arabischen Gemüseläden oder Cafés verkauft. Aber auch die alternative Gutmenschszene springt hier und da auf den antiamerikanischen Propagandafeldzug auf und nimmt mit hämischem Grinsen die Mecca-Cola ins Kommerzprogramm ihrer Verkaufsmissionen auf. Körnermühle und Mecca-Cola – eine grandiose Feinschmecker-Kombi!

Doch was für die einen ein Akt heldenhaften Widerstands ist, hat für andere eben einfach nur ein »Geschmäckle«. Und das offenbart sich mit einem Blick auf die Homepage des französischen Herstellers: Eine Bildergalerie zeigt jugendliche Palästinenser, wie sie gegen israelische Soldaten und Panzer mit Steinschleudern einen heroischen Kampf führen – hehre Helden im Befreiungskrieg.

Ein bisschen Klicken und Scrollen, und man erfährt von Herrn Mathlouthi auch, was sein eigentliches Interesse beim Verkauf von Allahs Brause ist: Es ist ein höheres, ein ideologisches. Es sei nämlich mittlerweile so, dass sogar das »muslimische und arabische Kapital« eine Form »wildesten materialistischen Kapitalismus« angenommen habe. Das palästinensische Volk habe aber »nicht auszuhaltende Leiden« zu erdulden, müsse den »zionistischen Faschismus« aushalten. Und dagegen gelte es etwas zu unternehmen.

In zahlreichen Statements, die Herr Mathlouthi auf das anfangs hohe Medieninteresse der Presse und in seinem eigenen Radiosender in Frankreich gab, offenbart sich eine klassische Mixtur aus Antiamerikanismus und Kapitalismuskritik in ihrer blumigsten Form. Der Begriff »Mecca« beziehe sich auch gar nicht auf die heilige Stadt des Islam, nein, nein, das beziehe sich auf einen Indianerstamm, den die Amerikaner ausgerottet hätten (der aber nach Einblick in die einschlägige Fachliteratur sowie auf Nachfrage bei Fachleuten nirgendwo aufzufinden war). Er wolle damit darauf hinweisen, dass sich die Gründung Amerikas einem Terrorakt verdanke, weshalb die USA kein Recht hätten, über ihren Kampf gegen den Terror große Töne zu spucken. Selbstmordattentäter verdienten den Respekt und die Bewunderung aller Moslems. Sein unternehmerisches Schaffen richte sich gegen die amerikanische Vorherrschaft in der Welt, es gehe um einen Konsumboykott gegen die Bomben bauenden Amerikaner und gegen Coca-Cola als Symbol des amerikanischen Imperialismus.

Ach ja …

Die Antwort von Herrn Mathlouthi auf all diese Ungerechtigkeiten ist das so genannte »charity business«, also Profit um der Wohltätigkeit willen. Eine Marketingidee, die so alt ist wie der Kapitalismus selbst. Diesmal eben mit der muslimisch korrekten Mecca-Cola! Was praktisch bedeutet, dass insgesamt 20 Prozent der Einnahmen angeblich an wohltätige Einrichtungen in Palästina und in Europa gehen.

Also Entwarnung? Gar so schlecht kann die braune Brühe doch nicht sein, denn immerhin: karitative Zwecke! Allein, überprüfen kann man nicht, wohin die Gelder tatsächlich fließen. Und kritische Geister wiesen bereits darauf hin, dass ein Blick auf die Internetseite des französischen Lizenzgebers die ganze Angelegenheit erneut ein wenig klebrig erscheinen lässt. Da wird nämlich in der Tat das Dankesschreiben einer Organisation namens »Comite de Bienfaisance et de Soutien aux Palestiniens« (CBSP) für die Zustellung von 2000 Euro Spendengeldern veröffentlicht. Diese CBSP und ihre Tochterorganisationen allerdings stehen in dem Ruf, der palästinensischen Terrororganisation Hamas nahe zu stehen. Gelder dieser Organisationen wurden bereits eingefroren. Zum Beispiel in der Schweiz. Da bleibt dem ein oder anderen die braune Brause im Halse stecken.

Doch sei's drum. Was bleibt, ist die Gewissheit, dass der westliche Kapitalismus mit einer muslimischen Konsumkritik, die sich klassisch kapitalistischer Marketing-

und Verkaufsstrategien bedient, niemals zugrunde gehen wird, sondern sich bestätigt fühlen darf. Es bleibt des Weiteren die Gewissheit, das Mecca-Cola also nicht zum Untergang des Abendlandes führen wird, zumal Mecca-Cola bereits muslimische Neider mit sehr kapitalistischen Konkurrenzgedanken zu gewärtigen hat: In der Türkei macht seit einiger Zeit Cola-Turka von sich reden, in England die Qibla-Cola. Sie werben ebenfalls um das politisch korrekte Löschen muslimischen Durstes.

Und es bleibt die Gewissheit, dass Coca-Cola, die amerikanische Ur-Cola, die Cola aller Colas, auch den muslimischen Ansturm auf ihre geschmackliche Integrität überstehen wird, wie sie bisher noch jeden Anwurf von Pepsi-, Afri- und Sinalco-, ja sogar von Honeckers kommunistischer Club-Cola mit Grandezza an sich hat abperlen lassen.

Gleichwohl bleibt abschließend zu hoffen, dass das ideologische Aufladen von Lebensmitteln nicht weiter Schule macht und die Einkaufsregale weiterhin politikfreie Zone bleiben. Ein Volk, das für die Rente Auto fährt, könnte nämlich sonst irgendwann auf sehr dumme Gedanken kommen – von »Vatikan-Fanta«, »Beamten-Brause« und »Labour-Limo« ist bereits die Rede.

Bei Gott und Allah: Dieser Kelch möge an uns vorübergehen!

Mochi

... warum Japaner ausgerechnet zu Neujahr ihr Glück herausfordern und sich deshalb besser in der Nähe eines Staubsaugers aufhalten sollten ...

Der Große Brockhaus definiert »Glück« wie folgt: Glück ist die »komplexe Erfahrung der Freude angesichts der Erfüllung von Hoffnungen, Wünschen, Erwartungen, des Eintretens positiver Ereignisse ...« Wer wollte widersprechen?

Die Hoffnung auf Glück ist der Treibstoff, morgens aufzustehen und nicht liegen zu bleiben. Wenngleich liegen bleiben manchmal auch sehr glücklich machen kann. Wenn man aber aufsteht, dann mit der Erwartung aufs kleine oder große Glück. Und was tut man nicht alles für sein Glück. Man stiefelt jeden Samstag zur Lotto-Annahmestelle oder ins Fußballstadion (beides lohnt selten), man überschuldet sich für einen Stern am Kühler, man heiratet ein, zwei Mal oder noch öfter, tritt zum Buddhismus über, sucht und findet Erleuchtung, läuft selbstvergessen durch die Straßen, singt »Hare Krischna, Hare Rama«, man setzt Kinder in die Welt, kauft sich um des Glücks der Erde willen ein oder auch zwei Pferde, man besucht Bauchtanzkurse oder läuft Marathon, man macht Karriere oder wird Krankenschwester in Afrika. Alles fürs persönliche Glück.

Doch weil das offenbar allein alles nicht reicht, wird an bestimmten Stichtagen der Glück-Wunsch zur Formel ritualisiert. Zum Beispiel Silvester, wenn man sich gegenseitig alles nur erdenkliche Glück wünscht. Ausgerechnet seinem Namensgeber hat Silvester allerdings überhaupt kein Glück gebracht.

Benannt ist der Tag des Jahreswechsels nach jenem Silvester, der 314 in Rom zum Papst gekrönt worden war und dessen Name übersetzt so viel wie »Waldbewohner« bedeutet. Und für den hatte das Jahr 335 ein eher böses Ende genommen: »Der aus dem Wald kam« war nämlich am 31. Dezember vor seinen Schöpfer getreten. Für die Kirche ein großer Verlust, weshalb man ihn ohne viel Federlesens bereits 19 Jahre später dem 31. Dezember als Tagesheiligen zuordnete. 380 Jahre zuvor hatte der große römische Imperator Cäsar dafür gesorgt, dass der Jahresanfang vom 1. März auf den 1. Januar gelegt wurde.

Seither lassen wir es also in dieser Nacht krachen. Ein altes Jahr wird resümierend und unter lautem Tamtam ad acta gelegt, ein neues Jahr willkommen geheißen – verbunden mit neuen Wünschen (oder den gleichen wie im Vorjahr) fürs persönliche Glück. »Prosit!«, ruft man sich gläserklirrend zu, was lateinisch ist und so viel heißt wie »möge es gelingen«. Und gemeint ist natürlich, dass gelingen möge, was man sich fürs kommende Jahr an Glück gewünscht hat. Man gießt Blei und ist nach mehreren »Prosits« bereit, noch im gestaltlosesten Bleiklumpen irgendeine Glücksverheißung zu erkennen – man träumt von prall gefüllten Konten oder von der vor den Toren stehenden Klingelfee.

Manch einer isst Silvester kein Geflügel, könnte doch mit der Seele des gerupften Federviehs auch das Glück davonfliegen. Verbreitet ist auch der kirchlich korrekte Fasten-Brauch, Silvester nur Karpfen zu essen. Eine Schuppe vom Fisch unter den Teller gelegt und anschließend im Portemonnaie aufbewahrt, sorgt für ganzjähriges Auskommen. Die Schuppen im ganzen Haus zu verteilen und selbiges ein ganzes Jahr nicht zu fegen soll für immer währendes Einkommen sorgen. Erfahrungsgemäß hat solcherlei Schuppen-Schabernack allerdings weniger eine nachweisbare Auswirkung aufs Einkommen als auf den hygienischen Zustand des Hauses.

Manch einem reicht es nicht, sich nur Glück zu wünschen. Hier herrscht der Glaube vor, dass sich Glück erst einstellt, wenn man es herausfordert, wenn man es keck provoziert. Indem man zum Beispiel noch in der Silvesternacht nach Peng und Paff und Prosit ins Auto steigt in dem unerschütterlichen Glauben, dass die »Poissei« der einzig wahre »Feund und Hefer« sei – was sich bei der nächsten Alkoholkontrolle in der Regel mit dem Führerscheinentzug bewahrheitet. Dann hat man Pech gehabt. Oder Glück. Eine Frage des Standpunktes.

Der Japaner aber treibt es auf die Spitze. Nein, nicht dass der Japaner sein Glück am China-Kracher herausfordert. Der Japaner, der alte Glücksritter, isst am Neujahrsmorgen Reis! Das mag jetzt auf den ersten Blick nicht wirklich spektakulär erscheinen. Weil: Der Japaner isst eigentlich immer Reis. Morgens isst er seinen asa-gohan, mittags seinen hiru-gohan und abends seinen yuu-gohan. Aber: Der Reis, den er zu Neujahr zu sich nimmt, kann ihm die Atemluft und damit das Leben rauben, denn: Der Reis klebt.

Die japanische Neujahrssitte will es, dass aus dem speziellen Mochi-Reis, einem Reis aus rundlichen und undurchsichtigen Körnern, so genannte O-Mochi-Reisklöße hergestellt werden, die man mit Mandarinen und Farnblättern geschmückt am Hausaltar niederlegt, die man am Neujahrstag aber auch gerne Glück bringend verspeist. Der Reis wird über Nacht eingeweicht, dann gedämpft und schließlich von kräftigen Männern mit einem Holzschlägel (kine) in einem großen Mörser (usu) zu einem gar köstlichen Brei geschlagen. Die Frauen formen dann den Brei zu runden Klößen oder zu abgeflachten Kuchen. Dann ist er relativ locker und gut zu essen. Kühlt er aber über Nacht aus, wird er beinhart und muss entweder neu gekocht oder gegrillt werden.

Der Klebreis ist, vor allem wenn er nicht in Sojasauce getunkt oder als Bestandteil einer Gemüsesuppe verzehrt wird, schlucktechnisch derart widerspenstig, dass zu jeder Jahreswende in Japan von tödlichen Erstickungsanfällen berichtet wird. Dann wird der O-Mochi zum Mörder-Mochi! Opfer sind meist ältere Menschen jenseits der siebzig. Jedes Jahr warnen dementsprechend Gesundheitsexperten erneut vor dem gefährlichen Röchelreis: Das stecken gebliebene Reisbällchen solle man mit den Fingern aus dem Schlund holen und dem von Erstickung Bedrohten mit der Hand zwischen die Schulterblätter schlagen.

Am Neujahrsmorgen des Jahres 2001 machte auf der nördlichen Hauptinsel Hokkaido allerdings eine weitaus extravagantere Lebensrettungstechnik von sich reden: Als einem Siebzigjährigen der Meuchel-Mochi im Hals stecken blieb und er zu ersticken drohte, griff seine Tochter kurz entschlossen zum Staubsauger und saugte den widerspenstigen Kloß aus der Kehle ihres röchelnden Vaters. Der Vater überlebte. So schnell also kann sich Glück einstellen.

Die Nummer mit dem Staubsauger sollte man vielleicht auch auf der Iberischen Halbinsel propagieren. In Spanien ist nämlich eine ähnliche und auch nicht ganz ungefährliche Silvestersitte gebräuchlich. Um Mitternacht schluckt man im ganzen Land zu jedem der üblichen zwölf Glockenschläge und für jeden Monat jeweils eine Glücks-Weintraube. Nach dem letzten Glockenschlag muss alles verputzt sein, ohne sich verschluckt zu haben.

Sonst droht Unheil. Um die nationale Schluckbewegung zu synchronisieren, überträgt das Fernsehen die zwölf Glockenschläge der Rathausuhr an der Puerta del Sol in Madrid.

Um nun zu verhindern, dass sich bei dieser ersten Herausforderung des Glücks im noch jungen Jahr vorzeitig tragisches Pech einstellt, wird das Schlagwerk mit Rücksicht auf das menschliche Schluckwerk in der Silvesternacht verlangsamt. Was allerdings in einem denkwürdigen Jahr einmal von den zuständigen Technikern versäumt wurde. Die halbe spanische Nation lag seinerzeit röchelnd und würgend am Boden. Doch im Gegensatz zu Japan wurde in diesem Fall wenigstens von keinem Todesfall berichtet.

Woraus wir lernen, dass Glück immer auch eine Frage des Anspruchs ist und dass man Staubsaugervertreter in Zukunft einmal mit ganz anderen Augen betrachten sollte – jedenfalls in Japan.

Muskatnuss

... wie die Muskatnuss mit Musketen erobert und wie sie von der Goldnuss zur Knastdroge degradiert wurde ...

Wenn Mutti in der Küche das Kartoffelpüree noch selbst anrührt und nicht als Tütenflocke in Wasser oder Milch rieseln lässt. Wenn Mutti mit Blumenkohl die traute Heimstätte olfaktorisch kontaminiert und dem kleinem Stinker die unvermeidliche Béchamelsauce überzieht. Wenn Mutti dem Spinat mit dem Blubb aromatisch noch ein wenig auf die Sprünge helfen will, immer dann wird in der Regel auch die Muskatreibe bemüht.

Vorsichtig raffelt Mutti die braune Nuss über das raue Eisen, und kleine aromatische Krümelchen rieseln ins Kochgut. Das ist einfach. Das ist harmlos. Das ist selbstverständlich, und das ist billig. Und das war alles einmal ganz, ganz anders.

Muskatnuss war nämlich einmal sündhaft teuer. Um die Muskatnuss wurde – wie heute ums Erdöl – Krieg geführt, führende europäische Nationen schlugen sich der Gewürznuss wegen die Köpfe ein. Wegen der Muskatnuss wurden Menschen enthauptet und gevierteilt, denn die Muskatnuss war einmal der Porsche unter den Gewürzen und ein begehrtes Statussymbol.

Im Mittelalter nämlich galten Gewürze ganz allgemein den gehobenen Schichten, dem Adel, dem Klerus und den reichen Patriziern in den aufkommenden Städten als Ausweis von Luxus und Wohllebe. Man verlangte allerdings nicht nach Prisen wie in Muttis Küche, sondern man brauchte raue Mengen. Die betreffenden Konsumenten waren Gourmands, keine Gourmets.

Als zum Beispiel das Haus Wittelsbach anlässlich der Hochzeit Georgs des Reichen von Bayern-Landshut 1457 ein großes Bankett veranstaltete, fuhr man gewürztechnisch das ganz große Besteck auf: 386 Pfund Pfeffer, 286 Pfund Ingwer, 205 Pfund Zimt, 105 Pfund Gewürznelken und 85 Pfund Muskatnuss – man wollte zeigen, was man hat und was man kann. Ein Vermögen wanderte in die Bäuche der hochwohlgeborenen Gäste.

Mit ihrer Schärfe konnte zudem der durch zu lange Lagerung hervorgerufene Hautgout des Fleisches überdeckt werden, auch halfen sie bei der Verdauung der schweren Kost. Und kaum ein Gewürz, dem nicht eine wie auch immer geartete medizinische Wirkung attestiert wurde – und häufig noch attestiert wird. Unter den so genannten Pestmasken sollten sie sogar gegen den schwarzen Tod eine prophylaktische Wirkung entfalten. Besonders der Muskatnuss billigten Ärzte im elisabethanischen London eine pestschützende Wirkung zu, was die Nuss so begehrt wie Gold machte.

Nicht zu vergessen ist auch der vielfach gepriesene Einsatz als Aphrodisiakum zur Steigerung von Begierde, Potenz und Wollust. Ein bekannter Liebeszauber für Frauen bestand darin, Muskatnüsse zu schlucken, und nachdem die Nüsse ihren Weg durch dunkle Darmschlingen wieder ans Licht der Welt gefunden hatten, wurden sie zermahlen und pulverisiert dem begehrten Manne ins Essen gemischt. Das war nicht nur nicht sonderlich appetitlich und zudem schmerzhaft, es half wahrscheinlich auch nicht!

Die meisten der begehrten exotischen Gewürze kamen von weit her, aus Indien, China und Indonesien.

Die Handelswege waren lang, gefährlich und wegen der Vielzahl der Steuern, Abgaben, Bestechungsgelder und Zwischenhändler äußerst kostenintensiv. Der mittelalterliche Gewürzhandel stellte eine der längsten Handelsketten der Welt dar. Besonders unangenehm: Der sich seit dem 7. Jahrhundert ausbreitende Islam monopolisierte den Gewürzhandel, ließ einen eisernen Vorhang zwischen Abend- und Morgenland hinunter. Und zu guter Letzt blockierten auch noch die türkischen Muslime den Gewürzhandel.

Es war also nur eine Frage der Zeit, bis die europäischen Konsumenten auf die Idee kamen, das begehrte Handelsgut unter Ausschaltung des lästigen Zwischenhandels beim Erzeuger direkt abzuholen und die Gewinnspanne in die eigene Tasche zu stecken. Was man mit Erfolg auch in die Tat umsetzte. Als 1498 Vasco da Gama mit vier portugiesischen Karavellen das südafrikanische Kap umrundete, war der Weg zu den asiatischen Erzeugerländern gefunden. Für Gott und Geldsack und gegen die muslimische Handelskonkurrenz segelten die nachfolgenden europäischen Abenteurer fortan gen Osten.

Im Falle der Muskatnuss war die Neugier besonders groß, denn die Muskatnuss war lediglich auf einer winzigen Inselgruppe beheimatet. Nur hier und nirgendwo sonst wuchsen die begehrten goldenen Nüsse. Schon Marco Polo hatte im 13. Jahrhundert von diesen sagenhaften »Gewürzinseln« irgendwo im ostindischen Archipel berichtet. Doch bisher hatte kein Europäer je sagen können, wo genau sie lagen.

Zwar hatten die Bewohner der Muskatnuss-Inseln schon seit Jahrhunderten ihr Handelsgut auf benachbarte Inseln, wie zum Beispiel Java, verkauft. Doch von hier aus war der Transport nach Indien durch indische Händler und von dort aus durch arabische Händler Richtung

Persischen Golf und Mittelmeer übernommen worden. Für die Europäer waren die ostindischen Gewässer noch nicht einmal kartographiert. Die Gewürzinseln hätten auch auf dem Mond liegen können.

Nachdem als Erste die Portugiesen Anfang des 16. Jahrhunderts mit Schiffsladungen voller Gewürze, darunter auch Muskatnüsse, von ihren Reisen aus Indien zurückkamen und die Fracht in Lissabon löschten, begannen die Preise zu purzeln, und das bis dahin bestehende venezianische Gewürzimperium geriet heftig ins Wanken. Lissabon wurde das Zentrum des europäischen Gewürzhandels. Das machte Lust auf mehr.

Die arabische Handelskonkurrenz schaltete man militärisch aus. Dann nistete sich Portugal auf der malaiischen Halbinsel ein und schickte eine Expedition auf die Suche nach den Gewürzinseln, die sie 1512 tatsächlich fanden. Es handelte sich dabei um die so genannten Banda-Inseln, eine Gruppe von sechs Felsklumpen, die heute zu Indonesien gehören.

Der in Portugal aus den hier aufgenommenen Muskatnüssen erzielte Gewinn war so exorbitant, dass sich nunmehr Spanien ins Spiel brachte. 1519 stach Fernando Magellan mit 270 Mann und fünf Schiffen für Spanien in See. Das Unternehmen wurde ein Desaster: Zwei Schiffe liefen auf Grund, ein Schiff desertierte, eins gab man auf. Magellan wurde wie weitere 40 seiner Seeleute von philippinischen Einheimischen ermordet. Die Portugiesen nahmen die Besatzung des aufgegebenen Schiffes gefangen und verfolgten das verbliebene beinahe um den halben Erdball, das schließlich 1522 mit 17 Mann Besatzung in letzter Not Spanien erreichte.

Bis 1580 blieb der Muskatnusshandel weitestgehend in portugiesischer Hand. Dann fielen über Erbansprüche des spanischen Herrscherhauses sowohl die portugiesische Krone als auch die Niederlande in die Hand des spanischen Königs Philipps II. Die unter einem spanisch-portugiesischen Dach importierten Muskatnüsse konnten nunmehr über die niederländischen Handelsbeziehungen auch in Nordeuropa vertrieben werden. Doch dieses Konstrukt hielt nicht allzu lange.

1581 hatten sich die sieben Nordprovinzen der Niederlande von Spanien unabhängig erklärt. Eine 1602 gegründete niederländische Handelscompagnie erhielt schließlich offiziell die Lizenz, gegen die Portugiesen, die Spanier und vor allem auch gegen die Engländer, die sich mittlerweile ebenfalls um ein Stück vom großen Gewürzkuchen bemühten, Krieg zu führen, sie zu vertreiben und den Muskatnusshandel auf den Banda-Inseln an sich zu reißen. Und das tat sie mit ziemlicher Brutalität und mit dementsprechendem Erfolg.

Es waren furchtlose, kühne und abenteuerdurstige Seeleute und Kapitäne, die sich da um die Muskatnuss schlugen. Der Kampf um das begehrte Gewürz war beileibe kein Zuckerschlecken. Die Reise war lang, Skorbut und Ruhr forderten ihren grauenhaften Tribut unter den Mannschaften. Zahllose Schiffe liefen auf Grund, rissen ihre Besatzungen mitleidslos mit sich in die Tiefe. Unzählige Matrosen fielen im Kampf mit der Konkurrenz oder im Kampf mit den Eingeborenen. Die einfachen Seeleute nahmen all dies vor allem auch deshalb auf sich, weil sie in ihrer Heimat – wenn sie diese je wieder sahen – selbst mit geringen Muskatnussmengen, die sie von der offiziellen Ladung ihrer Schiffe in ihren Seesack wandern ließen und anschließend schwarz am Arbeitgeber vorbei privat verkauften, ein kleines Vermögen erwerben konnten. Dafür setzte man sein Leben schon mal aufs Spiel.

Als die Bewohner von Banda gegen die neuen niederländischen Besatzer aufbegehrten und nach gewonnenem Kampf den Kopf des niederländischen Befehlshabers auf eine Lanze gespießt triumphierend zur Schau stellten, holten die Niederländer ganz groß aus: 1621 zogen 16 Kriegsschiffe, 36 Barkassen und ca. 2000 Soldaten gegen die Inselbewohner auf und metzelten sie weitestgehend nieder. Gefangene wurden im Gefängnis erst geköpft, dann gevierteilt. Die Köpfe steckte man – so einfallslos kann Rache sein – auf Bambusstöcke. Die wenigen überlebenden Insulaner wurden in die Sklaverei entlassen.

Das Muskatnussmonopol der Niederländer wurde schließlich gebrochen, als es 1770 dem berühmten Muskatentführer Pierre Poivre, seines Zeichens französischer Statthalter von Mauritius, gelang, einen Muskatbaum von Banda zu entführen und auf Réunion anzupflanzen, von wo aus man den Muskatbaum auch nach Madagaskar und Sansibar weiterverbreitete. Die Briten nahmen Banda 1796 schließlich ein und nahmen den Muskatbaum auch mit nach Ceylon, Malaysia und Singapur.

Aber zu diesem Zeitpunkt war das ganz große Muskatnussgeschäft bereits vorbei, die goldenen Zeiten, als man mit einer Schiffsladung wie im 17. Jahrhundert schon mal 60000 Prozent Gewinn machen konnte, kamen nicht wieder. In Europa orientierte man sich seit dem 18. Jahrhundert, ausgehend von Italien und dann über Frankreich, zunehmend an einer Küche, in der der Eigengeschmack der Zutaten hervorgehoben wurde und in der folglich Gewürze lange nicht mehr diese Rolle spielten wie im Mittelalter. Und schließlich wurden die Gewürze zum Massengebrauchsgut, der Gewürzverzehr demokratisierte sich. Seither steht die Muskatnuss in jedem Gewürzschränkchen.

Wie tief man allerdings selbst als einstmals so begehrte Goldnuss sinken kann, wurde in den 60er Jahren des letzten Jahrhunderts deutlich, als die braune Nuss, die eigentlich gar keine Nuss, sondern der Samen des Muskatbaumes ist, bei amerikanischen Gefängnisinsassen beliebt wurde. Allerdings nicht als Würzmittel im herkömmlichen Sinne. Man nutzte die Würznuss dort wegen der angeblich high machenden Inhaltsstoffe. In der Muskatnuss befinden sich nämlich die Wirkstoffe Myristicin, Elemicin und Safrol, die chemisch mit dem Mescalin, einer Droge, die aus dem mexikanischen Peyotle-Kaktus gewonnen wird, bzw. mit Wirkstoffen der Modedroge Ecstacy verwandt sind.

Malcolm X, der schwarze und ebenso charismatische wie fanatische Bürgerrechtler, der wegen verschiedener in den Slums von Harlem begangener Delikte 1946 ins Gefängnis kam, beschrieb in seiner 1965 veröffentlichten Biographie, wie man dem stinkenden, höllischen Elend in amerikanischen Gefängnissen mit Muskatnuss zu entfliehen versuchte: »Als Ersatzrauschgift diente mir ... anfänglich Muskatmehl. Mein Zellengenosse gehörte zu den mindestens hundert Muskat-Männern, die für Geld oder Zigaretten von den Küchenkalfaktoren gestohlenes Muskatmehl in Streichholzschachteln kauften. Löst man den Inhalt einer Streichholzschachtel ... in kaltem Wasser auf und trinkt das Zeug herunter, so hat man die Wirkung von drei oder vier Marihuanazigaretten.« Und dann war man »jailhouse high«.

Die Hippies der 60er und 70er griffen in monetärer Not ebenfalls gerne zur Zaubernuss. Mittlerweile experimentieren drogenhungrige Jugendliche auch wieder mit Muskatnuss, ebenso wie mit einer Reihe anderer so genannter und leider legaler (denn wer wollte schon Muskatnuss auf den Index setzen) Biodrogen. Doch gar so toll kann der muskatbedingte Trip nicht sein. Nicht nur von einem etwas schläfrigen »Sonntagnachmittagsgefühl« ist da die Rede, auch von Desorientierung, Muskelkrämpfen, Sinnestäuschungen mit paranoider Färbung, Angstanfällen, Herzrhythmusstörungen und Kopfschmerzen.

Und bei Überdosierung kann auch schnell mal ein Zustand erzielt werden, der den Betreffenden in Höhen entführt, in der die Engelein die Begleitmusik spielen: Je nach Konstitution kann die von den Biodrogisten empfohlene Dosis nämlich auch tödlich sein.

Da bleibt man doch lieber bei Muttis kleiner Prise im Spinat und gedenkt still all jener tapferen Seefahrer, die dereinst ihr Leben ließen, um unsere tägliche Kost um eine kleine Geschmacksnuance zu bereichern.

Opus One

... wie ein Kultwein als Ergebnis einer transatlantischen Unternehmensehe im Schlafgemach eines Bordeaux-Barons geboren wurde ...

Der Baron lag entspannt auf seinem Bett. Bereit zum Vollzug einer abenteuerlichen Unternehmensehe. Im Schlafgemach anwesend an jenem denkwürdigen Morgen des Jahres 1978 war der umworbene Partner. Der Baron besprach mit ihm noch einige Details der Firmen-Vermählung. Es galt, unmissverständlich zu klären, auf welchen Grundfesten dieser von einer Vision getragene betriebswirtschaftliche Ehebund ruhen sollte. Per Handschlag einigte man sich schließlich auf ein äußerst ambitioniertes Vorhaben. Der Baron war nach zweistündigen Verhandlungen zufrieden mit den ausgehandelten Bedingungen, wenngleich er wusste, dass mit der bald darauf vorgenommenen Verkündung dieses Joint Ventures die Erwartungen der vinophilen Öffentlichkeit ins Unermessliche geschraubt werden würden.

Denn der mittlerweile 76 Jahre alte Patron war nicht irgendwer: Baron Philippe de Rothschild (1902–1988) war eine lebende Legende. Er war der Herr über eins der berühmtesten und besten französischen Weingüter im Bordeaux (Appellation Pauillac): Château Mouton-Rothschild. Als Sprössling der berühmten europäischen Bankerfamilie hatte er die Leitung des Châteaus 1922 im zarten Alter von 20 Jahren geerbt. Und hier sollte er unter Beweis stellen, dass ein Rothschild Großes zu leisten in der Lage ist. Gelegenheiten dazu gab es von Anfang an.

Mit dem Château hatte er nämlich zugleich einen für die Rothschilds nicht hinnehmbaren historischen Makel geerbt. Einen Makel, dessen Behebung ihm zur Lebensaufgabe wurde und ihn zur unsterblichen Legende machen sollte. Zwei Jahre nachdem nämlich 1853 ein Mitglied des englischen Familienzweigs das Château gekauft hatte (angeblich nur, um seinen Gästen einen Wein mit seinem Namen kredenzen zu können), hatte ein Konsortium der Handelsmakler von Bordeaux die besten Weingüter auftragsgemäß in ein (noch heute gültiges) Klassifizierungssystem eingeteilt. Grundlage für diese Einteilung in fünf Qualitätsränge waren hauptsächlich die in der Vergangenheit erzielten Preise. Aber auch die Reputation und Größe der Châteaus wurden berücksichtigt. Und das für seine hervorragenden Weine bereits damals bekannte Weingut Mouton-Rothschild hatte – unter Verweis auf den schlechten Zustand der Gebäude – lediglich einen Platz im zweiten Rang erhalten, als »Deuxiéme Cru Classé«. Das war zweite Liga. Unakzeptabel. Ein Stigma!

»Erster kann ich nicht sein, Zweiter mag ich nicht sein, Mouton will ich sein«, war dementsprechend das stolze Credo von Philippe de Rothschild, dem Urenkel des ersten Besitzers von Mouton-Rothschild.

Mit unglaublicher Hartnäckigkeit bearbeitete er fortan Weinbehörden, Ministerien und Weinbauvereinigungen. Und mit Phantasie, Umtriebigkeit, einem Sinn für Innovation und vor allem mit erstklassigen Weinen gelang ihm schließlich, was nicht für möglich gehalten wurde. Die Klassifizierung von 1855 galt nämlich als in Granit gehauenes Gesetz. Doch Philippe de Rothschild stürmte die für uneinnehmbar gehaltene Bastion: 1973 rückten – endlich – die Weine seines Châteaus in die erste Liga auf und wurden fortan als »Premier Cru Classé« (Erstes Hochgewächs) geführt.

»Die Abänderung der berühmten, als unveränderlich geltenden Klassifizierung von 1855 zu erreichen entspricht in etwa der Tat des Herkules, der die goldenen Äpfel von den Hesperiden holte«, kommentierte der Schriftsteller Jaques Lamalle später diese denkwürdige Leistung. »Erster bin ich, Zweiter war ich, Mouton verändert sich nicht«, konnte Baron Philippe fortan stolz verkünden.

Der Liebhaber von Autorennen und elisabethanischer Dichtkunst (die er später auch übersetzte) hatte aber nicht nur auf dem Schlachtfeld der Klassifizierung Meriten erworben. Philippe de Rothschild erwies sich in jeder Hinsicht als ein rühriger und äußerst innovativer Geist. Von Anbeginn brachte er das Château auf Vordermann, ließ 1926 den in seiner Art ersten und Aufsehen erregenden, abteiartigen Großkeller (Grand Chai) bauen. Als Erster ließ er 1924 seine Weine komplett auf seinem Château in Flaschen abfüllen (bis dahin war es üblich, den Wein in Fässern an die Weinhändler zu verkaufen) und entwickelte einen der erfolgreichsten Markenweine des Bordelais (1933), die bezahlbare Version eines Rothschild-Weins, den Mouton Cadet.

Seit 1946 ließ der Liebhaber der Künste die Etiketten eines jeden Jahrgangs von Mouton-Rothschild von namhaften Künstlern gestalten (Bacon, Braque, Dalí, Kandinsky, Miró, Moore, Motherwell, Picasso, Warhol etc.), die als Honorar einige Kisten des betreffenden Jahrgangs erhielten. Und er richtete schließlich 1962 ein Museum für eine unvergleichliche Sammlung zum Thema »Wein in der Kunst« ein – für den florierenden Wein-Tourismus eine Attraktion bis heute, die von einem ebenso florierenden Merchandising-Programm flankiert wird. Mit anderen Worten: Philippe de Rothschild leitete im Bordeaux eine neue Weinära ein.

Bei allem Engagement für sein eigenes Weingut und das Bordeaux hatte der Baron aber immer auch mit Interesse die Entwicklungen anderer Weinerzeuger und Weinregionen beobachtet. Und so konnte ihm die Entwicklung der noch zögerlich, aber wahrnehmbar aufstrebenden Weinindustrie in Kalifornien nicht verborgen bleiben.

Was sich da in Übersee im heißen kalifornischen Central Valley und vor allem im kühleren Napa Valley Ende der sechziger Jahre tat, eröffnete neue Perspektiven. Vielleicht sogar Perspektiven für eine profitable Unternehmensehe. Also ging er auf Brautschau und erkundigte sich bei einem Kenner der kalifornischen Weinszene danach, wer denn wohl der hoffnungsvollste Weingeist in Kalifornien sei. Und da hatte man ihm vor allem einen Namen genannt: Robert »Bob« Mondavi.

Zu einem ersten Rendezvous mit Mondavi kam es anlässlich einer Großhändlertagung für Wein und Spirituosen auf Hawaii, zu der Rothschild seinen kalifornischen Kollegen eingeladen hatte. Rothschild, ein Grandseigneur, ein Mann mit Stil, elegant, freundlich, aber ebenso direkt, fiel gleich mit der Tür ins Haus und machte Mondavi einen Antrag. Der zeigte sich beeindruckt, wies den Antrag allerdings ein wenig erschrocken zurück. Der große Baron und der kalifornische Mondavi in einem Joint Venture vereint? Wie sollte das gehen?

Und war das nicht tatsächlich ein erstaunliches Ansinnen? Verkörperte Mondavi nicht das genaue Gegenteil von dem, was Rothschild verkörperte? Stand Rothschild nicht für das alte Europa (und bei allem Sinn für Innovationen) für französische Bordeaux-Tradition, für höchsten europäischen Geld- und Weinadel? Ein Mythos zu Lebzeiten!

Und Mondavi? Stand er nicht für das etwas parvenühafte Aufbegehren der neuen Wein-Welt mit ihrer (aus europäischer Sicht) etwas naiven, hemdsärmeligen und experimentellen Art des Zupackens? Und verkörperte er nicht beinahe klischeehaft das Beispiel einer amerikatypischen Tellerwäscherkarriere?

Mondavis Eltern waren 1906 aus einem der Armenhäuser Europas, den Marche an der Ostküste Italiens, in die USA ausgewandert. In Minnesota führten sie zunächst ein Gasthaus für Bergarbeiter, zogen dann 1922 nach Kalifornien und belieferten von hier aus während der Prohibition die Hobby-Önologen im Osten der Vereinigten Staaten. Im Napa Valley ging die Familie Ende der Dreißiger schließlich zur Weinerzeugung über. Jetzt stellte sich ein erster Erfolg ein. Das Unternehmen wuchs, und 1943 erwarb man das nahe gelegene Weingut von Charles Krug, einem gebürtigen Deutschen (Kassel), den man auch den »Vater des Napa-Weins« nannte.

Nach dem Tod des Vaters und einem erbitterten Streit mit dem Bruder um Geld und Ausrichtung des familieneigenen Weingutes verließ Bob Mondavi die Charles Krug Winery und errichtete die mittlerweile berühmte Robert Mondavi Winery am Oakville Highway. Das war 1966.

Umgehend begann er mit der Herstellung sortenreiner Weine zu experimentieren, mit klassischen europäischen Trauben, vor allem mit Cabernet Sauvignon. Er wollte umsetzen, was er auf seinen Reisen durch Europa Anfang der 60er über die Erzeugung großer Weine in Erfahrung gebracht hatte. Doch bei seinem Zusammentreffen mit Rothschild auf Hawaii befand sich Mondavi noch am Anfang eines verheißungsvollen Prozesses. War es jetzt nicht noch ein wenig zu früh für ein erfolgreiches Zusammengehen mit einer Rotwein-Legende? Wohl doch. Man vertagte das Gespräch auf einen nicht näher benannten späteren Zeitpunkt.

Weitere acht Jahre vergingen. Acht Jahre, in denen Baron Rothschild offenbar weiterhin schwanger ging mit der Idee einer Partnerschaft. In der Zwischenzeit ging Mondavi seinen Weg, läutete, wie dereinst Rothschild im Bordeaux, im Napa Valley eine neue Weinära ein, setzte sich an die Spitze einer innovativen weintechnischen Entwicklung, experimentierte mit den berühmtesten europäischen Weinsorten, mit europäischen Holzfässern, mit unterschiedlichsten Filtrationsverfahren, mit temperaturgesteuerter Vergärung in Edelstahltanks und und und ...

Mondavi wurde zum führenden Weinerzeuger im Napa Valley, machte sich mit seinen Weinen einen Namen. Und dies nicht zuletzt deshalb, weil er neben seinem Bestreben, Weine zu erzeugen, die im Konzert der Weltbesten mitspielen sollten, immer auch auf betriebswirtschaftlich lukrative Weine im preiswerteren Massensegment setzte.

Im Jahre 1978 war es dann so weit. Es erfolgte die denkwürdige Einladung des Barons nach Bordeaux. Und Mondavi kam. Gemeinsam mit seiner Tochter Marcia. Was im Weiteren geschah im Château Mouton-Rothschild und wie man sich schließlich im Schlafgemach des Barons zum Abschluss eines Aufsehen erregenden Joint Ventures einfand, beschreibt Mondavi in seiner Biographie »Harvest of Joy« mit einem genüsslichen Blick für Details.

Das Meeting begann mit einer Führung des Barons durch das Weinmuseum, das Musée du vin dans l'art. Anschließend besichtigte man die gepflegten Weinberge von Mouton-Rothschild. Es folgte eine Führung durch den gut 100 Meter langen gigantischen Weinkeller, den Grand Chai, einen Tempel, errichtet für die Kunst, feinste Weine zu komponieren. Alles in allem eine beeindruckende Vorstellung, die dem Besucher vor allem das auf

Château Mouton-Rothschild vorherrschende, unerschütterlich selbstbewusste Lebensgefühl vermittelte: »Wir sind Mouton. Wir sind die Besten.«

Am Abend dann in der Familienbibliothek ein Diner mit einigen wenigen geladenen Gästen. In angenehm familiärer Atmosphäre ließ der Schlossherr am Spieß gebratene Wachteln reichen. In die Gläser füllte man Weltklasse: zunächst einen 25 Jahre alten Château Clerc-Milon (Cinquième Cru Classé), ein Nachbargut, das der Baron acht Jahre zuvor erworben und auf Rothschild-Qualität getrimmt hatte.

Auf diese bereits bezwingende Ouvertüre folgte der imposante Höhepunkt: ein 100 Jahre alter Mouton-Rothschild, zu dem Mondavi nur ein einziges Wort einfiel. Amazing! Doch damit nicht genug: Zum Dessert wurde ein weiterer Gigant unter den Weinen gereicht: ein 1945er Château d'Yquem, jener weltberühmte Süßwein aus Sauternes, den der Baron in gewohnter Manier geeist servierte – eine Marotte, über die sich (vor allem auf Château d'Yquem) trefflich streiten ließe, die aber unter Beweis stellte, dass Philippe Rothschild ein unverbesserlicher alter Freigeist war, der sich einen feuchten Kehricht um verquaste Wein-Etikette kümmerte: Was und wie ihm etwas schmeckte, bestimmte er selbst.

Mondavi und seine Tochter zeigten sich tief beeindruckt von der gesamten Vorstellung, von der unspektakulär vorgetragenen Grandezza. Als ebenso beeindruckend empfand man auch die eher zurückhaltende Tischkonversation des Barons: kein großes Geschwafel über »große« Weine, keine Rhapsodien über den 100 Jahre alten Mouton, den trinken zu dürfen die meisten Weinkenner als unvergessliche Sensation betrachtet und mit ausschweifender Weinlyrik kommentiert hätten. Es ging allein um die Lust an höchstem Genuss.

Summa summarum ein gelungener Abend, in dessen Verlauf mehr als deutlich wurde, dass die beiden älteren Herren (Mondavi hatte mit 65 Jahren immerhin auch bereits die Rentenschwelle überschritten) einander verstanden, einander mochten und sich schätzten.

Doch den ganzen langen Abend fiel kein einziges Wort über die geplante Zusammenarbeit, kein Wort übers Geschäft. Schließlich ergriff Rothschild das Wort und fragte Mondavi, ob es ihm und seiner Tochter etwas ausmachen würde, ihn am nächsten Morgen um 9.30 Uhr in seinem Schlafzimmer aufzusuchen, um über eine etwaige Zusammenarbeit zu reden. Man möge sich bitte nicht wundern, aber er würde 90 Prozent aller Geschäfte in seinem Schlafgemach abwickeln. Im Schlafzimmer? Ja, im Schlafzimmer! Nun gut, warum nicht? Sie kämen.

Pünktlich um 9.30 Uhr fanden sich Mondavi und seine Tochter im »Büro« des Barons ein. Hier, im Schlafgemach, war man sich dann nach zweistündiger Verhandlung einig: Man wollte eine Elefantenhochzeit wagen. Man wollte auf kalifornischem Boden gemeinsam einen großen Wein kreieren, man wollte das Beste vom Besten beider Seiten zusammenfügen und in Flaschen füllen. Man wollte nicht mehr und nicht weniger als einen Kultwein ins Leben rufen, basierend auf einem Fifty-fifty-Joint-Venture. Es ging darum, das Beste zweier Weinkulturen in einem Produkt zu vereinen, die Kraft Kaliforniens mit der Brillanz des Bordeaux zu vermählen, kalifornische Trauben und das technische und kaufmännische Know-how der Neuen Welt mit dem französischen »savoir faire« zusammenzufügen.

Das Ergebnis sollte eine Cuvée sein, bestehend aus den Verschnittanteilen der klassischen Bordeaux-Trauben Cabernet Sauvignon, Merlot und Cabernet Franc, in Edelstahl vergoren und in französischer Eiche ausgebaut. Ein

Wein, der höchste Ansprüche erfüllen sollte, ein Projekt, auf die Dauer von hundert oder mehr Jahren angelegt, ein Projekt, das Millionen verschlingen würde und mit dem man Millionen würde verdienen können.

Nach Kalifornien zurückgekehrt, machten sich Mondavi und sein französisch-amerikanischer Mitarbeiterstab umgehend ans Werk. Doch bevor im Jahre 1979 die erste Lese eingefahren und der Öffentlichkeit das Joint Venture verkündet werden konnte, musste für das gemeinsame Kind noch ein Name gefunden werden.

Baron Rothschild bevorzugte für den Wein, von dem man hoffte, ihn alsbald als einen »Klassiker« am Markt etablieren zu können, einen klassischen Namen aus einer klassischen Sprache: Latein. Schließlich bemühte er sogar das Horoskop, in der Hoffnung auf Inspiration. »Gemini«, der lateinische Begriff für das Sternzeichen Zwillinge, begeisterte ihn. Das war's. Das war klassisch. Das verwies auf die beiden Urheber: Zwillinge im Geist, Zwillinge in dem Vorhaben, einen perfekten Wein herzustellen. Das war gleichzeitig auch technisch progressiv, erinnerte an die amerikanische Gemini-Weltraummission aus den Sechzigern.

Rothschild war begeistert. Er musste Mondavi sofort kontaktieren, ihm seinen Geistesblitz mitteilen. Und so tat der Baron, was er in solchen Situationen zu tun pflegte: Er legte sich aufs Bett. Von hier aus teilte er seinem Partner in Übersee telefonisch seine Idee mit: Gemini, Bob, Gemini wäre doch ein toller Name. Was meinst du?

Gemini? Ja, Gemini ... Am anderen Ende der Leitung machte sich entgegen der Erwartung weniger Euphorie denn nachdenkliches Schweigen breit. Dann: Mmmh, Gemini! Hört sich gut an. Hat aber einen Nachteil, Baron: Gemini ist hier in Kalifornien der Name der größten Homosexuellen-Zeitschrift!

Des Barons genialer Gemini-Gedanke löste sich postwendend in lautem Gelächter und damit in Luft auf. Der große Rothschild-Mondavi-Wein sollte den Namen einer kalifornischen Schwulen-Postille tragen? Undenkbar!

Wenig später einigte man sich dann auf den Namen »Opus One«, eine Anleihe aus der Musik. In diesem Namen sollten sich Anspruch und Wirklichkeit vereinen. Und auch ein Label für die Etikettierung war bald gefunden: Ein in dunklem Blau gehaltener und graphisch in Szene gesetzter Schattenriss der Profile von Mondavi (nach Osten schauend) und Rothschild (nach Westen schauend) ziert seit Anbeginn die Flaschen mit ihrem edlen Inhalt.

Die Bekanntgabe des Joint Ventures schlug in der Branche und im Weinmarkt wie eine Bombe ein. Noch bevor die ersten Jahrgänge (1979 und 1980) auf den Markt kamen (1984), waren sie auch schon ausverkauft. Auf einer Weinauktion 1981 in Kalifornien wurde die erste Kiste für die sagenhafte Summe von 24 000 US-Dollar versteigert – das war der höchste Preis, der bis dahin jemals für einen kalifornischen Wein erzielt wurde. Und: Der ganze Rummel, der um »Opus One« in der Öffentlichkeit anfangs gemacht wurde, ersparte seinen Erfindern einen millionenschweren Werbeetat – »Opus One« war ein Selbstläufer.

1984 wurde für den bis dahin in der Robert Mondavi Winery produzierten Edelwein bei dem Architekten Scott Johnson (der auch den Transamerica Tower in San Francisco entworfen hatte) der Entwurf für ein eigenes Weingut in Auftrag gegeben (den der 1988 verstorbene Baron noch einsehen und für gut befinden konnte). 1991 wurde die 29 Millionen US-Dollar teure »Opus One Winery« fertig gestellt, eine technisch ausgereifte Anlage, die gewährleistet, dass der Wein während der gesamten

Verarbeitung nicht durch Pumpen bewegt werden muss, sondern allein der Schwerkraft folgt.

»Opus One« wurde nach kleineren Rückschlägen schließlich zu dem, was er von Anfang an sein sollte: ein Kultwein zu Höchstpreisen, der sich in der Spitze fest etabliert hat, der bei Degustationen regelmäßig mit die höchsten Punktzahlen abräumt und die Fans zum Schwärmen bringt. 200 bis 250 Euro bezahlt man hierzulande für eine Flasche.

Und wenn »Opus One« auch nicht immer und nicht jeden Weinkritiker in Gänze überzeugt, auch wenn immer wieder von berufener Seite darauf verwiesen wird, dass man vergleichbar gute Weine, die keinen so prestigeüberladenen Namen haben, zu günstigeren Preisen erhält: Keiner bestreitet, dass Opus One zu den besten Weinen zählt. Und man bedenke: Mit Opus One trinkt man eben nicht nur einen exzellenten Rotwein. Man trinkt eine Legende. Nein, zwei. Und Legenden kosten. Oder um es mit den Worten von Patrick Léon zu sagen, dem französischen Kellermeister von Mouton-Rothschild, der auch »Opus One« mit betreute:

»Bob und der Baron waren sich immer einig, wenn es ums Marketing ging. Produziere einen Wein in geringer Menge. Die höchste Qualität. Die größte Schönheit. Binde ihn an die Personen. Und mach ihn sehr teuer. Mit den Namen Mondavi und Rothschild auf dem Etikett bleibt dir nichts anderes übrig, als erfolgreich zu sein.«

So ist es.

Pferdefleisch

... warum der Papst eine Heidenangst vor Rosswurst hatte und warum auch wir partout kein Pferdefleisch goutieren ...

Kenner schwören: Pferdefleisch schmeckt. Es schmeckt ein wenig süßer als Rind- oder Schweinefleisch, es ist fettarm, äußerst bekömmlich und vor allem zart – vorausgesetzt, das Tier war jünger als zwei Jahre. Warum wenden sich dennoch die meisten Menschen in unserem Kulturkreis mit einem Würgen im Hals angewidert ab, wenn man ihnen Pferdefleisch serviert? Zum Beispiel einen Rheinischen Sauerbraten, eine regionaltypische Köstlichkeit, die ursprünglich nicht aus Rind-, sondern aus mürbem Pferdefleisch geschmort wurde. Warum würden selbst die meisten Rheinländer einen Sauerbraten aus Pferdefleisch – wenn überhaupt – nur mit größter Überwindung essen?

Keine Frage: Pferdefleisch zu essen kommt in unseren Breitengraden einem Tabubruch gleich. Doch das war nicht immer so. Unsere Vorfahren, die Cromagnon-Menschen beispielsweise, hatten da weit weniger Berührungsängste. Vor etwa 20 000 Jahren bestand ihre bevorzugte Jagdtechnik darin, Wildpferdeherden in Panik zu versetzen und sie über Klippen und Steilhänge – wie bei Solutré im Burgund – in einen gigantischen Pferdefriedhof stürzen zu lassen, um sich anschließend den Bauch voll zu schlagen. Was ist also seit dieser Zeit geschehen, dass wir bei Rind, Schwein und Huhn bedenkenlos die

Messer wetzen und vor Furys Pferdekoppel entgeistert zurückschrecken?

Viel ist seither geschehen in der Beziehung zwischen Mensch und Pferd. Und der Mensch hat sich sicherlich immer wieder mal die Frage gestellt, ob man nicht auch Pferdesteaks auf den Speisezettel setzen sollte. Doch die simple Antwort war mehr oder weniger immer dieselbe: Es lohnt nicht! Es lohnte sich streng genommen von dem Moment an nicht mehr, als man das Pferd zu domestizieren und zu nutzen begann. Außerdem hatte das Pferd eine viel zu brisante politische Aufgabe zu erfüllen, als dass man es einfach in die Pfanne hätte hauen können. Und der Papst hatte ebenfalls etwas gegen Pferdefleisch. Widerstände von solchem Gewicht zu durchbrechen gelingt selbst dem stärksten Ackergaul nicht. Und irgendwann wurde die Pferdeabstinenz zur geschmacksbestimmenden Regel. Und die schnürt uns bis heute beim Pferd die Kehle zu.

Der entscheidende Sprung im Verhältnis zwischen Mensch und Pferd bestand darin, Pferde als Last-, Trage- und vor allem Reittiere zu erkennen: Es waren wahrscheinlich asiatische Hirtennomaden, die vor ca. 5000 bis 6000 Jahren erstmals Pferde domestizierten. Ihre gesamte Lebensform war auf das Pferd ausgerichtet. Aber eben nicht, weil sie es aßen – das taten sie nur aus feierlichen Anlässen –, sondern, weil sie auf seinem Rücken jene weit verstreuten Herdentiere kontrollieren und halten konnten, von denen sie wirklich lebten: von Schafen und Rindern.

Die ersten sesshaften ackerbauenden Kulturen in Asien und im Vorderen Orient konnten mit dem Pferd als Fleischlieferanten auch nicht sonderlich viel anfangen: Ein Pferd bietet im Vergleich zu Rind und Schwein eine erschreckend schlechte Futter-Fleisch-Bilanz. Erstens sind Pferde keine Wiederkäuer und benötigen schon deshalb mehr Futter, und zweitens haben Pferde einen sehr viel schnelleren Stoffwechsel, benötigen also mehr Nahrung pro Kilo potenzieller Rosswurst, was darauf hinausläuft, dass ein Pferd gut ein Drittel mehr Gras als seine Haustiergenossen vertilgt. Quintessenz: So ein Pferd muss man sich schon leisten können. Und das kann man nur, wenn man als Proteinquelle andere, genügsamere und effektivere Fleischlieferanten wie Schafe, Rinder oder Ziegen bereits erfolgreich domestiziert hat.

Wozu aber sesshafte Kulturen Pferde hervorragend gebrauchen konnten, neben ihrer Funktion als Ackergaul oder Lastesel, war ein Handwerk der besonderen Art: Krieg! So ziemlich alles, was auf asiatischem Boden Rang und Namen hatte, zog mit Kriegswagen, die von Pferden gezogen wurden, in die Schlacht. Später um 900 v. Chr., als die Reiche der Assyrer, Skythen und Meder entstanden, erfand man dann die Kavallerie – ein weiterer enormer Fortschritt, wenn es darum geht, dem Nachbarn aus vollem Galopp den Schädel zu spalten. Über gut 3000 Jahre hinweg war das Schicksal der damaligen Weltreiche auch von der Qualität ihrer Pferde und des entsprechenden Reit- und Pflegepersonals abhängig. Kein Mensch wäre damals auf die Idee gekommen, die Basis militärischen Erfolgs einfach aufzuessen.

Schließlich rückten die Reiterhorden auch den westlichen Weltreichen auf die Pelle. Das ruhmreiche Rom fiel im vierten und fünften Jahrhundert dem Ansturm der »Barbaren« zum Opfer, unter anderem (!) deshalb, weil die Legionen der hervorragend ausgebildeten römischen Fußsoldaten der militärischen Durchschlagskraft der berittenen Ost- und Westgoten sowie der Vandalen keinen entscheidenden Widerstand entgegenzusetzen hatten. Um nicht völlig übertölpelt zu werden, nahmen die Römer sogar die Dienste anderer berittener »Barbaren« wie der Skythen und Hunnen als Söldner in Anspruch. Aber es half alles nichts. Rom ging schließlich unter.

Und kaum dass Europa den Barbarensturm hatte über sich herziehen lassen müssen, lauerte die nächste berittene Gefahr. 70 Jahre nach dem Tod Mohammeds im Jahre 632 n.Chr. hatten die maurischen Muslime den Norden Afrikas bereits komplett erobert und im Jahre 711 bei Gibraltar (»Tariks Berg«, nach ihrem Heerführer Al-Tarik benannt) aufs europäische Festland übergesetzt. Im Galopp ihrer schnellen und wendigen kleinen Pferde nahmen die Muslime Spanien, überquerten die Pyrenäen und waren im Begriff, auch ganz Frankreich zu unterjochen, als sich ihnen im Jahre 732 ein fränkisches Heer unter Karl Martell (688–741), »dem Hammer«, entgegenstellte und sie bei Tours vernichtend schlug. Aller Wahrscheinlichkeit nach deswegen, weil die leichte maurische Kavallerie die schwer gerüsteten Reiter des fränkischen Heeres nicht ins Wanken bringen konnte. Seither galten auch in Europa das Pferd und sein Reiter, der adelige Vasall, als schlachtentscheidend und damit politik- und strukturbestimmend. Der mittelalterliche Feudalismus war nach dieser Lesart vor allem ein Herrschaftsvertrag zwischen dem Lehnsherr und dem von ihm mit Ländereien ausgestatteten Vasallen, der im Gegenzug schwere Kavallerie zur Verfügung zu stellen hatte – Ritter zu sein war ein teures Vergnügen, das Pferd unterm Ritter war bis weit ins 16. Jahrhundert teurer als ein Leibeigener. Auch hier war also über Jahrhunderte hinweg keine wirkliche Lust auf Pferdefleisch möglich.

Und dennoch: Ausgerechnet im Jahre 732, also im Jahr der Schlacht von Tours, erließ Papst Gregor III. das erste und einzige offizielle Nahrungsverbot der Kirche überhaupt, das keinem Fastengebot folgte. Und es betraf ausgerechnet das Pferdefleisch. War seine Aufforderung an den für Deutschland zuständigen Missionar Bonifatius, den Verzehr von Pferdefleisch bei Strafe zu unterbinden, tatsächlich religiös motiviert? Gewiss, im Norden, von Island bis nach Polen, gab es noch eine Menge heidnischer Stämme, die das Pferd nach wie vor als Opfertier betrachteten und auch verzehrten. Noch im 12. Jahrhundert soll ein irischer König nach altem Brauch anlässlich seiner Krönung ein Bad in Pferdesud, hergestellt aus Fleisch und Knochen einer weißen Stute, genommen haben, um anschließend sein Badewasser zu verköstigen. Aber waren solche Riten der wirkliche Grund für den päpstlichen Erlass?

Der amerikanische Anthropologe Marvin Harris verneint in seinem hervorragenden Werk über Nahrungstabus »Wohlgeschmack und Widerwillen« diese Frage energisch. Er glaubt, dass der Papst schlicht erkannt hatte, dass es mit dem päpstlichen Bestandsschutz für das Pferd um den Schutz höherer Werte ging. »Das Pferd zu verteidigen hieß den Glauben zu verteidigen.« Das Pferd war eine entscheidende waffentechnische Möglichkeit, dem Ansturm der Muselmanen und anderer Andersgläubiger zu widerstehen. Das Pferd verteidigte das Christentum!

Bis die Spanier allerdings die Muselmanen mittels ihrer Reconquista endgültig aus Spanien vertreiben konnten, dauerte es noch ungefähr 750 Jahre. Gleichwohl: Seit dem päpstlichen Verbot stand das Pferd in Europa quasi unter offiziellem Schlachtvorbehalt. Was nicht heißt, dass dieses päpstliche Verbot nicht immer wieder gebrochen und auch trotz vehementer Zustimmung zum Verbot durch weltliche Instanzen dennoch Pferdefleisch gegessen wurde. In der Regel wurde es aber nur von der ärmeren Bevölkerung und vor allem in Zeiten bitterer wirtschaftlicher Not verzehrt.

Eine Ausnahme stellte und stellt Frankreich dar, wo man heute gut zehnmal mehr Pferdefleisch isst als in Deutschland (was aber immer noch nicht sonderlich viel ist). Hatte man sich in den Zeiten des Elends vor der Großen Revolution bereits um Pferdefleisch bemüht, stellte Pferdefleischessen nach der Revolution geradezu einen politischen Akt dar, standen Pferde doch symbolisch für das verhasste und zum Teufel gejagte *ancien régime*. Zudem hatte der oberste Stabsarzt in Napoleons Revolutionstruppen einen vermehrten Verzehr von Pferdefleisch befürwortet. Seiner Beobachtung nach kamen verwundete Soldaten dann schneller wieder auf die Beine. Man hob das Pferdefleischverbot also auf.

Mitte des 19. Jahrhunderts wurde von französischen Medizinern und Politikern Pferdefleisch gar zum Wohl der industrialisierten Arbeiterschaft propagiert, man veranstaltete regelrechte Pferdefleisch-Bankette, um fürs Fleisch vom Ross zu werben. Als hätte man geahnt, dass besonders die Pariser Bevölkerung es noch bitter nötig haben würde: Während der Belagerung durch deutsche Truppen 1871 versuchte man, mit dem Schlachten von 60 000 bis 70 000 Pferden der harten Hungersnot zu begegnen – es reichte nicht: Auch Ratten und die Tiere des Zoos mussten für das Überleben der Franzosen herhalten.

Trotz aller Bemühungen und trotz der Tatsache, dass die Pferdefleischverbote im 19. Jahrhundert auch in weiten Teilen Deutschlands aufgehoben worden waren: Pferdefleisch wurde in Europa nie so recht populär. Zwar wurden mit zunehmender Motorisierung im Zivilbereich, in der Landwirtschaft und beim Militär im 20. Jahrhundert schließlich immer mehr Pferde arbeitslos, mussten geschlachtet und also gegessen werden. Zwar tat die Not von zwei Weltkriegen ihr Übriges, um die Zahl der

Pferdemetzgereien kurzfristig zu erhöhen – doch Pferdefleisch haftete und haftet bis heute der Geruch eines Armeleuteessens an.

Und das ist – bis auf weiteres – kein wirklich gutes Marketinginstrument. Also finden allein Kuh und Schwein und Schaf den Weg in unsere Kochtöpfe. Auf dem Rücken der Pferde suchen wir allein das Glück der Erde.

Beneidenswertes Pferd.

Reinheitsgebot

... warum das »Deutsche Reinheitsgebot« weniger ein Lebensmittelschutzgesetz als vielmehr ein Anti-Drogen-Gesetz ist und warum man sich Sumpfporst vielleicht doch besser nicht im Bier wünschen sollte ...

Die deutschen Braumeister jubeln bis heute. Das »Bayrische Reinheitsgebot«, 1516 von Bayern-Herzog Wilhelm IV. beim bayrischen Landständetag in Ingolstadt verkündet, war das erste wirklich wirksame Verbraucherschutzgesetz der Deutschen. Ein Meilenstein in der Geschichte der Lebensmittelhygiene! Und mit den Braumeistern jubelt bis heute die deutsche Bierseele an jedem Tresen und an jedem Stammtisch. Denn eins ist mal klar: Der Deutsche berauscht sich sauber! Von den Bayern für ganz Deutschland als modifizierte Regel übernommen, dürfen bis heute nur Hopfen, Malz, Hefe und Wasser ins Bier. Das sind die Zutaten fürs deutsche Volksgebräu.

Auch wenn es zunächst ein wenig gedauert hat, bis das »*Bayrische* Reinheitsgebot« zum »*Deutschen* Reinheitsgebot« wurde. Das aber lag daran, dass in Norddeutschland durch die Zunftordnungen damals bereits strenge Brauvorschriften existierten. Was brauchte man da die Bayern? Und es lag daran, dass der Dreißigjährige Krieg (1618–1648) einen zunächst gut 200 Jahre andauernden Niedergang der Bierqualität zur Folge hatte und damit die bayrischen Bemühungen um ein sauberes Bier vorerst konterkarierte.

Doch nach und nach setzte sich das Gebot der Bayern auf deutschem Boden durch. Zunächst von Land zu Land, bis es 1906 dann schließlich im ganzen deutschen Kaiserreich galt. Auch die Weimarer Republik übernahm das Gelöbnis zur Reinheit. Die Bayern hatten ihren Beitritt zur Republik unter anderem von der Übernahme ihres Biergesetzes abhängig gemacht. Tapfere Bayern! Und immer den Blick fürs Wesentliche!

Den Blick fürs Wesentliche hatte bereits ihr Wilhelm unter Beweis gestellt. War sein Reinheitsgebot nicht wirklich dringend geboten gewesen? War im 16. Jahrhundert Bier nicht so etwas wie ein Volksnahrungsmittel? Adel und wohlhabendes Bürgertum schluckten seinerzeit zwischen 1000 und 2000 Liter Bier jährlich – pro Kopf! Das waren drei bis sechs Liter pro Kopf täglich. Die Landbevölkerung brachte es immerhin auf zwei Liter. Es wurde also gesoffen, was das Zeug hielt.

Wasser zu trinken, zumal in der Stadt, war nach wie vor viel zu gefährlich. Das hatte schon Karl der Große (747–814) eingesehen. Obwohl er Trunkenheit verabscheute, hatte er um der Gesundheit der Menschen willen die Bier- und Weinproduktion gefördert. Auch die Phalanx des Christentums, die Mönche in ihren Klöstern, ausgestattet mit Brau- und Schankrechten, ließen den vergorenen Getreidesaft in unglaublichen Mengen durch ihre Kehlen laufen. So war den Mönchen des Klosters St. Gallen einem Dokument aus dem neunten Jahrhundert zufolge offiziell eine tägliche Verzehrmenge von fünf Maß zugeteilt.

Auch wenn die eigentliche Bierproduktion mehr in den nördlichen Städten lag (Hamburg produzierte um 1500 alleine 300 000 Hektoliter) und die süddeutsche Produktion sich eher unbedeutend ausnahm, war es der bayrische Wilhelm, der sich zum Wohle aller in die erste Reihe der Reinheitsfront stellte. Und hatte er nicht Recht? Was hatte man bis zu seiner Verfügung allüberall und noch lange darüber hinaus nicht alles ins meist schon saure Bier gekippt: Ochsengalle, Ruß, Pech, Kreide, Eicheln, hart gekochte Eier. Und jede Menge Kräuter und Gewürze, die man nicht umsonst im Verdacht hatte, die seltsamsten psychedelischen Wirkungen zu erzeugen. Kräuter, die noch aus alter heidnischer Zeit und von alten heidnischen Trinkbräuchen herrührten.

Zum Beispiel Sumpfporst, ein Heidekrautgewächs, dessen ätherisches Öl in höheren Dosierungen zu rasenden Wutanfällen und zu Krämpfen führen kann. Sumpfporst war der Bestandteil des so genannten Grutbieres, das die Wikinger und besonders ihre Elitekrieger, die Berserker, getrunken hatten (Grut ist der mittelgermanische Name für Sumpfporst). Zwischen dem achten und elften Jahrhundert versetzten sie halb Europa und Russland in Angst und Schrecken. Vor allem die Berserker galten ihren Feinden als nahezu unbezwingbar. Es waren auf den Gott der Raserei (Odin) eingeschworene Kampfmaschinen, die wie toll in ihre Schilde bissen, vermutlich nur mit einem Bärenfell bekleidet waren, unglaubliche Kräfte hatten, nicht Tod noch Teufel fürchteten, die schmerzfrei schienen und sich auch durch stärkste Verletzungen nicht aufhalten ließen. War es das im Norden gebräuchliche, mit Sumpfporst versetzte und im Übermaß genossene Grutbier, das ihre »Berserkerwut« auslöste?

Die christliche Missionierung der Wikinger, die im 11. Jahrhundert als weitestgehend abgeschlossen galt, machte dem Berserkertum ein Ende. Sein Grutbier konnte sich weit länger halten. Vor allem in Nordeuropa, in Schweden und Norwegen, hat man wohl bis ins 20. Jahrhundert immer wieder auch Sumpfporst als Würze dem Bier zugesetzt. Im Norden und Westen Deutschlands (besonders im Rheinland) und auch in England wurde es in Gruthäusern noch lange ausgeschenkt. Im 17. Jahrhundert sprach man in Mecklenburg noch diverse Verbote gegen den Zusatz von Sumpfporst aus.

Besonders beliebt als Bierzusatz war auch das Bilsenkraut, ein Nachtschattengewächs und naher Verwandter gleichermaßen bekannter Bio-Drogen wie Tollkirsche, Stechapfel und Alraune. Bilsenkraut war von jeher ein beliebter Bier- und Weinzusatz, der über seine Alkaloide je nach Dosierung und Genussmenge Halluzinationen und gewaltige Rauschzustände auslösen konnte. Die Kelten ebenso wie die Germanen reicherten ihr Bier damit an. Und manch ein Drogenkenner behauptet, dass sich das berühmte Pilsener Bier etymologisch vom »Pilsener krut«, wie man das Bilsenkraut früher nannte, herleitet.

Besonders die Germanen liebten ihr Bilsenkraut-Bier. Sie setzten ihm aber nicht nur Bilsenkraut zu, auch Sumpfporst, Fliegenpilze – die besonders wilde Halluzinationen und bunte Visionen von Zeitreisen auslösten –, Wacholder, Anissamen, Wermut und noch vieles mehr waren im Germanentrunke sehr beliebt. Die Auswirkungen der legendären germanischen Saufgelage waren entsprechend.

Schon Tacitus berichtete um 100 n. Chr. über die Germanen: »Am wenigsten können sie den Durst ertragen.« Ihre Tage und Nächte dauernden Saufgelage dienten aber nicht der reinen Zecherei um ihrer selbst willen. Sie hatten auch einen sakralen Charakter, man überschritt im Rausch die Grenzen des Diesseits zum Reich der Götter. Es waren religiöse Feste mit Trankopfern und Bierweihen. Das Trinken und Zutrinken war streng ritualisiert, entziehen konnte man sich nicht, denn bei den Saufgelagen wurden normalerweise wichtige Beschlüsse gefasst.

Trotz aller Sicherheitsrituale kam es natürlich immer wieder mal vor, dass die bewaffneten Teilnehmer sich im Rausch gegenseitig totschlugen – ein bisschen Schwund ist eben immer. Dennoch: Saufen bedeutete vor allem, den Schulterschluss mit der Gemeinschaft zu üben (man denke nur an Betriebsausflüge!) und sich mit den Ahnen vereint zu fühlen. Auf die Ahnen stieß man zum »Minnetrank« an. Den nannte man im Volksmund noch im 12. Jahrhundert so, lange nach der Christianisierung, in deren Gefolge man den zwanghaften Germanensuff zur Todsünde erklärte.

Die Kelten dagegen versetzten ihr Starkbier gerne mit Taumellolch, einem Gras, dessen Samen in der Regel mit einem Pilz befallen sind, der als Stoffwechselprodukt ebenfalls berauschende Alkaloide produziert. In Mitteleuropa soll Taumellolch noch bis ins 19. Jahrhundert als Bier- und Branntweinzusatz bekannt gewesen sein.

Bier stand auch an der Wiege einer der ersten Hochkulturen im Zweistromland. Die Sumerer setzten vor 5000 Jahren sage und schreibe ein Drittel ihrer gesamten Getreideproduktion für die Herstellung von Bier ein. Ihr Gilgameschepos beschreibt, dass bei der Menschwerdung vor allem Bier eine entscheidende Rolle spielte: Der wilde Mann Enkidu wird von einer Tempeldienerin in die Geheimnisse der Erotik eingeführt und erhält von ihr schließlich sieben Krüge Bier zu trinken, woraufhin Enkidus Herz frohlockt und er vom Wilden zum Menschen mutiert. Bier und Eros – in den Vorstellungen der meisten Männer bis heute eng mit der Mensch- und Mannwerdung an sich verknüpft.

Die Sumerer tranken Bier nicht nur im Rahmen ritueller Götterverehrung, sondern nutzten das Gebräu auch als Lohnbestandteil für Tempelarbeiter und Priester (fünf Liter täglich!) und vor allem als profanes alltägliches Nahrungsmittel. Vermutlich setzten sie ihrem Bier Hanf oder Bestandteile von verschiedenen Nachtschattengewächsen wie Stechapfel oder Tollkirsche zu, die, vor allem für religiöse Rituale wichtig, eine berauschende, halluzinogene und aphrodisierende Wirkung entfalteten.

Die alten Ägypter waren ebenfalls große Biertrinker. Und auch hier diente Bier nicht nur dem religiösen Ritual. Aus dem Neuen Reich (1570–1070 v. Chr.) liegen die viel zitierten Mahnworte an einen Biertrinker vor: »Übernimm dich nicht beim Biertrinken! Du fällst und deine Glieder versagen ... Gehe heim, der du genug getrunken hast ... Kommt man dich suchen, findet man dich am Boden. Du bist wie ein kleines Kind.« Worte von zeitloser Bedeutung!

Im Alltag waren die Folgen übermäßigen Biergenusses also durchaus nicht so gern gesehen. Anlässlich offizieller religiöser Zeremonien hingegen hieß es: Saufen, bis der Arzt kommt – vom Pharao über die Priester bis hin zu den Hofbeamten. Vor allem für diese religiösen Zeremonien reicherten die Ägypter ihr Bier wohl mit der Alraunenwurzel an, was den Getreidesaft zu einem stark aphrodisierenden Gebräu machte.

Und so weiter und so fort. Man könnte die Liste der berauschenden Bierzusätze endlos fortsetzen. Und so viel ist also klar: All die zugesetzten Bestandteile hatten den Bierrausch in vergangenen Zeiten eher zu einem bewusstseinserweiternden Erlebnis gemacht. Sie wirkten halluzinogen, magisch berauschend und aphrodisierend. Mit ihrer Hilfe erschlossen sich die Völker der Vergangenheit einen mystischen Zugang zu ihren Göttern, hatten kosmische Visionen. Rausch und Ekstase empfanden sie als Bestandteile ihres spirituellen Kosmos. Sie tranken ihre Zaubertränke aber auch, um sich in besinnungs- und gefühllose Tötungsmaschinen zu verwandeln. Oder um sich ganz profan zu besaufen. Und all das entsprach natürlich so überhaupt nicht den Vorstellungen der christlichen Kirche, die sich im Zuge der jahrhundertelangen

Missionierung alle Mühe gab, diese heidnischen Drogenbräuche zu eliminieren.

Insofern war das Reinheitsgebot des bayrischen Wilhelm nicht nur der Versuch, das Bier von Verschmutzungen wie Ruß und Pech freizuhalten, sondern gleichermaßen ein Gebot, das Bier von all den gefährlichen und heidnischen Restsubstanzen endgültig zu befreien. Demnach war das Reinheitsgebot in seiner Wirkung vor allem ein Anti-Drogen-Gesetz und weniger ein Lebensmittelschutzgesetz.

Ob man deswegen allerdings nun in das Lamento einer Gemeinde von Drogenpäpsten und Althippies verfallen muss, die bitter beklagt, Missionierung und Reinheitsgebot hätten uns alle zu »psychedelischen Analphabeten« gemacht, die nach christlicher Drogenbereinigung nur mehr dumpftrunken am Tresen stehen und hopfenmüde auf heimischer Couch liegen? Ob man deswegen um eben jene Zutaten, die man dem Bier im religiösen Reinheitswahn entzog, trauern muss und ob man nun Hanf, Opium und Fliegenpilze, ob man Bilsenkraut und Alraune, Tollkirsche und Engelstrompete in den Kanon öffentlich anerkannter Drogen zurückwünschen soll, mag man bezweifeln.

Was in einem Fußballstadion wohl los wäre, wenn man wieder der alten Berserker Sumpfporst oder der alten Germanen Bilsenkraut ins Bier täte?

Da tauchen Bilder vorm inneren Auge auf … Kann man das wirklich wollen?

Restaurant

... warum man beim Betreten eines Restaurants an die Französische Revolution und an eine kräftigende Bouillon denken sollte ...

Wenn hierzulande eine Speisekarte geöffnet und auf ihr Angebot hin überprüft wird – egal ob es sich dabei um die langneseeisverklebte grüne Kunststoffkladde der »Lindenwirtin« oder um die kunstvoll und handschriftlich gestaltete Tageskarte auf Bütten im Gourmettempel handelt –, kein Mensch verschwendet in diesem Moment auch nur einen einzigen Gedanken an Robespierre, an Danton oder Marat. Dabei hätte man – auch als Deutscher – allen Grund dazu, sich wenigstens hin und wieder den großen Antreibern der Französischen Revolution dankend zu erinnern. Denn auch das Restaurant als Institution, als ein Etablissement, das man als freier Bürger betritt, in dem man einen individuellen Platz angeboten bekommt, in dem man aus einem frei zusammengestellten Speise- und Getränkeangebot wählen kann, in dem man isst, trinkt und sich hoffentlich amüsiert, auch diese Form des sättigenden Zeitvertreibs verdanken wir (neben vielem anderen) in erster Linie den Franzosen und ihrer großen Revolution von 1789.

Bevor Sie nun in den Restbeständen Ihres im Keller Ihrer Erinnerung versenkten Schulwissens verzweifelt nach einem Zusammenhang suchen und sich fragen, ob Sie da seinerzeit mal wieder nicht aufgepasst haben, seien Sie beruhigt: Die Geschichte des Restaurants stand bei den

Lehrern Ihrer Schulanstalt nicht im Lehrplan »Französische Revolution«. Die Etablierung von Restaurants stand nicht einmal auf der Agenda revolutionärer Forderungen, auch wenn Hunger und Missernten und die daraus resultierende Überteuerung von Lebensmitteln einen nicht zu unterschätzenden umstürzlerischen Antrieb darstellten. Nein, es ging in erster Linie – so wie es im Schulbuch stand – um Gleichheit, um Brüderlichkeit und um Gerechtigkeit. Es ging um die Abschaffung der Feudalrechte, um die Teilhabe des Bürgers an der politischen Macht, und zwar nach wirtschaftlicher Leistungsfähigkeit und nicht nach Geburt. Es ging gegen König, Adel und Klerus. Das Restaurant stand nicht auf dem revolutionären Fahrplan – es war lediglich ein Abfallprodukt dieser Entwicklungen.

Der Adel, gegen den sich der Volkszorn hauptsächlich richtete, sah sich nämlich gezwungen, in mehreren Emigrationswellen das Land zu verlassen. Die Aristokraten ließen jedoch nicht nur ihre Güter, die hier und da vom Volk mit Wollust geplündert und zerstört, später dann im Sinne höherer Werte verstaatlicht wurden, zurück. Sie ließen auch jeweils einen riesigen Küchenstab zurück, der es bis dahin gewohnt gewesen war, seine Herrschaften mit feinster, opulenter und europaweit für seine Qualität berühmter Küche zu versorgen – ihr Job hatte darin bestanden, alle erdenklichen Köstlichkeiten aufzufahren, bis sich die Tische bogen. Und all diese rührigen Küchengeister standen nunmehr auf der Straße und schauten recht verdutzt drein. Man machte sich Gedanken darüber, was nun zu tun sei.

Kochen konnten sie. Nicht mehr, aber auch nicht weniger. Die alten Arbeitgeber waren entweder tot oder geflohen – bezahlen konnten sie ihre Köche in beiden Fällen nicht mehr. Also boten die Küchenprofis ihre Dienste dort an, wo ein neuer Bedarf entstand: auf dem freien Markt und in der Hoffnung, dass das Guillotinieren, das Umstürzen der alten Ordnung und das Schreiben neuer Verfassungen sehr viel Hunger machen. Die Rechnung ging auf. Gab es am Vorabend der Revolution in Paris kaum mehr als 50 bis 100 Lokale, die ein restaurantähnliches Angebot aufwiesen, waren es zehn Jahre nach dem Sturm auf die Bastille ca. 600, und nur 30 Jahre später gar an die 3000 Restaurants. Von hier aus verbreitete sich die Restaurant-Idee über Europa und schließlich über die ganze Welt. Guillotine und Emigration waren also die großen Geburtshelfer für das bürgerliche Restaurant, wie wir alle es als Selbstverständlichkeit kennen.

Gewiss, es hatte in Europa, in den Städten zumal, auch zuvor immer die Möglichkeit gegeben, ein wie auch immer zubereitetes Essen zu kaufen. Erste Prototypen waren die mittelalterlichen Garküchen, in die man sein eigenes Fleisch mitbringen konnte, in denen man auch aus einem Angebot aus Pasteten oder Fleischstücken auswählen konnte. Aber ein geselliger Treffpunkt waren diese Garküchen sicher nicht, und schon gar nicht für die wohlhabenderen Stadtbewohner.

Auch die in ganz Europa seit Jahrhunderten verbreiteten Wirts- und Gasthäuser oder die Herbergen erfüllten eine restaurantähnliche Funktion. Den hier übernachtenden Reisenden, später auch den Einheimischen, bot man in der Regel ein Tagesgericht, ein »Table d'hote« an. »Service à la carte« war allerdings ein Fremdwort. Gegessen wurde, was auf den Tisch kam – und was da auf den Tisch kam und vor allem wann, das bestimmte nicht der Gast, sondern allein der Wirt – über die Qualität und Reichhaltigkeit des Angebots gibt es unterschiedlichste Zeugenberichte.

In England boten die seit dem 18. Jahrhundert vermehrt etablierten Kaffeehäuser ebenfalls Tagesgerichte an. Auch in Trinkstuben konnte man bisweilen Kleinigkeiten zu sich nehmen. Doch ging es hier weit mehr ums Flüssigbrot, also ums Bier, oder um den Weinausschank. Es ging ums gesellige Beisammenhocken – und ums Besaufen. Essen spielte da nur eine Nebenrolle.

Alles in allem herrschte gastronomisch in der Zeit vor der Revolution europaweit also eine ziemliche Dienstleistungswüste. Ausgerechnet in England, namentlich in London, gab es allerdings bereits im 18. Jahrhundert Schänken, so genannte »taverns«, in denen namhafte Köche arbeiteten und die sogar eine Auswahl englischer oder auch französischer Gerichte von bisweilen sehr guter Qualität anboten. In Paris hingegen, wie im ganzen übrigen Frankreich auch, herrschte in dieser Hinsicht komplette Fehlanzeige. Englische Zeitgenossen, die das vorrevolutionäre Paris besuchten, »frohlockten« gar, machten sich lustig über die Franzosen, weil sie über kein »kultiviertes Gaststättenwesen« verfügten. Man stelle sich vor: Engländer frohlockten über Franzosen! In der Kategorie »Essen und Trinken«! Was für Zeiten!

Ein Grund dafür, dass sich die französischen Garküchen, die Straßenlokale und Schänken nicht wie die englischen weiterentwickelt hatten, lag in der strengen französischen Zunftordnung des ancien régime. Alles war genauestens geregelt: Die »Traiteurs« durften Fleischportionen und Ragouts zubereiten und außer Haus verkaufen, die »Rôtisseurs« hingegen durften nur gebratenes Fleisch verkaufen – ohne Sauce –, die »Tripiers« waren berechtigt, Innereien anzubieten, und in den »Bouillons« gab es Brühen und Suppen. In Paris durfte keiner, wie er wollte.

Einen ersten wirksamen Schlag gegen dieses administrative Bollwerk der Interessensicherung schlug Monsieur Boulanger. Und der war es auch, der dem modernen Restaurantbegriff den Weg ebnete. Monsieur Boulanger betrieb nämlich eine »Bouillon«. Die angebotenen Brühen verkaufte er, wie es üblich war, als »restaurants«, womit man seinerzeit eben noch nicht das Etablissement, sondern eine sprachlich aus dem Lateinischen herrührende und den Magen stärkende Kräftigung meinte – eine Bouillon eben. Die pries er auch mit einer lateinisch gehaltenen Werbetafel, auf der geschrieben stand: »Kommt zu mir, ihr alle, die euch der Magen knurrt, ich werde euch restaurieren.«

Eines Tages kam Monsieur Boulanger jedoch auf den zunftsprengenden Gedanken, auch Hammelfüße in weißer Sauce anzubieten. Das musste zwangsläufig den Widerstand der »Traiteurs« hervorrufen, die darin ein Ragout sahen, das zu verkaufen nur ihnen erlaubt war. Also kam es 1865 zu einem Rechtsstreit, den das oberste Pariser Gericht, das »Parlement«, zugunsten von Boulanger beschied: Der »Restaurateur«, wie sich Boulanger fortan nannte, würde das Hammelfleisch ja nicht in der Sauce garen, es sei also kein Ragout und dürfe somit weiterhin verkauft werden. Bald schon vollzog der Begriff »Restaurant« einen Bedeutungswandel, gemeint war mit einem Restaurant fortan immer öfter ein Speiselokal.

Noch vor der Revolution wurde auch von Antoine Beauvilliers in der Rue de Richelieu ein weiteres »Restaurant« eröffnet, das dem Vorbild der englischen »tavern« entsprechen wollte und der anglophilen Mode in Paris folgend »La Grande Taverne de Londres« genannt wurde. Die vornehmsten Herren und die renommiertesten Kurtisanen verkehrten hier. Als ehemaliger Versorgungsoffizier des Grafen der Provence und als entschiedener Gegner der Revolution musste Beauvilliers jedoch in den Zeiten revolutionärer Wirren sein Lokal schließen. Die Leitung soll an seiner statt – man staune – der Präsident des revolutionären Tribunals persönlich übernommen haben. Beauvilliers eröffnete später in der Rue de Richelieu ein zweites Restaurant, das von den neuen französischen Herren geschnitten, dafür aber von ausländischen Diplomaten und Geschäftsleuten frequentiert wurde. Beauvilliers schrieb drei Jahre vor seinem Tod im Jahre 1817 mit »L'Art du cuisinier français« ein erstes Standardwerk über die französische Kochkunst.

Es folgten weitere Restaurants, die allesamt noch vor der Revolution ihre Pforten öffneten, die aber in der Regel zunächst nur gewöhnliche Kost und keine sonderlich kultivierte Atmosphäre boten. Anders im »Les Trois Frères Provençaux«: Hier sorgten die Besitzer aus der Provence dafür, dass vor allem Mittelmeerspezialitäten wie die Bouillabaisse oder die Brandade de Morue, eine Creme aus püriertem Stockfisch mit Olivenöl und Knoblauch, in Paris ein breites Publikum überzeugten.

Als dann die Köpfe von den Guillotinen in die Körbe rollten, als der Adel das Land fluchtartig verließ und nachdem man das alte Zunftrecht vom Tisch gewischt hatte, war der Siegeszug der Restaurants nicht mehr aufzuhalten. Und das vor allem deshalb, weil zwei marktwirtschaftliche Erfolgskomponenten aufeinander trafen. Es stieg mit den neu eröffneten Restaurants des arbeitslos gewordenen Küchenpersonals nicht nur das Angebot. Die Revolution hatte ja auch eine gestiegene Nachfrage zur Folge: Das schon vor der Revolution gehobene und reiche Bürgertum konnte nun endlich dem Lebensstandard des vertriebenen Adels in den Restaurants nacheifern. Um diesen Lebensstandard, wie der Adel es getan hatte, im eigenen Haus zu verwirklichen, fehlte den meisten jedoch das Geld. Den dazu benötigten Küchenstab hätten nur die Allerreichsten finanziell unterhalten können. Ein gelegentlicher Restaurantbesuch aber zum

Beispiel bei einem der ehemaligen Köche des Prinzen Condé in der Rue de Richelieu war bezahlbar.

Hinzu kamen die *nouveaux riches*, die sich an den Gütern des vertriebenen Adels und des Klerus bereichert hatten und selbst die besten und teuersten Lokale rund um das Palais Royal bezahlen konnten. Zudem beherrschte eine neu gebildete Elite aus Politik und Verwaltung in Paris die Szene – Minister, Beamte, Politiker aller Couleur. Und nicht zu vergessen die Vielzahl der revolutionären Deputierten aus der Provinz, die nach Paris gekommen waren, hier in Pensionen wohnten und als Trendsetter die neuen Restaurants bevölkerten.

Die Uhren in Paris tickten darüber hinaus zunehmend nach einem neuen Takt. Der Arbeitsrhythmus änderte sich, und die Essenszeiten passte man dem neuen Arbeitsrhythmus an. Früher hatte man die Hauptmahlzeit zwischen 14 und 16 Uhr eingenommen, um den Abend für gesellschaftliche Anlässe freizuhaben. In deren Anschluss hatte man dann am späteren Abend noch ein »souper« zu sich genommen. Die Revolution hatte jedoch auch diese Abläufe auf den Kopf gestellt. Die Abgeordneten der Nationalversammlung mitsamt der nachgeordneten Hilfsstäbe mussten das vormals zerschlagene System durch ein neues ersetzen. Und das bedeutete: Sitzungen, Sitzungen und nochmals Sitzungen. Um nicht administrativ direkt vor die Wand zu fahren, benötigte die junge Republik also neue Arbeitszeiten. Die nun bis in die frühen Abendstunden andauernden Beratungen machten gegen Mittag ein stärkendes »déjeuner«, ein Mittagessen, notwendig. Anders waren die Sitzungsmarathons am Nachmittag nicht zu überstehen. Die Verwaltung folgte diesem Arbeitsrhythmus, machte ebenfalls gegen Mittag Pause. Von all diesen Entwicklungen profitierten die aus dem Boden schießenden Restaurants.

So wurden sie langsam, aber sicher Bestandteil der Alltags- und Kulturgeschichte. Die ersten Gastrokritiker begannen sich einen Namen zu machen, wie Balthazar Grimod de la Reynière, der im »Almanach des Gourmands« und anderen Schriften seit 1803 regelmäßig Restaurants besprach. Nachdem er allerdings seine Nase zu weit in die privaten Angelegenheiten der Restaurateure gesteckt hatte, wurde er verklagt, bis er schließlich in der Versenkung verschwand. Dem brillanten, 1755 geborenen Advokaten und Anhänger der Revolution, Jean-Anthelme Brillat-Savarin, erging es da besser: Seine amüsante, mit zahlreichen geistreichen Bemerkungen über Restaurants, Gerichte und deren Ingredienzien ausgestattete Schrift »Physiologie des Geschmacks« machte ihn berühmt. Sie wird bis heute immer wieder (auch auf Deutsch) neu aufgelegt.

Eine weitere französische Gastronomiespezialität verdanken die Franzosen allerdings einem Umstand, auf den sie wohl gerne verzichtet hätten. Bekanntlich mündete die Revolution ja in die Revolutionskriege, dann in die napoleonischen Eroberungskriege und schließlich in die Befreiungskriege, bis die ersten alliierten Soldaten – unter ihnen russische Kosaken – in Paris Einzug hielten. Und auch die wollten beköstigt werden. Vor allem die Kosaken schienen es dabei eilig gehabt zu haben. Jedenfalls sollen sie die Pariser Gastronomen mit dem russischen Wort »bystro« für »schnell« beim Servieren der Speisen und Getränke angetrieben haben. Schließlich entwickelte sich aus dem russischen »bystro« die Schnellausgabe des klassischen Restaurants: das Bistro.

Kosaken hin, Kosaken her, seit der politischen Zeitenwende haben die Franzosen wie kein anderes Volk der Erde eine bewundernswerte Hochachtung vor der Vielseitigkeit, dem Raffinement und der Qualität guten Essens (und Trinkens) als Ausdruck von Zivilisation entwickelt. Und sie lieben nach wie vor die Institution des öffentlichen Genießens in Restaurants, in die sie noch heute allwöchentlich weit häufiger pilgern als beispielsweise die Deutschen. Vor allem in die kleinen »Geheimtipps« um die Ecke, wo man auch für kleines Geld hervorragend essen kann.

Als Friedrich Sieburg (1893–1967), nach dem Krieg einer der großen deutschen Literaturkritiker, 1926 für die »Frankfurter Zeitung« die Nachfolge von Joseph Roth als Korrespondent in Frankreich antrat, sollten es seine schönsten Jahre werden. Sieburg fasste seine Eindrücke später in einem Buch mit dem mittlerweile sprichwörtlichen Titel »Gott in Frankreich?« zusammen. Seine Bemerkungen über das alltägliche Pariser »dèjeuner« beschreiben bis heute wohl mit am besten das Verhältnis der Franzosen zum Essen überhaupt sowie den tieferen Sinn des damit verbundenen Rituals:

»Diese zwei Stunden sind dem Pariser heilig. Sie geben seinem Tag jenes Maß, das ihn hindert, von einem tätigen Menschen zu einem Arbeitstier herabzusinken. Sie sichern ihm sozusagen die Menschenwürde ... Das Gesetz ist ihm nicht die Arbeit, sondern die Unterbrechung. Der Broterwerb erhält infolgedessen den zweiten Rang angewiesen, der ihm hinter der ungleich wichtigeren Beschäftigung des Ausruhens gebührt. Kein Wunder also, dass Individuen, die sich Joghurt und Gurken zum eiligen Imbiss auf den Schreibtisch tragen lassen, als minderwertige Geschöpfe angesehen werden, als Sklavennaturen, für die Danton umsonst gestorben ist.«

Das ist der Unterschied!

Rum

... wie eine wahrhaft legendäre Spirituose die Phantasie beflügelt, warum man dereinst einen Kriegshelden wie ein süßes Früchtchen einlegte und wie man einem Alpenhund eine hochprozentige Legende an den Hals dichtete ...

Legendär ist eigentlich die gesamte Geschichte des Rums und seines natürlichen Rohstoffes Zuckerrohr, das die spanischen und portugiesischen Eroberer im 16. Jahrhundert mit in die Karibik gebracht hatten. Legendär ist die Rum-Geschichte deshalb, weil sie gesäumt ist von vielen – auch unschönen – Begleiterscheinungen der Kolonialgeschichte, gesäumt von Sklaverei auf riesigen Zuckerrohrplantagen, von Kriegen und Aufständen.

Legendär war die Rolle des Rums zum Beispiel auch im amerikanischen Unabhängigkeitskampf gegen die britische Kolonialherrschaft: als Bestandteil der berühmt-berüchtigten und in jeder Schule zur hellen Freude aller Schüler gelehrten »Boston Tea Party« (1773), die fast – was man allerdings den wenigsten Schülern erzählt – eine »Boston Rum Party« geworden wäre. Die Briten hatten nämlich zunächst die von den französisch und niederländisch besetzten Inseln nach Amerika gelieferte Melasse, jene Rückstände, die bei der Herstellung von Zucker anfallen und aus denen Rum gewonnen wird, mit hohen Steuern belegt, um die amerikanischen Kolonialisten dazu zu zwingen, die viel teurere englische Melasse zu kaufen. Das fand man nicht wirklich lustig in Amerika. Man brauchte den Rum. Als Mutmacher. Wegen der Indianer. Als man ein ähnliches Vorgehen dann auch auf den Tee anwendete, war das Fass zum Überlaufen gebracht. Denn auch Tee brauchte man. Weil viele der Amerikaner ja ursprünglich Briten waren und ihren traditionellen Tee ebenso liebten wie ihren Rum. Also schmiss man der Kolonialmutter im Bostoner Hafen aus Wut die Teekisten vor die Füße bzw. ins Wasser. Das Ende vom Lied war die Unabhängigkeit der amerikanischen Kolonien im Jahre 1792.

Legendär auch die so genannte »Rum Row«, jene alkoholfreie und von der Küstenwache patrouillierte 12-Meilen-Zone vor der amerikanischen Küste während der Prohibition von 1919 bis 1933. So genannte »rum-runners«, tapfere Schnapsschmuggler, durchbrachen die in die Küstengewässer vorgezogene Abstinenzlerzone mit allem, was sich nur irgendwie über Wasser hielt – mit Motorbooten, Seglern und Ruderbooten. Denn draußen, vor der »Rum Row«, in neutralen Gewässern lagen größere Schiffe, die das begehrte hochprozentige Nass fassweise als »Großhändler« verkauften. Qualität und Preis boten diese Schiffe praktischerweise und weit sichtbar im Rigg mit großen Schildern an. Die Schmuggler deckten sich auf diesen schwimmenden Spirituosenbars bis zur Bordkante ein und versuchten, das kostbare karibische Krawallwasser bei Nacht und Nebel und von der Küstenwache verfolgt an Land zu schmuggeln.

Legendär war auch der Einfall trinkwütiger amerikanischer Säuferhorden auf Kuba, ebenfalls während der Prohibitionszeit, wo sich auf diese Weise eine ebenso legendäre Bartender-Kultur in mindestens so legendären Bars zu entwickeln begann. Und Rum war – pur oder als Bestandteil berühmt gewordener Cocktails – eine der wichtigsten und beliebtesten Spirituosen. Besonders legendär waren die kubanischen Saufexzesse von Hemingway, der 1940 mit der »Finca Vigia« ein Domizil auf Kuba erstanden hatte. In der berühmten »Floridita«-Bar in Havanna soll ihm Constantino Ribailagua, den man auch »El Rey de los Coteleros« nannte, den »König der Cocktails«, an einem Abend ungefähr 1,6 Liter Rum und den Saft von ca. 32 Limonen in Form von »Frozen Daiquiris« zubereitet haben.

Legendär ist bis heute auch der »Cuba Libre«, jenes Mixgetränk aus Rum und Coca-Cola, das benannt ist nach dem furchtlosen Ruf jener kubanischen Freiheitskämpfer, die Ende des 19. Jahrhunderts auf Kuba angetreten waren, die Karibikinsel mit Hilfe von amerikanischer Unterstützung von ihrer spanischen Vorherrschaft zu befreien.

Die Rum-Geschichten sind tatsächlich Legion und füllen Regalmeter. Dass wir dennoch auf zwei weitere Rum-Episoden eingehen wollen, liegt an dem Umstand, dass sie ebenso kurios wie unterhaltsam sind, vor allem aber, dass sie einer entscheidenden Grundlage vollends entbehren: der Wahrheit. Diese beiden Legenden führen uns in Regionen, die unterschiedlicher kaum sein können. Die eine ist in den verschneiten Schweizer Alpen angesiedelt, in einem Hospiz am Großen Sankt Bernhard, das sich vor mehreren Jahrhunderten der Hundezucht verschrieb.

Die andere, hierzulande weniger bekannte, dafür aber umso skurrilere Legende führt uns aufs Wasser, genauer gesagt vor die spanische Küste in der Nähe von Gibraltar, und zu einer der legendärsten Figuren der englischen Marine- und Militärgeschichte: zu Admiral Horatio Nelson (1758–1805), einem der größten Rum-Liebhaber, der in der berühmten Schlacht von Trafalgar sein Leben ließ. Diese Schlacht und der ruhm- und rumreiche Tod Nelsons beschreiben eines der hübschesten Kapitel in der Geschichte des Rums. Mit beiden Legenden wollen wir uns also im Folgenden ein wenig näher beschäftigen.

Admiral Horatio Nelson war ein Kriegsheld. Er war

ohne Zweifel der populärste Mann Englands, wenn nicht gar der Welt. Schiffe versenken im Auftrag seiner Majestät, das war sein Job, und den beherrschte er wie kein anderer. Bereits mit 21 Jahren befehligte der Sohn eines Pfarrers im amerikanischen Unabhängigkeitskrieg eine englische Fregatte. Später ging es gegen das revolutionäre Frankreich, gegen Napoleon und seinen immensen Eroberungsdurst. Es war die Zeit der Koalitionskriege. Nach spektakulären Siegen über die Franzosen hatte man Nelson 1798 das Oberkommando der britischen Flotte im Mittelmeer übertragen. Im gleichen Jahr noch bedankte er sich dafür mit einem fulminanten und vernichtenden Angriff auf 13 französische Kriegsschiffe vor Abukir bei Alexandria. Sie sollten den Nachschub der so genannten »ägyptischen Expedition« von Napoleon sicherstellen. Der kleine Korse gedachte mit der Eroberung Ägyptens England vom Seeweg nach Indien abzuschneiden. Ein teuflischer Plan, den Nelson mit seinem Hang zur gründlichen Zerstörung zunichte machte. Nur zwei Schiffe des französischen Flottenverbandes konnten entkommen, der Rest lag auf Grund oder war in die Luft geflogen – mitsamt Besatzung, versteht sich.

Doch sein eigentliches Meisterstück sollte Nelson sieben Jahre später in der berühmten Schlacht bei Trafalgar im Jahre 1805 gegen eine zahlenmäßig weit überlegene französisch-spanische Armada vollbringen. Von der »Victory« aus, einem dickbauchigen 68 Meter langen und 15 Meter breiten Monstrum von Flaggschiff mit über 100 Artillerieteilen und 850 Mann Besatzung, befehligte er den britischen Flottenverband. Während der Schlacht stand Nelson unerschrocken und deutlich sichtbar an Deck. Im Inneren der »Victory« wie auch der übrigen englischen Schiffe bedienten die Matrosen auf schweiß- und blutgetränkten Gefechtsdecks im beißenden Pulverqualm ihre

Kanonen. Der markerschütternde Lärm des Geschützdonners, das Krachen der unter feindlichem Beschuss zerberstenden Schiffsteile und die Schreie der Verletzten waren die infernalische Begleitmusik für ihr todbringendes Handwerk.

Dank Nelsons berühmter Motivationskunst sowie des von ihm initiierten harten Drills beherrschten seine Matrosen ihr Handwerk so schnell und so präzise wie sonst niemand auf See. Das war der eine Grund, warum die englische Flotte siegreich war. Der andere bestand in einem taktischen Husarenstück: Statt wie üblich das Gefecht in Linie zu führen, segelte Nelson im rechten Winkel mitten in den feindlichen Flottenverband, den er auf diese Weise zerschnitt.

Der Sieg war überwältigend. Die Engländer verloren kein einziges Schiff. Der Gegner war vernichtend geschlagen, das englische Empire und die Hegemonie auf See für die nächsten hundert Jahre gesichert.

Diese Schlacht bedeutete zweifellos den Höhepunkt in der militärischen Laufbahn Nelsons. Und auf dem Höhepunkt soll man bekanntlich abtreten. Das tat Nelson. Wenn auch unfreiwillig. Vier große Orden blitzten an seiner Paradeuniform wie an einem Pfingstochsen, als er auf Deck der »Victory« die Schlacht verfolgte. Eine verlockende Einladung, der ein französischer Scharfschütze nicht widerstehen konnte: Seine Kugel durchschlug die Brust des englischen Kriegshelden und zerschmetterte zwei Rückenwirbel. Noch bevor die Schlacht beendet war, aber um den bereits absehbaren Sieg wissend, erlag Nelson seiner Verletzung. Seine letzten Worte waren: »Nun bin ich zufrieden. Gott sei Dank, ich habe meine Pflicht getan.«

Sein Tod machte ihn unsterblich. Wovon man sich in London am Trafalgar Square noch heute überzeugen kann. Über 50 Meter hoch ragt Nelson's Column in den Himmel. Dabei war Nelson selbst ein eher schmächtiges, schmalbrüstiges und ein wenig blasses Männlein, nicht sehr viel größer als 1,60 Meter, der linke Arm nach einer Kriegsverletzung amputiert, und auf dem rechten Auge war er aus gleichem Grund nahezu blind. Dennoch: Als Schlachtenlenker war er ein Genie, ein Held eben. Und einen solchen Helden näht man nicht einfach in Segeltuch ein und übergibt ihn seinem Seemannsgrab. Einen solchen Mann überführt man in seine Heimat und veranstaltet ein ordentliches Staatsbegräbnis.

Die Schlacht jedoch hatte im Oktober fern der Heimat vor dem spanischen Kap nahe der Straße von Gibraltar stattgefunden. Bis man heimische Gewässer und einen heimischen Hafen erreichen würde, sollten noch Wochen vergehen. Also was tun mit des Helden Leiche, damit sie nicht zu faulen und zu verwesen beginne? Man konservierte sie in einem Fass Rum. Der Held wurde eingelegt wie eine Pflaume! So konnte der verschiedene Admiral schließlich nach England überführt und im Januar 1806 in der St.-Pauls-Kathedrale feierlich zur letzten Ruhe gebettet werden. Während der langen Heimreise – so will es die Legende – sollen die Matrosen aus Nelsons Rumtopf genascht haben. Vielleicht um etwas von seinem Wagemut und seiner Kühnheit zu erheischen. Vielleicht aber auch nur, um sich über die offiziell zugestandene Rum-Ration hinaus daran zu berauschen. Seither nannte man den Rum in der englischen Marine auch gerne »Nelson's blood«. Den Vorgang, sich verbotenerweise an einem Rumfass zu delektieren oder entgegen den Vorschriften aus Kokosnüssen, deren Milch man heimlich gegen Alkoholisches ausgetauscht hatte, einen tiefen Schluck zu nehmen, nannte man »Tapping the Admiral« (den Admiral anzapfen).

Die Legende vom zusammengefalteten Admiral im Rumfass liegt nahe. Rum war in der englischen Marine seit dem 17. Jahrhundert einer der wichtigsten, weil unverderblichen Proviantbestandteile. Ein »pint« (0,6 l) wurde jedem Matrosen pro Tag zugestanden – eine Tradition, die von Admiral Edward Vernon, der von seinen Matrosen nur »Old Grog« genannt wurde, 1740 mit der Erfindung des »Grogs« aus Disziplinargründen zunächst verwässert wurde, mit der man in der englischen Marine aber erst 1970 endgültig brach.

Doch so schön die Nelson-Rum-Legende auch sein mag, und sosehr sie auch die britische Marinefolklore geprägt haben mag, so sehr entbehrt sie wohl auch einer faktischen Grundlage. Nelson wurde nach der Schlacht nämlich nicht in Rum, sondern zunächst einmal in spanischem Branntwein eingelegt. Den Rum hatten die Matrosen vermutlich vor Beginn der Schlacht zur Gänze geleert, weil sie berechtigterweise die Hosen voll hatten und sich gehörig Mut ansaufen mussten. Vor der Heimreise nach England lief die »Victory« zur Ausführung notdürftiger Reparaturen in Gibraltar ein. Hier tauschte man den Branntwein dann gegen Weingeist aus. Und das Fass war bei der Ankunft in England entgegen der Legende auch nicht halb leer, sondern noch prall gefüllt. Ansonsten hätte der Leichnam Nelsons die Seereise nicht unbeschadet überstanden. So jedenfalls fassen Historiker den Stand der Dinge zusammen, die sich weniger dem Unterhaltungswert von Cocktailbüchern verpflichtet fühlen als dem Wahrheitsgehalt von authentischen Augenzeugenberichten. Und die damit zur allgemeinen Betrübnis aller Rum-Enthusiasten eine der schönsten Rum-Geschichten in den Bereich der Fabel verweisen.

Verlassen wir nunmehr die See vor den Küsten Spaniens, und begeben wir uns in die alpinen Höhen der Schweizer Berge. Denn hier ist eine weitere berühmte Rumfass-Legende angesiedelt. Hier in den Alpen geruht es nämlich winters zu schneien, und dies bisweilen in rauen Mengen. Jedenfalls in Mengen, die ausreichen, um den ein oder anderen Skifahrer oder Schneewanderer hin und wieder mittels einer Lawine oder bei ausreichender Höhe der Schneedecke auch mittels einfacher Erschöpfung ins Wanken und damit an den Rand eines kühlen Todes zu manövrieren. In solchen Fällen winkt heute Rettung durch die Bergwacht, die mit allerlei technischem Gerät, mit Helikoptern und vor allem mit Lawinenhunden ausgestattet ist. Diese Hunde leisten mit ihrer feinen Spürnase nach wie vor unschätzbare Dienste.

Und diese Lawinenhunde haben ein großes, berühmtes Vorbild. Der Rettungs-Urhund all dieser heutigen Hilfshunde ist eine langhaarige Legende, ein Symbol für (christliche) Nächstenliebe und Hilfe in höchster Not: Es ist ein Bernhardiner! Ein Bernhardiner, der sich in unserer Phantasie über Jahrhunderte hinweg und tausendfach als des Menschen bester Freund in alpiner Not erwies, der die verirrten, verschneiten und verschütteten Opfer unter Schneedecken aufspürte und den Frierenden bis zum Eintreffen der herbeieilenden menschlichen Rettungskräfte aus einem kleinen Rumfässchen, das unter seinem Hals hing, zu trinken gab, auf dass sie das Lebenswasser wärme und sie zurückhole ins Diesseits.

Dieses Bild vom Bernhardiner mit Rumfässchen ist seit über 200 Jahren neben dem Kreuz eines der bekanntesten Symbole für die Schweiz, ein ikonographisches Glanzstück Schweizer Alpenfolklore. Keine Tankstelle, kein Hotel, keine Souvenirbude in den Schweizer Alpen, in dem nicht irgendeine bildhafte Darstellung (mindestens eine Postkarte) dieses Marketingschlagers zu erstehen wäre.

Allein: Nichts – oder nur sehr wenig – ist tatsächlich dran an der Geschichte mit dem Rumfass.

Beginnen wir mit dem, was stimmt oder doch sehr wahrscheinlich stimmt. Bernhardiner verrichteten in der Tat seit ungefähr Mitte des 17. Jahrhunderts in den Schweizer Alpen ihre Dienste bei der Rettung von in Not geratenen oder vom Weg abgekommenen, verirrten oder verschütteten Reisenden. Benannt ist diese Hunderasse nach dem Heiligen Bernhard von Aosta, der Mitte des 11. Jahrhunderts an einem der wichtigsten Schweizer Alpenpässe, dem ebenfalls nach ihm benannten Großen Sankt Bernhard, ein Hospiz gründete. Seit Jahrtausenden benutzten die Menschen den Pass auf ca. 2500 Meter Höhe, um vom Schweizer Wallis (Rhônetal) ins italienische Aostatal zu gelangen. Für Kaufleute, Pilger, Soldaten, Touristen und Reisende jedweder Art war und ist das bis heute existierende Hospiz (heute mit Hotelbetrieb) seither eine Anlaufstelle, um zu rasten, zu übernachten, um sich zu stärken oder innere Einkehr zu halten. Es war ein Gotteshaus »zur Betreuung der heiligen Pilger, zur Rast der Bedürftigen und Tröstung der Kranken; für das Seelenheil der Toten und die Hilfe an die Lebenden …«, um eine frühe Quelle aus dem 12. Jahrhundert zu zitieren.

Die Hilfe für die Lebenden stellten Geistliche des Hospizes vorrangig mit Hilfe ihrer dort oben seit Mitte des 17. Jahrhunderts gezüchteten Bernhardiner sicher. (Anfangs hatten diese damals kurzhaarigen Hunde allerdings noch keine Ähnlichkeit mit der heute bekannten Hunderasse.) Seit der Mitte des 18. Jahrhunderts liegen jedenfalls eine Menge Zeugenberichte vor, die beschreiben, dass diese Hunde beim Auffinden von Lawinenopfern ebenso wie beim Finden verschneiter Pfade unschätzbare Dienste leisteten. Man geht davon aus, dass man mit Hilfe der Rettungshunde im Laufe von etwa 250 Jahren tatsächlich 2000 bis 2500 Menschen das Leben retten konnte.

Ursprünglich waren sie wohl allein zur Abwehr und Abschreckung von Räuberbanden eingesetzt worden. Auch das Rennen in Laufrädern, die dazu dienten, den Bratspieß in der Küche zu drehen, gehörte anfangs zu ihren Aufgaben. Und der Legende nach sollen sie durchaus gottesfürchtig erzogen worden sein: Angeblich saßen sie beim gemeinsamen Essen mit den Geistlichen der Reihe nach vor ihren Schüsseln und machten sich erst nach dem »Amen« des Tischgebetes über den Inhalt her. Ungestüme Neulinge sollen von älteren Hunden am Ohr zurückgezogen worden sein.

Wie aber kam es nun zu den seit über 200 Jahren tausendfach angefertigten Abbildungen von Bernhardinern mit Rumfässchen? Wie kam es zu jener Schilderung eines hundekundigen Autors Ende des 18. Jahrhunderts, der behauptete, dass »diese Hunde gewöhnlich geflochtene Flaschen mit Lebenswasser an einer eisernen Kette um die Hälse hängen« hatten und diese »den von Müdigkeit entkräfteten Reisenden« reichten, »um sie bei dem sie umgebenden Schnee etwas zu erwärmen«?

Die Antwort ist relativ einfach: Es war wohl der Fehldeutung einer weiteren Funktion dieser Hunde durch unkundige Beobachter geschuldet. Die Bernhardiner waren es nämlich von Anfang an gewohnt, bei den gemeinsam mit den Hospiz-Geistlichen durchgeführten Patrouillen oder auch beim Holen von Proviant in nahe gelegenen Sennereien, kleine Packsättel mit geschlossenen Gefäßen auf dem Rücken oder auch kleine Körbe um den Hals zu tragen. Sie dienten also in naturbedingt beschränkter Weise den Geistlichen auch als Lasttiere. Daraus aber zu schließen, dass sie – womöglich auch noch allein und selbständig – auf Suche nach Lawinenopfern gingen und ihnen Rum zum Erwärmen brachten, scheint eine eindeutige Fehlinterpretation zu sein. Und so wundert es nicht, dass im Jahre 1959 ein Geistlicher des Hospizes auf die Frage nach den berühmten Rumfässchen nüchtern antwortete, dass »die Hunde des Hospizes zu keiner Zeit eines getragen« hätten.

Gleichwohl: Auch der bekannteste Alpenhund namens »Barry« (1800–1814) wurde hundertfach mit Rumfässchen abgebildet. Barry war und ist eine kleine Berühmtheit, weil er insgesamt 40 Menschen das Leben gerettet haben soll. Vor allem aber, weil er – angeblich (vieles spricht gegen diese Legende) – einen entkräfteten Knaben, der sich in seinem Fell festgekrallt hatte, selbständig durch hohen Schnee und über eine weite Strecke zum Hospiz trug (der berühmte »Knabenritt«).

Bis heute steht Barry ausgestopft im Naturhistorischen Museum der Burgergemeinde Bern. Lange Zeit hing ihm auch hier im Museum ein Rumfässchen um den Hals, bis man es 1978 entfernte. Und zwar deshalb, weil auch Barry niemals ein solches Rumfässchen zu Lebzeiten wirklich getragen hat. Die beiden im Museum noch vorhandenen Fässchen datieren aus viel jüngerer Zeit und wurden wahrscheinlich gegen Ende des 19. Jahrhunderts als »Marketinggag« von einem Fotografen bzw. von einem Bernhardiner-Züchter dem ausgestopften Tier um den Hals gehängt. Mehr als ein Marketinggag kann es auch nicht gewesen sein: Beide Fässchen weisen noch nicht einmal einen Ausguss auf.

Und so löst sich denn auch diese hübsche Rum-Geschichte nüchtern in Rauch auf, was vor allem Alpinisten bedauern mögen, die bis heute auf die wärmende Vorstellung vom Hund mit Fässchen vertrauten. Denen zum Trost sei gesagt, dass in lawinenbedingt misslicher

Lage Rum das Schlimmste wäre, was man ihnen im halb gefrorenen Zustand reichen könnte. Denn Alkohol weitet die Blutgefäße der Haut und beschleunigt, was man mit Rum zu stoppen gedenkt: das (Er-)Frieren. Was ein schwacher, aber immerhin lebenserhaltender Trost ist.

Schnepfendreck

... warum der Schnepfendreck eine im wahrsten Sinne beschissene Delikatesse darstellt ...

Es war und ist wohl allein etwas für Feinschmecker. Wobei man anlässlich der Spezialität, die im Folgenden Gegenstand der Erörterung sein wird, über das »Fein« im Feinschmecker ebenso einen flüchtigen Gedanken verlieren darf wie über das »Schmecker«. Denn der so genannte »Schnepfendreck« bzw. das »Schnepfenbrot« zählt zu einer wahrhaft sonderbaren und im wahrsten Sinne des Wortes ziemlich beschissenen Delikatesse.

Die Waldschnepfe ist wie die in der Küche ebenfalls geschätzten, in Deutschland allerdings geschützten Verwandten, die Ufer- und die Sumpfschnepfe (Bekassine), von jeher als Wildgeflügel allenthalben sehr begehrt gewesen, weil ihr Fleisch besonders zart und von ausgezeichnetem, feinem Geschmack ist. Allerdings sollte man für einen entsprechenden Hautgout darauf achten, den Watvogel in seinem Federkleid mindestens vier und bis zu acht Tage abhängen zu lassen.

Die Schnepfe ist klein, kaum 300 Gramm bringt sie auf die Waage. Als Zugvogel verbringt sie die kalte Jahreszeit mit Vorliebe in den wärmeren Regionen des Mittelmeeres und in Nordafrika. Das europäische Brutgebiet erstreckt sich von Skandinavien bis ans Mittelmeer und vom Atlantik bis an den Ural.

In Frankreich, wo sie (wie in anderen Mittelmeerländern) bei weitem intensiver bejagt wird als in Deutschland, fällt die Jagdzeit in die Zeit zwischen März und April und zwischen Oktober und Dezember. In Deutschland wird sie nur im späten Herbst gejagt und im Handel angeboten, wenn sie, wie das Appetitlexikon von 1894 treffend beschreibt, »auf der Zinne ihres Fettes steht«. Allerdings sind sie nur sehr selten im Angebot, weil die wenigen mit Schrot erlegten Tiere in der Regel zum Eigengenuss im Besitz der Jäger verbleiben. In der Jagdsaison kann es allerdings sinnvoll sein, bei einem Wild- und Geflügelhändler einmal nachzufragen, ob dieser nicht über einen bekannten Jäger das ein oder andere Tier besorgen kann. Es lohnt sich, denn es gibt eine Vielzahl von ausgesprochen schmackhaften Zubereitungsformen.

Man muss sie ja nicht wie der bei Brillat-Savarin in seiner »Physiologie des Geschmacks« zitierte Domherr Charcot goutieren, demzufolge man einen kleinen Vogel am besten wie folgt und ohne viel Federlesens verspeisen solle: »Man nehme ein kleines fettes Vögelchen am Schnabel, bestreue es mit etwas Salz, entferne den Magen, schiebe es geschickt in den Mund, beiße ganz nahe an den Fingern ab und kaue nun lebhaft: Es gibt dann einen reichlichen Saft, um den ganzen Organismus einzuhüllen, und man hat einen aristokratischen Genuss.«

Mit den Worten »Odi profanum vulgus et arceo« decouvriert Brillat-Savarin des Domherrn aristokratischen Genuss als aristokratische Gewöhnlichkeit: »Ich hasse das gemeine Volk und halte es fern.«

Man kannte im Frankreich des 19. Jahrhunderts aber auch andere und wahrhaft phantasievollere Zubereitungsformen, von denen viele bei Liebhabern, und bei den französischen unter ihnen allzumal, bis heute Bestand haben. Alexandre Dumas zählt in seinem »Wörterbuch der Kochkunst« von 1870 allein 14 Rezepte auf, darunter ein besonders raffiniertes Schnepfen-Salmi à la royale (Salmi = Wildgeflügelragout), mit Kräutern und Trüffel gefüllte Schnepfen, mit Rum flambierte Schnepfen, eine Schnepfenterrine oder sautierte Schnepfenfilets.

Ein absoluter Klassiker, der bis heute bei Gourmets sehr geschätzt wird, ist jedoch eine relativ einfache Zubereitungsart, bei der allerdings das Nebenprodukt im Mittelpunkt des Geschmackserlebnisses steht: das Schnepfenbrot bzw. der berüchtigte Schnepfendreck. Diese Zubereitungsart war an europäischen Höfen – auch und besonders an dem des barocken Potentaten August des Starken von Sachsen (1670–1733) – ebenso beliebt wie späterhin im bürgerlichen Haushalt, der sich in Deutschland im 19. Jahrhundert von der Mutter aller deutschen Kochbücher, Henriette Davidis (1801–1876), beraten ließ. Davidis – der wir das sprichwörtliche »Man nehme ...«, jede Menge Kochbücher und Publikationen wie »Der Beruf der Jungfrau« verdanken –, empfahl der Tradition entsprechend, den Vogel zwecks höherer Genüsse nicht auszunehmen, die Innereien also im Vogel zu belassen, und beim Braten Weißbrot unter den Vogel zu legen, »damit das Inwendige während des Bratens darauf falle«.

Und »das Inwendige« war nichts anderes als heiße, dampfende Vogelscheiße. Der Dresdner Mundkoch J. F. Baumann nannte es 1830 in einer Publikation unbekümmert beim Namen: »Während des Bratens werden ... gelb geröstete Semmelschnitten unter die Schnepfen gelegt, um sie mit dem aus dem Leib abfließenden Koth betropfen zu lassen.« Diese besondere Form des Brotbelags nennt man »Schnepfenbrot« oder »Schnepfenbrötchen«.

Doch einigen Gourmets ging und geht diese Form der Eingeweidegoutierung nicht weit genug. Denn deren Objekt der Begierde besteht nicht allein im ausfließenden Darmsaft des kleinen Sumpfvogels, sondern vielmehr im Gedärm selbst – mitsamt Inhalt. Der besteht im Fall der Schnepfe zu 80 Prozent aus Würmern, die sie mit ihrem gut acht Zentimeter langen Sondierschnabel aus den feuchten Böden zu ziehen pflegt.

Für den »Schnepfendreck« genannten Leckerbissen werden die Innereien des gebratenen Vogels (mit Ausnahme des bitter schmeckenden Magens und der Galle) klein gehackt und mit den unterschiedlichsten Zutaten wie Sardellen, Eigelb, Bröseln, Salz, Pfeffer, verschiedenen Kräutern wie Thymian und Rosmarin, aber auch mit Zitrone und gebratenem Speck oder Gänseleberpastete durcheinander gemengt, um dann im Ofen geröstet und überbacken zu werden. Geschmacklicher Mittelpunkt ist der hellgelbe, mit halb verdauten Larven und Würmern gefüllte Darm der Schnepfe.

Schmeckt so was?, fragt man sich unwillkürlich. Manche Feinschmecker schwören drauf. Das Schnepfenbrot liege würzig bis fruchtig auf der Zunge, und der überbackene Schnepfendreck sei eine besonders delikate, sehr vielschichtig schmeckende Köstlichkeit. Nun denn, es sei ihnen gegönnt, den feinen Schmeckern. Doch es bleibt – selbst bei größter Mühe um Verständnis – ein gewisser Nachgeschmack.

Den scheint auch Wilhelm Busch auf der Zunge gehabt zu haben, als ihm aus der Feder floss :

Der Gourmand hat im Traum
An Schnepfendreck gedacht.
Er träumt: Es hätte ihm ein Engel
Was auf die Zunge gemacht.

Belassen wir's dabei.

Schokolade

... warum ausgerechnet Schokolade eigentlich kein kilotreibendes Genussmittel, sondern vielmehr eine katholische Slim-Fast-Variante darstellt ...

Eigentlich hätte er die Schokolade, den Inbegriff süßer Verführung, als katholische Fastenspeise ablehnen müssen. Streng genommen hätte er die Schokolade überhaupt und ganz und gar verbieten müssen! Warum? In ihrer mexikanischen Heimat galt sie den aztekischen Eingeborenen nicht nur als Heil-, Stärkungs- und Zahlungsmittel, sondern auch als Opfergabe in sehr heidnischen(!) Ritualen. Man hätte also von Papst Pius V. erwarten können, dass er den Schokoladenbecher wütend vom Tisch wischt. Zumal er ein besonders harter Vertreter seines Standes war, ein sittenstrenger Fanatiker, dem nichts mehr am Herzen lag als der wahre Glaube.

Und da hatte er fürwahr beide Hände voll zu tun: Es ging nämlich um nicht weniger, als ebendiesen wahren Glauben gegen protestantische Irrlehren, gegen jede Form von Häresie zu verteidigen. Luther hatte mit seinem reformatorischen Eifer die katholische Kirche heftig ins Wanken gebracht. Herrscher vieler europäischer Länder hatten den neuen Glauben bereits zur Staatsreligion erklärt. Dem galt es nunmehr Einhalt zu gebieten. Das Ziel hieß: Stärkung und Verschärfung der innerkirchlichen Disziplin. Das Ziel hieß: Gegenreformation. Und süße heidnische Schokolade passt irgendwie so gar nicht in dieses zutiefst lustfeindliche und restaurative Konzept.

Sein ganzes Leben hatte Pius dem strengen Glauben verschrieben. 1504 als Sohn einer armen Familie in Bosco in Norditalien geboren, trat er 14-jährig dem Dominikanerorden bei. Was folgte, war eine atemberaubende Kirchenkarriere: 1528 erhielt er die Priesterweihe, anschließend stieg er auf zum Inquisitor, wurde 1556 Bischof von Nepi und Sutri, 1557 Kardinal, ein Jahr später Großinquisitor, 1560 Bischof von Modovi, und 1566 schließlich wurde er zum Papst gewählt. Sein ganzes Wirken richtete er darauf aus, die innerkirchliche Restauration – ausgehend vom Trienter Konzil (1554–1563) – durchzusetzen. Es galt, die Autorität der Kirche gegen das von Luther propagierte Prinzip der »sola scriptura«, der zufolge allein die Heilige Schrift der Leitfaden christlichen Handelns und Denkens sein sollte, wieder herzustellen. Katechismus und Liturgie ordnete Pius in diesem Sinne grundlegend neu. Im Kampf gegen das protestantische Ketzertum setzte er bewährte Mittel ein: Inquisition und Folter. Die so genannten Autodafés, die öffentlichen Ketzerverurteilungen in der römischen Hauptkirche der Dominikaner, wurden unter Pius zu pompösen Veranstaltungen. Der Andrang durch das Volk war bisweilen so groß, dass selbst Kardinäle kaum noch einen Sitzplatz fanden.

Pius kannte auch gegenüber den gesalbten Häuptern der europäischen Herrscherhäuser weder diplomatisches Geschick noch politische Rücksicht. Mit Philipp II. von Spanien legte er sich an, auch mit Maximilian II. von Österreich. Und Elisabeth I. von England exkommunizierte er 1570 gar als anglikanische Häretikerin, was die englischen Katholiken als Gegenreaktion einem erhöhten Druck aussetzte.

Aber Pius war nicht nur nach außen ein energischer Wahrer des rechten Glaubens, auch gegen sich selbst war er beinhart, ein sittenstrenger Asket, der sich durch sein Büßerleben geradezu selbst aufrieb. Es versteht sich von selbst, dass er die Fastenregeln nicht nur verschärfte, sondern auch spartanisch befolgte. Da gab es kein Wanken und kein Pardon. Seinem Hofkoch Bartolomeo Scappi hatte er 1667 mit Exkommunikation gedroht, falls der es wagen würde, die anlässlich des ersten Jahrestages seiner Papstwahl aufgetragene Fastensuppe mit Fleisch- oder Hühnerbrühe anzurichten. Pius war ein humorloser Überzeugungstäter. Und er war vor allem eins mit Sicherheit nicht: ein Leckermaul.

Man hätte also in jeder Hinsicht erwarten können, dass Pius V. die zur Begutachtung gereichte Schokolade empört mit einem päpstlichen Bann belegte. Doch an jenem denkwürdigen Tag des Jahres 1569, als Fra Girolama di San Vincenzo im Auftrag der mexikanischen Bischöfe um eine Klärung der Schokoladenfrage bat, geschah das genaue Gegenteil. Papst Pius V., der wegen seiner rigorosen Fastenpraxis noch in der Karwoche ein Jahr zuvor Schwindelanfälle erlitten hatte, erklärte: »Potus iste non frangit jejunium.« Will heißen: »Schokolade bricht das Fasten nicht.«

Was war da in ihn gefahren? War der Heilige Vater nicht bei der Sache, nicht bei Sinnen? Waren Hochwürden abgelenkt? Oder traf die Schokolade einfach nicht seinen Geschmack? Und wie war es überhaupt zum großen Schokoladenstreit gekommen, den er in diesen schweren Zeiten im Namen der Christenheit zu entscheiden hatte?

Die ersten Christen, die mit der Kakaobohne in Kontakt kamen, waren wohl Kolumbus und seine Mannen auf der vierten Reise, als sie 1502 vor der honduranischen Küste in typisch heroischer Konquistadoren-Manier ein Maya-Kanu enterten. Mit den an Bord befindlichen Kakaobohnen, die sie mit nach Europa nahmen, konnte man dort allerdings nicht sehr viel anfangen.

Was man mit der Kakaobohne alles machen konnte, entdeckten wenig später aber die Spanier im Gefolge von Hernán Cortés. Sie beobachteten, dass die Azteken nicht nur zu offiziellen Anlässen gerne ein aus gemahlenen Kakaobohnen gewonnenes, braunes, bitteres und nicht zuletzt wegen der Zugabe von scharfem Chili, Honig und Maismehl abscheulich schmeckendes »Erfrischungsgetränk« zu sich nahmen. Aztekische Soldaten führten als offensichtlich sehr nahrhafte Marschverpflegung auch in Oblatenform gepresste Kakaomasse mit sich. Kakaobohnen wurden den Göttern geopfert, und vor allem waren Kakaobohnen ein bewährtes Zahlungsmittel: Für 10 Bohnen erhielt man ein Kaninchen, für 100 einen Sklaven. Cortés erkannte sofort die Bedeutung der Bohne für den internationalen Währungsverkehr: Er legte große Kakaoplantagen an und beobachtete mit Freude, dass bares Geld an seinen Bäumen wuchs!

Das besagte Erfrischungsgetränk wollte dem europäischen Gaumen jedoch nach wie vor nicht recht munden, weder in Übersee noch in Spanien. Der Chronist Girolamo Benzoni führte noch Mitte des 16. Jahrhunderts in einem Reisebericht verächtlich aus, dass ihm die besagte braune Brühe »vielmehr eine Säutränke als eines Menschen Getränk zu sein« schien.

Was also tun mit all dem Kakao der Mayas und Azteken? Süßen, war die geniale christliche Antwort auf den bitteren Heidencocktail. Wahrscheinlich waren es Nonnen des Klosters Guanaco, die als Erste auf die Idee kamen, den frisch geernteten Rohrzucker aus der Karibik sowie Vanille in die Bohnenbrühe einzurühren. Zudem servierten sie den aus der aztekischen Sprache entlehnten Chocolatl heiß (Chocol = heiß, atl = Wasser) und nicht kalt oder lauwarm wie die Eingeborenen. Das schmeckte!

Und nun war kein Halten mehr. In den mittel- und südamerikanischen Klöstern wurden fortan geradezu Kakao-Orgien gefeiert. Zumal der Schokoladentrunk selbst in Fastenzeiten genossen werden konnte, denn die Fastenregeln verboten ihn ja nicht – weil sie ihn nicht kannten. Dennoch: Das Heidengetränk erregte die Gemüter. Spanische Geistliche beklagten, dass vor allem Frauen und selbst andere Geistliche der heidnischen Schokoladensucht anheim gefallen seien.

Die klerikalen Diskussionen rissen nicht ab. Das Getränk sei nicht nur heidnisch, sondern auch sehr nahrhaft und müsse demnach die Fastenregeln doch eigentlich brechen, argumentierten die einen. Andere negierten den Bruch der Fastenregeln. Keine Einigung war zu erzielen. Also schickten die mexikanischen Bischöfe zur Klärung des Problems ihren Sendboten nach Rom. Und da saß er nun, mit einem Becher ungesüßter Schokolade, im Vorzimmer von Pius, und wartete auf eine Entscheidung.

Pius jedoch war sehr beschäftigt. Was wollte der Mann? Woher kam der? Mein Gott, Pius war gerade dabei, eine Schicksalsfrage der Christenheit zu lösen. Es waren ja nicht nur protestantische Bilderstürmer, die die Christenheit bedrängten. Auch im Osten war die Hölle los: Die Osmanen, die muselmanischen, rückten immer weiter vor, beherrschten das gesamte östliche Mittelmeer. Den Türken musste doch Einhalt geboten werden! Eine heilige Allianz war er im Begriff zu schmieden, bestehend aus Spanien, Venedig und dem Papst. In einer Seeschlacht sollte sie die Türken in die Schranken weisen. Hier sollte Weltgeschichte geschrieben werden! Und jetzt stand dieser Bruder Girolamo vor der Tür und wollte bitte was geklärt wissen? Aha, die Schokoladenfrage. Nun gut, man muss sich ja anscheinend um alles selbst kümmern. Also her mit diesem Becher, der wird ja wohl schnell getrunken sein. Ein kurzer Schluck, und – igitt, was ist das denn? – die Schicksalsfrage der Schokoladenindustrie war geklärt. Nein, das schmecke nicht, das lenke nicht großartig von Kontemplation, Einkehr und Gebet ab. Wer das trinke – auch in Fastenzeiten –, sei selbst schuld.

So führt man Probleme ihrer Lösung zu!

Die Türken wurden 1571 in der Seeschlacht von Lepanto vernichtend geschlagen. Es war eine der größten Seeschlachten der Weltgeschichte, gegen die sich die Seeschlachten der beiden Weltkriege des 20. Jahrhunderts recht mickrig ausnehmen: 40 000 Menschen verloren an diesem denkwürdigen Tag ihr Leben. Ein Jahr später starb Hochwohlgeboren in der sicheren Gewissheit, die Türken zurückgedrängt, den wahren Glauben verteidigt und die Schokoladenfrage geklärt zu haben.

Glücklicher Pius.

In der Schokoladenfrage gab es allerdings noch einen Nachschlag. Die kakaobesessenen Jesuiten freuten sich derart über den Schokoladenbeschluss, dass sie diverse Hymnen und Oden auf das heikle Getränk schrieben. Das wiederum erzürnte die Dominikaner, die sich mit den Jesuiten nicht nur in der Schokoladenfrage nicht sonderlich verstanden. Also rüsteten sie zu einen moraltheologischen Feldzug gegen das Gebräu der Azteken. Ihr Vorwurf war alt: Schokolade sei ein Aphrodisiakum, wecke also unchristliche Gelüste aufs Fleischliche. Das glaubten schon die ersten spanischen Konquistadoren bei den Azteken beobachtet zu haben. Kardinal Brancaccio, wie Pius ein Dominikaner, löste schließlich die Streitfrage 1662 zugunsten der Schokolade. Die Jesuiten jubilierten.

Einem österreichischen Mediziner namens Johann Michael Haider hätte die klerikale Begeisterung sogar beinahe das Leben gekostet, als er behauptete, Schokolade sei in der Tat eine »Venus-Speise« und solle der im Zölibat lebenden Geistlichkeit doch lieber verboten werden. Er konnte froh sein, dass der Wiener Klerus nicht ihn, sondern nur seine ketzerische Schrift verbrannte.

Es hätte nämlich auch anders ausgehen können. Wie zum Beispiel in Mexiko, wo sich die katholischen Damen der Gesellschaft auch während der Messe ein heißes Tässchen servieren ließen. Der Bischof von Chiapas, Bernardo de Salazar, beschied dieses Schoko-Unwesen als gottlos und verbat es also Anfang des 17. Jahrhunderts. Da hatte er taktisch allerdings wie Haider unklug agiert und den Widerwillen seiner Schäfchen unterschätzt: Nach dem Genuss einer vergifteten Morgenschokolade trat er unerwartet früh vor seinen Schöpfer.

Der Siegeszug der Schokolade war nicht mehr aufzuhalten. Neben Spanien und Italien begeisterte sich schnell auch Frankreich für die braune »Speise der Götter« (*Theobroma cacao*, nach Carl von Linné). Die spanische Anna hatte sie bei ihrer Heirat 1615 mit Ludwig XIII. in Frankreich eingeführt, wo Ludwig XIV. sie schließlich salonfähig machte. Im 18. Jahrhundert eroberte sie dann auch die Schweiz, Deutschland und Österreich.

Doch die Schokolade blieb bis zur Französischen Revolution und bis zu ihrer Popularisierung im Sog des industriellen Fortschritts im 19. und noch mehr im 20. Jahrhundert vor allem ein aristokratisch-katholisches Genussmittel der Südländer Italien, Frankreich und Spanien. Schokolade war bis dahin eher Ausweis süßen Nichtstuns, vornehmlich nach dem Aufwachen zu einem verspäteten Frühstück und gerne auch liegend genossen. Das wirtschaftlich umtriebige Bürgertum des protestantischen Nordeuropa hingegen wandte sich dem großen Muntermacher Kaffee zu. Der machte wach und fit für den Tag und die Arbeit.

Für den entscheidenden Durchbruch der Schokolade als Genussmittel konnte demnach vor allem sorgen, wer an der Nahtstelle von protestantischem Geschäftssinn und katholischer Genusssucht sein Geld verdiente. Das konnte also nur in der französischen Schweiz geschehen, deren Schokoladenhersteller, Lindt & Sprüngli, Suchard, Nestlé und viele mehr, uns seit dem 19. Jahrhundert mit den unterschiedlichsten Schokoladenprodukten beschenken.

Und ist es Zufall, dass ausgerechnet ein Schweizer jenes große Unternehmen für Unterwäsche gründete, das uns unlängst sogar mit einem Slip aus Baumwoll-Jersey beglückte, der nach Kokos-Schokolade duftet, wenn er sich durch die Haut erwärmt – selbst nach dem zehnten Waschvorgang?

Wie sinnlich. Wie betörend. Wie aphrodisierend. Auch zur Fastenzeit! Und weit und breit kein Pius, der solcherlei Untugend verbieten würde. Er hätte es wohl, bei Gott, nicht riechen können!

Schwäbisch-Hällisches Landschwein

... wie eine Hand voll Hohenloher Bauern sich um den versauten Ruf von Schwäbisch-Hall verdient machten ...

Irgendwie stand über dem Schicksal dieser sympathischen Tiere immer die Sonne – selbst im drohenden Untergang. Im Januar 1969 verkündete Landrat Dr. Biser im »Gasthaus zur Sonne« in Unterscheffach, man solle nunmehr den letzten Schwäbisch-Hällischen Eber ausstopfen und ins Museum stellen. Das Schwein habe immerhin in der Vergangenheit weltweit für Schwäbisch Hall hervorragend geworben. Das war in der Tat ein hohes Verdienst, doch nun, Ende der 60er, befand sich das Schwäbisch-Hällische Landschwein bestandsmäßig am Abgrund, will heißen: Es war so gut wie tot, nahezu ausgestorben, so wie manch andere alte Nutztierrasse.

Sonne aber auch bei der wundersamen Widerauferstehung der schwarz-weißen Sau. Rudolf Bühler, vormals leitender Entwicklungshelfer in Afrika und Asien, Hohenloher Bauer und seit 1984 Besitzer des von seinen Vorfahren übernommenen »Sonnenhofes« in Wolpertshausen, wollte sich mit dem angeblichen Niedergang der heimischen Sattelschweine nicht abfinden. Mit einigen tapferen Gleichgesinnten traf er sich 1983 in der Gaststätte »Zur Sonne« in Wolpertshausen (damals Bestandteil des heutigen »Sonnenhofs«), wo der folgenreiche Beschluss gefasst wurde, die »Mohrenköpfle« mit ihrer schwarzen Maske, ihrem rosafarbenen Mittelteil (dem »Sattel«) und dem schwarzen Hintern wiederzubeleben. Wem so viel Sonne ist beschieden, der sollte seinen Weg wohl finden, möchte man meinen.

Ganze sieben Säue und einen Eber hatte man für das mutige Unterfangen auf zwei Höfen der Umgebung auffinden können. Das war nicht eben viel, aber mit ein bisschen gutem Willen des Ebers reichte es zur Bestandssicherung. Und es begann die glorreiche Rückeroberung Schwäbisch Halls und Hohenlohes durch das Schwein – eine baden-württembergische Erfolgsgeschichte.

Schwäbisch Hall hatte, lange bevor aus Köln im Zweiten Weltkrieg vor Bombenhagel fliehend sich hier eine berühmte Bausparkasse niederließ, tatsächlich eine ganz andere, nämlich eine alte Schweine-Tradition. Die ursprüngliche Quelle des Reichtums von Schwäbisch Hall – das Salz der Solequellen am Knie der Kocher (altdt. Hal = Salz) – war zu Beginn des 19. Jahrhunderts versiegt: Als die vormalige Reichsstadt an das Land Württemberg und damit an den württembergischen König Wilhelm I. (1781–1864) fiel, wurden auch die Solequellen verstaatlicht. Zum Ausgleich profitierte man dafür von den Bemühungen des württembergischen Königs, die Landwirtschaft des Landes auf Vordermann zu bringen. Und der württembergische Wilhelm war es schließlich auch, der 1821 das Chinesische Maskenschwein ins Land holte, das hier so lange mit einheimischen Rassen gekreuzt wurde, bis irgendwann das erste rassige Schwäbisch-Hällische Landschwein das Licht der Welt erblickte.

Dass sich der weise Wilhelm so intensiv um die Landwirtschaft kümmerte und damit zum »Landwirth auf dem Throne« avancierte, mag weniger an seiner reinen Menschenfreundlichkeit denn an Missernten, an daraus resultierenden Auswanderungswellen der Bevölkerung und an der Befürchtung gelegen haben, bald ein König ohne

Volk zu sein. Egal welcher Art seine Motive waren, die Württemberger dankten es ihm. Insbesondere die Hohenloher und die Bewohner von Schwäbisch Hall. Denn nach nur etwas mehr als 20 Jahren konnte das landwirtschaftliche »Correspondenzblatt« 1844 stolz vermelden: »Das Hällische Land ist das Land der Schweine!« Denn hier gedieh es besonders prächtig, das Schwein.

Über den Klee gelobt wurde die Sau wegen ihrer unvergleichlichen Fruchtbarkeit, wegen ihrer Fürsorglichkeit gegenüber den Jungen, wegen ihrer gesundheitlichen Robustheit und vor allem natürlich wegen der hohen Qualität des fettmarmorierten Fleisches mit seiner natürlichen Speckschwarte. Die Begeisterung bei Herstellern und Konsumenten hielt – mit kleineren Schwankungen – bis in die 50er Jahre des 20. Jahrhunderts an. Bisweilen betrug der Anteil der Schwäbisch-Hällischen Schweine sogar bis zu 40 Prozent des Gesamtschweinebestandes des Deutschen Reiches. Im Nachkriegsdeutschland der 50er erlebte das Schwäbisch-Hällische nochmals eine Blütezeit: Kriegsbedingt leere Mägen wollten mit fettem Schweinefleisch gefüllt werden. Im Landkreis Schwäbisch Hall betrug der Marktanteil der Mohrenköpfe in den 50ern sage und schreibe 99,2 Prozent.

Fünfzehn Jahre später war Nachkriegsdeutschland bereits das ruhmreiche und allenthalben bewunderte Wirtschaftswunderland. Und das hatte sich ziemlich fette Wirtschaftswunderbäuche angefressen. Denen rückte man mit Diäten zu Leibe. Was die steigende Wohlstandsnachfrage nach Fleisch allerdings nicht beeinträchtigte. Denn nicht Fleisch an sich, sondern nur das Fett am Fleisch war out. Das Ergebnis waren industriegerechte, rosafarbene und fettarme Turboschweine mit einem Rippenpaar mehr als üblich und vorquellenden Schultern (Vier-Schinken-Schwein). Und so stehen sie bis heute in

Massenhaltung auf Spaltenböden, stressanfällige Hybridschweine, Kannibalen, die sich aus Platznot gegenseitig Schwanz und Ohren zerbeißen, die auf dem Weg zum Schlachter am Herzkasper eingehen und die bei jedem Pieps tot umfallen würden, wenn man sie nicht mit Antibiotika und Beruhigungsmitteln voll pumpte – arme Säue.

In einer solchen Landschaft hatten die alten Nutztierrassen keinen Platz mehr. Und so starben sie in den 60er und 70er Jahren still und heimlich aus, das Deutsche Weideschwein, das Baldinger Tigerschwein oder auch das Triesdorfer Rind – die Mehrheit der deutschen Rinder sind mittlerweile einheitlich und langweilig weiß gescheckte Schwarzbunte. Fettarm und vor allem billig musste es sein, das Fleisch. Das erwirtschaftete Geld brauchte man nämlich nicht für gutes Essen. Man finanzierte Autos – und Eigenheime. »Auf diese Steine können Sie bauen«, tönte es seit 1961 von Schwäbisch Hall aus über die Republik. Das Schwäbisch-Hällische Landschwein schwand derweil zur statistisch nicht mehr wahrnehmbaren Größe. Aus dem »Land der Schweine« wurde das Land der Bausparverträge – auf diese Steine wollte man bauen.

Doch im Südwesten der Republik hatte man da die Rechnung ohne den Wirt gemacht. Hier trat Rudolf Bühler mit seinen wackeren Hohenloher Mannen auf den Plan, die sich der letzten Säue der ruhmreichen hällischen Vergangenheit annahmen. Und so gründeten sie 1986 einen Züchterverband und 1988 eine bäuerliche Erzeugergemeinschaft. Und es kam BSE, und es kam die Maul- und Klauenseuche. Und das Umwelt- und Verbraucherministerium wurde grün. Und immer mehr Menschen wurden es zunehmend satt, minderwertiges und wässriges PSE-Fleisch in ihrer Pfanne zu einem Schatten seiner selbst schrumpfen zu sehen (PSE – pale = blass, soft = weich, exudative = wässrig). Oder trockenes DFD-Fleisch herunterwürgen zu müssen (DFD – dark = dunkel, firm = fest, dry = trocken). Und zunehmend erkannte man am heimischen Herd ebenso wie in Profiküchen, dass Fett nicht des Teufels, sondern ein Saft spendender Geschmacksträger ist. Und so war es nur noch eine Frage der Zeit und des geschickten Marketings, bis das alte Schwäbisch-Hällische Landschwein sich seinen Markt (zurück)erobert hatte.

Mittlerweile halten 180 der 550 Betriebe in der Erzeugergemeinschaft Schwäbisch Hall wieder an die 1500 Mutterschweine (bundesweit ca. 2000), ca. 25000 Mastschweine werden jährlich im verbandseigenen Schlachthof in Schwäbisch Hall geschlachtet. Tiertransporte über deutsche Autobahnen sind untersagt. Der Zuchtverband umfasst bundesweit mittlerweile 150 Mitglieder. Und sie alle tun, was sie können, damit diese netten Schweine mit ihrer runzeligen Stirn (eine Reminiszenz an ihre chinesischen Vorfahren) auch in Zukunft auf ihrem Weidegang noch so zufrieden dreinschauen wie bereits heute. Wo immer möglich, erhalten die Tiere Auslauf ins Freie, wo sie sich in alter Schweinetradition suhlen können. Gefüttert wird allein Pflanzliches, verboten sind Wachstumsförderer und Tiermehl, Spaltenböden und Anbindehaltung ebenso wie der Einsatz gentechnischer Zuchtmethoden. Mit anderen Worten: Die Tiere werden – bis zum bitteren Ende – artgerecht gehalten. Und, bei aller Sympathie für diese gemütlichen Schlappohren, das schmeckt man!

Und weil die Erzeugerrichtlinien selbst im fernen Brüssel überzeugten, ist das Produkt der Hohenloher Region – das »Schwäbisch-Hällische Qualitätsschweinefleisch« – seit 1998, wie Champagner oder Cognac, rechtlich unter Namens- und Herkunftsschutz gestellt. So schafft man Vertrauen.

Und wer so viel Gutes tut und darüber so viel in Presse, Funk und Fernsehen redet, dem widerfährt auch Hochachtung. Beim Verbraucher. Aber nicht nur da. 1994 kürte »Der Feinschmecker«, das Zentralorgan deutschen Genießertums, das Schwäbisch-Hällische Schwein wegen seiner hervorragenden Fleischqualität zum »Superstar« unter den Landschweinerassen.

Und so ist Rudolf Bühler und seinen Hohenloher Bauern etwas gelungen, was nur selten gelingt: Sie haben aus edlen Motiven den Bestandserhalt einer alten Nutztierrasse gesichert (wie es einige so genannte »Arche-Höfe« bundesweit auch, aber nicht sonderlich Gewinn bringend tun), sie wirtschaften im ökologischen Einklang mit Tieren und Umwelt, sie überzeugen zudem einen Verwaltungsmoloch wie die EU – und das alles machen sie auch noch profitabel. Darauf legt besonders Bühler großen Wert. Als Entwicklungshelfer musste er mehrfach erfahren, dass es nicht reicht, allein ein guter Mensch zu sein. Irgendwann muss sich auch der größte Idealismus rechnen. Und im Falle der hällischen Sau lautet die einfache und Gewinn bringende Betriebsrechnung: Das Schwein lebt, weil es schmeckt.

Schmecken tut das Qualitätsfleisch der Erzeugergemeinschaft vor allem im Südwesten Deutschlands sowie in einigen Bereichen Bayerns. Denn nur dort werden ausgesuchte Fachgeschäfte mit den eigenen Lieferfahrzeugen beliefert. Auch die Spitzengastronomie hat mittlerweile Gefallen an dem Sattelschwein gefunden. Vincent Klink zum Beispiel, beliebter Fernsehkoch und Chef der »Wielandshöhe« bei Stuttgart, schwört auf die schwarzweiße Sau. Überregional beliefert der Spezialitätenlieferant »Rungis Express« ambitionierte Küchenchefs mit den Fleischprodukten der Erzeugergemeinschaft in Schwäbisch Hall. Und wer als Züchter oder Schweinewirt außerhalb der Region dem Schwäbisch-Hällischen zugetan ist und die strengen Richtlinien der artgerechten Haltung einhält, dem gewährt man auch die Unterstützung des Verbands. Bundesweit gibt es bereits mehrere Betriebe, die mittlerweile ebenso begeistert auf die hällische Wutz setzen.

Und wer weiß, wo das genügsame Schwäbisch-Hällische Schwein dereinst noch überall Karriere macht. Die Welternährungsorganisation FAO rechnet vor, dass wegen der wachsenden Weltbevölkerung in 20 Jahren mehr als doppelt so viel Fleisch, Eier und Milch benötigt werden wie heute. Zur Absicherung gegen Hungerkatastrophen werden der FAO zufolge vor allem die Menschen in den Entwicklungsländern auf widerstandsfähige Tierrassen angewiesen sein. Überzüchtete und denaturierte Weicheier aus Massenhaltung werden sie da nicht gebrauchen können.

Aber auf die Schwäbisch-Hällischen, auf diese Schweine können sie bauen!

Sommelier

… wie auf Weinproben die Benimmgeschichte der letzten 400 Jahre unterlaufen wird und warum Sommeliers eigentlich nichts weiter als Eselstreiber sind …

Es ist Mittwoch. Mittags 12 Uhr. Man wundert sich, wer außer der eigenen Person noch so alles Zeit hat, mitten in der Woche und mitten am Tag an einer Veranstaltung teilzunehmen, die einem rein hedonistischen Anliegen folgt. Eine Weinvorstellung mit Lunch! Müssten die nicht im Büro sitzen? Müssten die sich nicht durch Konferenzen langweilen? Kümmert sich in diesem Land überhaupt noch jemand ums Bruttosozialprodukt? Von zwei grauhaarigen und deutlich verrenteten männlichen Ausnahmen abgesehen sind das doch alles Menschen im arbeitspflichtigen Alter. Können die sich das einfach so erlauben? In der Mittagspause? Sie können.

Eingefunden haben sich an die 20 zahlende Gäste, um sich von einem Spitzensommelier ausgesuchte Weine eines bekannten Weinversenders vorstellen zu lassen. Als kulinarisches Rahmenprogramm wird der mit Mützen ausgezeichnete Maître des Restaurants, in dem die Verkostung stattfindet, ein fünfgängiges Menü auffahren. Die Teilnehmer sind bis auf einen professionellen Weinhändler allesamt Amateure. Ambitioniert, ja, der ein oder andere auch ausgestattet mit einem soliden Grundwissen und langjähriger (Trink-)Erfahrung. Aber doch alles Amateure.

Man nimmt Platz an einer langen, eingedeckten Tafel.

Vor Tellern und Besteck stehen ein Wasserglas und drei hochglanzpolierte Rotweingläser. Um Rotwein geht es nämlich. Bordeaux gegen Chile und Südafrika. Alte Weinwelt gegen neue Weinwelt. Klassik gegen Pop.

Schräg gegenüber rechts hat sich deutlich hör- und somit identifizierbar ein Rheinländer niedergelassen. Mitte bis Ende vierzig, Vorstädter, Modell neureich, Goldringe, Dreiteiler und um den Hals einen Schlips, der in seiner Geschmacklosigkeit erschütternd unter Beweis stellt, dass das Grauen viele Gestalten annehmen kann. In Handelsimmobilien mache er, aber nur »die ganz dicken Dinger, wie beim Wein«. Was auch immer beim Wein »dicke Dinger« sein mögen.

Zur Linken seine Frau, ein weiterer Beweis seiner Vorliebe für »dicke Dinger«. Hübsch ausgestattet mit MCM-Täschchen, Brillis, Perlenkette und einem fliedrig-pudrig parfümierten Seidenfummel über den Schultern. Letzteren bittet ihr Tischnachbar zur Rechten wegen der zu erwartenden Irritationen in der Nase in der Garderobe zu platzieren. Eine Bitte, die für einen kurzen Moment Irritationen im Zwischenmenschlichen auslöst. Eine Bitte, die auf knappen Geheiß des Gatten indes befolgt wird. Wofür sich auch der in Nachbarschaft platzierte Weinhändler dankbar zeigt.

Der Parfümmuffel gegenüber erweist sich später als ein Vertreter der Spezies unprätentiöser Genusstrinker: Mitte fünfzig, freundlich, höflich, irgendwo aus dem Süden der Republik, offenes Hemd über einer fröhlichen Schlemmerbeule, Pulli über die Schultern gelegt. Ein souveräner Typ mit Dreitagebart, Vertreter für seltene elektronische Bauteile, hat schon alles erlebt, lässt sich durch nichts mehr aus der Ruhe bringen. Ein Gemütsmensch und im Gegensatz zum rheinischen Immobilienhai eher wortkarg.

Als der Sommelier den Raum betritt, beginnt der Rheinländer zu applaudieren. Der ein oder andere an der Tafel folgt seinem Beispiel. Gottlob erhebt sich niemand ehrerbietend. Der Sommelier ist in der Weinszene zwar durchaus bekannt. Mit Preisen ausgezeichnet für seine feine Zunge. In der Szene wird er hin und wieder auch ein Star genannt. Aber wer wird in diesen Zeiten nicht alles für irgendwas zum Star deklariert? Der Herr Sommelier steht hier zunächst einmal einfach im Begriff, seiner Arbeit nachzugehen! Muss man deswegen gleich klatschen? Wer applaudiert einem Kfz-Mechaniker, wenn er die Werkstatt betritt?

Für jemanden, der sich das leibliche Wohl zahlender Kunden zur Lebensaufgabe gemacht hat, ist er eigentlich ein wenig zu hager, fast drahtig, und vielleicht eine Nuance zu jung, um jene Souveränität ausstrahlen zu können, die man von einem geschmackserfahrenen Dienstleister in der Weinbranche erwarten würde.

Man habe zu jedem Menügang je drei »Flights« roter Weine aus Bordeaux, Chile und Südafrika ausgesucht. »Flights«? Ja, er wisse, das kenne man ja eigentlich nur vom Golf. Nun denn, preislich liege man ja bei dieser Veranstaltung und den vorgestellten Rotweinen durchaus in einer Größenordnung, die dem Ein- bis Drei- oder gar Vierfachen eines »Green fees« entspreche. Und erfahrungsgemäß seien viele seiner Kunden durchaus gewöhnt, in Golf-Einheiten zu denken. »Genau«, stimmt ihm der Rheinländer zu, »Green fee, Sechser-Eisen, haha ...« Der Rheinländer ist eine wahre Frohnatur.

Der Herr Sommelier führt weiter aus, er habe da als Einstieg ein paar schon jetzt durchaus trinkreife, sehr »hübsche Schätzchen« im unteren Preissegment (einfaches »Green fee«) ausgesucht. Aber auch ein paar noch sehr junge, recht verschlossene, dafür aber ganz große

Weine (drei- bis vierfaches »Green fee«). Vor allem die beiden 1er Grand Crus aus dem Médoc in den letzten beiden »Flights« seien großartig. Obwohl noch jugendlich und ungestüm, würden sie bereits jetzt ahnen lassen, welch extraordinäre Klasse sie in 15 bis 20 Jahren entfalten würden. Die beiden Herren aus der Rentnerfraktion verständigen sich mit einem unmissverständlichen Blick, was man in ihrem Alter von derartigen Angeboten hält.

Also, man habe sich hier nun zu einem vinophilen Workshop eingefunden, was so viel bedeute wie, dass der Herr Sommelier nunmehr mit den anwesenden Vertretern des Weinversenders die folgenden zwei bis drei Stunden kräftig »worken« würde, während die Teilnehmer anschließend auf Bestellzetteln entsprechend »shoppen« könnten, was heißt, dass man die probierten Weine zu einem Gelegenheitspreis einkaufen darf. Die Veranstaltung könnte teuer werden. Sie könnte aber auch einfach nur ein Hochgenuss für Nase und Gaumen werden.

Könnte! Wenn sich im Rahmen der folgenden Probierprozedur der 15 (!) Weine bei den Verkostungsteilnehmern nicht ein Habitus Bahn brechen würde, der die letzten gut 400 Jahre Benimmgeschichte anstandslos vom Tisch des christlichen Abendlandes fegte. Der gemeine Weintrinker erweist sich nämlich auf derlei Kulinaria-Veranstaltungen nicht selten als lupenreiner Sittenrüpel.

Das Spiel beginnt. Der Herr Sommelier stellt den ersten »Flight« vor, beschreibt das »nasale Vorspiel«, schwärmt vom »pflaumigen Unterton« im Bukett, von »olfaktorischen Nuancen, die an Zigarrenkiste erinnern«, träumt von »Tabaknoten und frischen Fliedertönen«. Dabei schwenkt er das Glas unter der Nase und atmet wie ein Parfümeur die vom geschwenkten Wein freigegebenen Duftmoleküle dezent durch die Nase ein. Die eine

Hälfte der Teilnehmer tut es ihm gleich. Ein dezentes Schnuppern!

Die übrigen Teilnehmer versenken ihren Riechkolben im Weinglas und ziehen das Bukett laut vernehmbar in ihre Nasenhöhlen, als wollten sie nicht flüchtige Aromasubstanzen einfangen, sondern eine Line weißes Pulver ziehen. Allen voran der Immobilienhai. »Pflaume«, ruft er, »ja, ja, ganz deutlich Pflaume. Und Zigarrenkiste.«

Weiß der Teufel, in welchem Weinbuch diese Menschen gelesen haben oder wer ihnen jemals verraten hat, dass sich die Blume eines Weines nur über ein Elefantenröcheln erschließen lässt. Dass es Winter ist und sich beim »nasalen Vorspiel« der ein oder andere Teilnehmer akustisch deutlich vernehmbar als schnupfengeplagter Grippe-Rekonvaleszent erweist, lässt gleich zu Beginn daran zweifeln, dass sich bei den zum Wein gereichten Menügängen Freude wird einstellen können. Das Auge sieht karamellisierte Gänsestopfleber. Das Ohr hört entzündete Nebenhöhlen. Der Appetit geht.

Doch das war alles nur der Anfang des verrohten Rituals. Der Herr Sommelier nimmt einen Schluck und lässt das rote Nass in seinem Mund ein wenig um die Zunge rollen. Dabei zieht er kaum hörbar etwas Luft durch die Mundwinkel. Nun denn, er habe da zunächst einmal ein paar saftige »John-Wayne-Weine« ausgesucht. »Da springen auf der Zunge sofort die Saloontüren auf.« Sogar beim Franzosen. Auch beim Südafrikaner. Vor allem aber natürlich beim Chilenen. Zu den bereits erschnüffelten Aromen gesellen sich am Gaumen ein »bezaubernder black chocolate taste« und ein »Hauch Eukalyptus«. Allerdings: Beim Chilenen erweist sich – in sprachlich typischer Weinlyrik und auf den ersten Schluck –, »dass er kein Terroir, kein Gerüst mehr hat, wenn die Frucht erst einmal sinkt«. Ja, so ist er, der Chilene. Wenn die Frucht »sinkt«, dann erweist er sich als Blender.

Was im Folgenden neben der Frucht noch sinkt, ist aber vor allem das Niveau des Verhaltens. Was der Herr Sommelier in eher dezenter Zurückhaltung vormacht, wird nämlich nunmehr von den Weinprobanden nachgemacht. Was da nun aber anhebt, ist weniger ein elegantes Rollen oder Wiegen des Weins um Zunge und Gaumen. Es ist ein geräuschvolles Schlürfen und Gurgeln, ein Schlabbern und Schmatzen, dass man meint, der Fütterung von Wildschweinen im Tiergehege beizuwohnen.

Es stimmt ja: Man schmeckt nur, was man riecht. Denn Geschmack ist in Wirklichkeit eine Kombination aus Geschmack und Geruch. Beim Trinken (wie auch beim Essen) wirbeln Millionen von Duftmolekülen den retronasalen Luftschacht hinauf zur Riechschleimhaut. Man schätzt, dass gut 80 Prozent des Geschmacks allein auf die chemoanalytischen Fähigkeiten des Riechorgans zurückgehen. An die 10000 verschiedene Düfte soll der Mensch mit seinen fünf bis zwölf Millionen Riechzellen wahrnehmen können. Theoretisch wenigstens. Praktisch können die wenigsten Brom- von Himbeere und Moschus von Muskat unterscheiden. Selbst geübte Weintrinker nicht. Man braucht viel Übung. Oder einen Sommelier, der einem sagt, was das wohl ist, was man da riecht und schmeckt. Und das ist nicht ehrenrührig.

Je mehr Sauerstoff also im Mund, desto mehr Duftsubstanzen wirbeln auf, desto geschmacksintensiver wird auch der Wein. Und zugegeben: Das kann man – auch und besonders – durch ein exaltiertes und geräuschvolles Einziehen der Luft und ein Ausschmatzen des Weins erzielen. Natalie Lumpp, die sympathische Sommelière aus Baden-Baden, hat es in einem Fernsehwerbespot für das Land Baden-Württemberg einem Millionenpublikum vorgemacht (»Wir können alles. Außer Hochdeutsch«). Man sieht sie kaum, man hört sie mehr, wie sie schnüffelt und schlürft und schmatzt und Luft durch den Wein auf der Zunge zieht. Nur: Die Frau zeigt, wie's bei Wein-Profis im Rahmen einer Degustation im Keller zugeht. Das ist nicht als Anweisung für das Benehmen zivilisierter Menschen vor angerichteten Tellern zu verstehen.

Der Höhepunkt der Geschmacksentgleisung steht aber noch aus. Er folgt aufs Schmatzen. Als Erster greift der Immobilienhai zu einem der auf dem Tisch stehenden Plastikgefäße, die wie schwarze Flaschenkürbisse aussehen. Anschließend vollzieht er einen Ritus, der für Winzer und Weinhändler, für Sommeliers und Weinjournalisten auf Messen und bei Degustationen mit Rücksicht auf die begrenzte Leistungskraft der menschlichen Leber seine Rechtfertigung hat, der hier aber, angesichts der feststofflichen Köstlichkeiten, wie ein Rückfall in mittelalterliches Barbarentum anmutet: Der Hai speit den Inhalt seines Mundes geräuschvoll in die Trichteröffnung. Ja Herrschaftszeiten! Mein Herr, wir sind zu Tisch! Da bleibt einem doch die Lammkeule mitsamt dem Rosmarinjus im Halse stecken. Und der Hai ist beileibe nicht der Einzige. Ihm gleich tun es noch einige andere an der Tafel.

Der Liebhaber »dicker Dinger« bemerkt die Irritation seines Gegenübers und erklärt sich: Er müsse noch Gattin und Benz nach Hause fahren. Man fragt sich allerdings, warum er und die anderen Spucker überhaupt gekommen sind? Man fragt sich, was das soll, sich wie ein Winzer hinter verschlossener Kellertür zu gerieren und auszuspucken, wofür man viel Geld bezahlt hat und was seit seiner Erfindung vorzugsweise zum Trinken gedacht ist? Es beschleicht den Beobachter das ungewisse Gefühl, dass die mit der Weinverköstigung einhergehenden Riten, das ganze Gerede und Getue sich in Kreisen von Laienkonventikeln zu einem sinnentleerten Kultphänomen verdichtet haben, das im Rahmen solcher Veranstaltungen völlig ohne Not den Gegenstand seiner selbst – Genuss und kultiviertes Benehmen – in sein Gegenteil verkehrt.

Nur zur Erinnerung: Spucken (nicht nur) bei Tisch ist – das kann man unumwunden so sagen – unkultiviert! Spucken bei Tisch gilt nicht umsonst seit Jahrhunderten als unschicklich und peinlich! Selbst im Mittelalter, als das Ausspeien zu nahezu allen Gelegenheiten eine grobschlächtige Alltäglichkeit darstellte, tauchten in französischen, deutschen oder auch englischen Tischzuchten erste Benimmregeln auf: »Spucke nicht auf oder über den Tisch!« Und hat uns nicht schon im 16. Jahrhundert der Erzbischof von Benevent die Leviten gelesen, als er offiziell niederschrieb: »Es stehet auch übel, daß sich einer, da er am Tisch sitzet, krauet: Ja an dem Ort und zu solcher Zeit sol sich einer so viel es müglich auch deß auswerfens enthalten, und so man es nicht ganz umbgehen könnte, so sol man es doch auff eine höfliche Weise und unvermercket thun.«

Über die Jahrhunderte hinweg nahm der Schamdruck auf das Spuckverhalten zu (der Verbotsdruck aus hygienischen Gründen tritt erst im 19. Jahrhundert auf), bis das Spucken schließlich – zumindest in halbwegs zivilisierten Kreisen – als ganz und gar unschickliches Fehlverhalten verbannt war. (Eine Benimmregel, die neuerdings besonders von Jugendlichen an Bushaltestellen gerne gebrochen wird. Psychologen interpretieren solcherlei Fehlverhalten als einen pubertären Gestus des Aufbegehrens, eine provokante Missachtung des öffentlichen Raumes. Was die Angelegenheit vielleicht erklärt, aber nicht unbedingt ästhetischer macht.)

Und auch der Spucknapf – Dean Martin machte ihn 1959 als heruntergekommener Säufer in »Rio Bravo« zu einem legendären Symbol menschlicher Erniedrigung, als er mit seiner Hand verzweifelt in einem solchen, mit Speichel und Whisky-Resten gefüllten Gefäß die hier von Spaßvögeln deponierte Münze für den nächsten Drink ertastete – war im 20. Jahrhundert im westlichen Abendland von der Bildfläche der Alltagskultur verschwunden. Und nun? Über die Degustation tritt der Spucknapf aus dem Dunkel der Weinkeller und aus dem Schatten der Zivilisationsgeschichte wieder hinaus ans Licht abendländischer Etikette – auf dem Umweg ausgerechnet über die Hochkultur des Genusses. Heute steht er aber nicht mehr wie früher auf dem Boden. Heute steht er auf gedeckten Tischen! Gefüllt mit dem Sputum von Immobilienhaien. Neben einem Teller mit gebräuntem Zander im Speckmantel!

Und so setzt sich das furchtbare Spektakel der rohen Sitten fort: Schlürfen, Schmatzen, Schlabbern, Spucken. Das Essen wird dabei zum Martyrium. Immer wieder lassen der Hai und Gleichgesinnte ein Springquell aus Speichel und rotem Rebensaft in den Spucknapf plätschern. Der einzige in diesem Verhalten erkennbare Vorteil besteht in dem Tatbestand, dass auf diesem Weg eine produktive Fortsetzung des Tages möglich scheint.

Denn wer *nicht* spuckt, zeigt spätestens nach dem dritten oder vierten »Flight« vernehmbare Spuren in Gesicht und Sprache. Es sind Spuren, die den schmalen Grat zwischen Tiefenentspannung und leichtem Kontrollverlust erahnen lassen. Der Parfümmuffel grinst. Er fühlt sich wohl. Er spuckt nicht. Er isst und trinkt. Genießt, soweit das angesichts der Spucknäpfe geht. Auch die Hai-Gattin spuckt nicht. Auch sie isst und trinkt sich tapfer durch die Rotweinfluten. Am Ende des dritten »Flights« kommt es über die Parfümfront hinweg gar zu einer Fraternisierung zwischen Hai-Gattin und Parfümmuffel. Man prostet sich zu. Man fühlt sich glücklich vereint in dem Bewusstsein, dass eine produktive Fortsetzung dieses Tags erfolgreich zum Erliegen gebracht wurde.

Weintechnisch erklimmt man nun den Gipfel der Veranstaltung. Der Herr Sommelier gerät ins Schwärmen. Angetrieben von den ersten »Flights« – auch er zählt trotz Tageszeit nicht zu den Spuckern, sondern zu den Schluckern –, schaltet er nunmehr seinen Verbal-Turbo ein. Mit der »noch ungebändigten, jugendlichen, etwas mehligen Adstringens der Tannine« auf der Zunge weht sein Sprachgebläse immer wuchtigere Beschreibungen ins Publikum. Die Beschreibungen werden gar militant. Von Bomben und Granaten ist nunmehr die Rede. Die »Nase ist tintig«, »Anklänge von Gumminoten, heidelbeerige Akzente und Gewürznelken im Mittelspitz«, vermeldet der Herr des Kellers. »Erdige Noten, die sich erst hinten offenbaren«, werden zur »Lebensversicherung für diese wirklich großen Weine«, sind »quasi die Zeitzünder, die erst in 20 Jahren zu wahren Geschmacksexplosionen führen werden«. Ach herrje …

Der Parfümmuffel sinniert indessen unter dem Gewicht des sprachlichen und qualitativen Finales selbstvergessen und ein wenig alkoholvernebelt, dass die Weine einfach nur »gigantisch« seien, »wirklich gigantisch«. Punktum …

Schlussakkord: Der Gaumen zeigt sich nach 15 Weinen restlos ermüdet, man bittet um Kaffee. Die Tischordnung löst sich langsam auf. Es entwickelt sich ein Gespräch in kleiner Runde. Der Tonfall wird vertrauter. Leise, so dass die Vertreter des Weinversenders ihn nicht hören können, klärt der Herr Sommelier interessierte Ohren auf: Er halte ja von einer solchen Überladung vor allem mit hochwertigen Weinen eigentlich nichts. Zumal zum Essen. Erfahrungsgemäß könnten sich die wenigsten Menschen die

Eigenheiten von mehr als vier, höchstens sechs Weinen merken. Das fiele selbst ihm schwer. Einen Eindruck bekomme man, ja, mehr aber auch nicht. Und das gute Essen bleibe in der Regel auch auf der Strecke, verfälsche zudem den Eindruck der Weine. Aber das Weinhaus habe ihn nun mal engagiert. Und die wollten verkaufen. Da müsse man schon mal Kompromisse schließen.

Und überhaupt, da würde seit einigen Jahren um das ganze Drumherum zum Thema Wein ein bisschen viel Wind gemacht, in all den Hochglanzzeitschriften. Auch um seine eigene Person. Dabei sei der Sommelier ja eigentlich nur ein Dienstleister, der sich professionell die Zeit nehme, sich mit Wein zu beschäftigen. Seine Kunden müssten in der Zwischenzeit arbeiten, um das Geld für all die Weine zu verdienen, die er ihnen dann empfehlen könnte. Viele seiner Kollegen hätten bereits vergessen, was ihre eigentliche Aufgabe sei. Würden sich im Hype, den man um ihre Person macht, sonnen. Aber eigentlich seien es doch alles nur Dienstleister. Streng genommen seien sie eigentlich Eselstreiber.

Wie bitte? Hat man richtig verstanden? Eselstreiber?

Ja, doch: Eselstreiber. Also historisch gesehen. Und auch sprachlich. Sommelier stamme nämlich vom Alt-Provenzalischen »saumier« für »Laststier« bzw. vom Spätlateinischen »sauma« für »Last« ab. Der Begriff »Sommelier« tauche tatsächlich im Altfranzösischen um 1299 als Bezeichnung für einen »Säumer« auf, also für jemanden, der Lasttiere beladen habe. Auch im Deutschen finde sich diese Wortbedeutung wieder. Man möge sich erinnern an altertümliche Begriffe wie Saumpfad oder Saumtier. Ein »Sommelier« war also nichts anderes als ein einfacher »Lasttierführer« oder »Eselstreiber«. Im 14. Jahrhundert beschreibt der Sommelier dann etwas präziser einen Mann, der für das Gepäck, die Wäsche, das Geschirr und den Proviant des Königshofes auf Reisen zuständig war, eine Art Cheflogistiker in Offiziersrang. Und der war auch bitter nötig. Kaiser und Könige zogen ja seinerzeit gerne durch die Lande, bezogen Winter- und Sommerquartiere, führten Kriege, reisten von Pfalz zu Pfalz.

Im 17. Jahrhundert erst bezeichnete der Sommelier am französischen Königshof jene Person, die verantwortlich war für das Tischgedeck und die Auswahl und die Vorbereitung des Weins. Er fungierte nun also auch als Mundschenk. Den Reiselogistiker nannte man seit dieser Zeit nicht mehr »Sommelier«, sondern »Sommier«. Und erst mit der Französischen Revolution wechselte der einst höfische Sommelier ins bürgerliche Fach. Seither berät er in Restaurants seine Kunden in Sachen Wein, bestückt und beaufsichtigt den Weinkeller und kümmert sich um den gepflegten Service der Getränke.

Schau an: Die Hohepriester des Wohlgeschmacks – nichts weiter als Eselstreiber. Wer hätte das gedacht.

Die Gesellschaft im Saal beginnt sich langsam aufzulösen. Der Hai tritt hinzu, lässt sich von seiner Gattin noch schnell mit dem »Eselstreiber« fotografieren – den Arm lässig über die Schulter des Weinkellermeisters gelegt. Er und der Star der Szene, den er so sehr verehren würde, von dem er schon so viel gelesen habe, und dass er ihn nun persönlich kennen gelernt habe, das sei einfach großartig. Und das Foto, das würde selbstverständlich gerahmt und aufgehängt, zu Hause, in der Vorstadt. In seinem Keller, da habe er übrigens auch solche »Granaten« deponiert, »so richtig dicke Dinger«. Aha …

Dann zieht er von dannen. Auf Weste und Schlips Rotweinspuren. Die Gattin neben ihm wankt.

Was für ein Tag.

Spätlese

... wie die edelfaule Spätlese »erfunden« wurde und was ein Weinberg mit einer Studenten-WG gemeinsam hat ...

Im Herbst, wenn die eigentliche Lese auf den meisten Weingütern bereits gelaufen ist, sieht es in manchem Weinberg an den Rebstöcken aus wie im Kühlschrank einer Studenten-WG: Unter einem pelzig grauen Schimmelbelag lassen nur noch Konturen erahnen, um welches Lebensmittel es sich wohl einmal gehandelt haben mochte – was so aussieht, ruft im gesunden Menschenverstand dunkle Ahnungen von Magengeschwür und Darmkrampf hervor.

Doch anders als »Mutti auf Besuch«, die dem Kleinbiotop im studentischen Kühlaggregat brechbleich mit Gummihandschuh, Scheuerschwamm und Sagrotan bewaffnet zu Leibe rückt, grinst sich der Winzer eins. Sehnsüchtig hat er darauf gewartet, dass seine Trauben endlich wie verfaulte Putzlappen aussehen. Die mit einem Pilzrasen überzogenen und zu rötlichen Rosinen verschrumpelten, ehemals weißen Weintrauben garantieren ihm nämlich im besten Fall eine so genannte Beeren- bzw. Trockenbeerenauslese, aus denen sich ausgesprochen begehrte, hochwertige und berühmte »edelfaule« Süßweine herstellen lassen.

Der (nur bei weißen Trauben) ersehnte Schimmelbefall durch den Pilz *Botrytis cinerea* bewirkt neben einem abstoßenden Äußeren und einer komplexen chemischen

Verwandlung im Traubeninneren nämlich vor allem eins: Er sorgt für eine mikroskopisch kleine Perforierung der Beerenhaut, was zur Folge hat, dass die Flüssigkeit im Beereninneren verdunstet. Die Verdunstung wiederum hat eine erhöhte Konzentration des Zuckers (besonders der Fructose) zur Folge; das Mostgewicht steigt also in einer sich beständig verringernden Saftmenge erheblich an (über 160° Oechsle; zum Vergleich: eine einfache spät gelesene Spätlese, aber noch nicht edelfaule Traube weist lediglich um die 80° Oechsle auf).

Dass edelfaule weiße Süßweine so sehr begehrt sind, ist auf ihre geschmackliche Komplexität, auf ihre bisweilen äußerst sublime Süße, auf ihren oft als »honigwürzig« beschriebenen Duft (in den sich auch ein Hauch gekochten Kohls mischt, den Weinliebhaber aber als durchaus angenehm empfinden) sowie auf die bisweilen jahrzehntelange Lagerfähigkeit der edlen Tropfen zurückzuführen. Puristen und Anhänger von Kombinationsklassikern trinken sie vornehmlich zu Gänsestopfleber oder Blauschimmelkäse. Experimentierfreudige Genießer schwören auf wahre Geschmacksexplosionen im Zusammenspiel mit Aal, Lamm, Blutwurst, Wildgerichten oder auch mit Sülze und Bratkartoffeln (und mit noch vielem mehr).

Dass die edelsüßen Weine nicht nur begehrt, sondern in der Regel auch nicht gerade billig sind (qualitativ hochwertige Weine von berühmten Herstellern wie Château d'Yquem kosten zwischen 200 und 400 Euro die Flasche, auf Auktionen werden allerdings für große Jahrgänge auch weitaus größere Summen erzielt), liegt an mehreren Faktoren. Die durch den Botrytis-Pilz und die Verdunstung reduzierte Flüssigkeit in den Trauben hat zur Folge, dass die Erträge bisweilen ein wenig dürftig ausfallen: In bestimmten Jahren ergibt ein Rebstock gerade einmal ein Glas Süßwein (bei normalem Wein rechnet man eine

Flasche pro Rebstock). Hinzu kommt, dass die Beeren nur per Handlese zu gewinnen sind. Zum Teil werden die graufaulen Beeren sogar mit der Pinzette aus der Traube gezupft. Darüber hinaus müssen die Erntehelfer zur Lese mehrfach in den Weinberg, da die Beeren nicht alle zum gleichen Zeitpunkt den optimalen schimmeligen Befallgrad aufweisen, der für eine gute Qualität aber Voraussetzung ist.

Und zu guter Letzt macht den Winzern auch die Unberechenbarkeit der Natur zu schaffen. Breitet sich der Botrytis-Pilz zum falschen Zeitpunk aus, d. h. zu früh, wenn die Beeren noch unreif sind, dann kann kein Zucker mehr in die Beere eingelagert werden, sie platzt auf, es entwickeln sich Sauerfäule und Grauschimmel – dann ist es verhagelt, das Weinjahr, bevor der erste Schnee fällt.

Optimale klimatische Voraussetzungen für die gewünschte Edelfäule herrschen nur in relativ wenigen Weinanbaugebieten vor. Man benötigt insgesamt ein eher gemäßigtes Klima, und vor allem im Herbst braucht es feuchte Morgennebel und als Ausgleich warme Nachmittage. Solch günstige klimatische Voraussetzungen und eine entsprechende Süßweintradition weisen vor allem die Region Sauternes im Bordeaux, der Rheingau in Deutschland, der Neusiedlersee in Österreich und die Region Tokaj in Ungarn auf.

So ein Süßwein ist schon ein Geschmackserlebnis der ganz besonderen Art, keine Frage. Wer allerdings einmal an einer Weinlese edelfauler Trauben teilgenommen hat und eine dieser vergammelten Trauben selbst in der Hand hat halten dürfen, fragt sich unwillkürlich, welche denaturierte Winzerseele wohl das erste Mal auf die absurde Idee gekommen sein mag, aus diesem schimmelgrauen Klumpen noch Wein machen zu wollen. Der pure Anblick löst beim ersten Mal reflexartig nur eins aus:

Ekel- und Fluchtimpulse. War es also Zufall, bewusste Experimentierlust, Gewissenlosigkeit oder gar pure Not?

Glaubt man der Legende, war es schlicht und ergreifend Unpünktlichkeit – eine menschliche Untugend, die Ehen und Größeres zerstören kann. Deutliche Spätlese-Spuren weisen in den Rheingau. Der Rheingau ist jenes Weinanbaugebiet, das an den Südhängen des Rheingaugebirges liegt und sich über den an dieser Stelle ausnahmsweise ostwestlich verlaufenden Rheinabschnitt zwischen Wiesbaden und Bingen erstreckt.

Die Geschichte der Spätlese führt uns auf das im Rheingau gelegene Schloss Johannisberg, das auf einem sanft ansteigenden Hang über dem Rhein thront. Weinbau hat hier Tradition. Karl der Große (742–814) soll von seiner Pfalz in Ingelheim die frühe Schneeschmelze auf der Anhöhe von Johannisberg beobachtet und daraufhin angeordnet haben, dort erste Reben pflanzen zu lassen. Um 1100 gründeten hier oben Benediktiner ein Kloster, das 1130 nach Johannes dem Täufer Johannisberg benannt wurde. Die Mönche arrondierten den klösterlichen Besitz und entwickelten Weinanbau und -herstellung zu einem wirtschaftlich florierenden Unternehmen – das konnten sie, die Mönche.

Im Jahre 1716 kaufte dann der Fürstabt von Fulda das im Dreißigjährigen Krieg in Mitleidenschaft gezogene Kloster, ließ die Klostergebäude abreißen, errichtete ein (bis heute erhaltenes) Schloss und ließ die Hänge von Johannisberg mit mehreren hunderttausend Rieslingreben bepflanzen. Deren Vorzüge hatte man in Deutschland bereits gegen Ende des 18. Jahrhunderts erkannt. Es begann die Ära des Rheingaus als Riesling-Land.

Die Rieslinge von Johannisberg erfreuten sich schnell großer Beliebtheit. Heinrich Heine sei stellvertretend für eine ganze Reihe von prominenten Johannisberg-Fans wie Goethe (den man zu seinem 66. Geburtstag mit einem 1748er Cabinet beglückte), Brentano oder von Arnim, zitiert: »Mon dieu, wenn ich doch so viel Glauben in mir hätte, dass ich Berge versetzen könnte, der Johannisberg wäre just derjenige Berg, den ich mir überall nachkommen ließe.« Thomas Jefferson (der spätere dritte US-Präsident) rühmte in Briefen an seine amerikanische Heimat die Weine von Johannisberg und besonders den Jahrgang 1775. Und just in diesem Jahr soll hier diejenige Weinspezialität erfunden worden sein, die man heute als edelfaulen Süßwein bezeichnet.

Da die Erlaubnis zur Weinlese in der Regel nur vom Besitzer eines jeweiligen Weingutes erteilt wurde, hatte man sich in Schloss Johannisberg der Institution des Lesereiters bedient, der zu gegebener Zeit jeweils den siebentägigen Ritt nach Fulda unternahm, um beim Fürstabt ergebenst die Genehmigung einzuholen. So soll es auch im Jahre 1775 gewesen sein, als der Gutsverwalter den Kurier mit der Botschaft an den Abt losschickte, dass man nun baldigst mit der Lese beginnen müsste, weil wegen des Wetters Fäulnisgefahr bestehen würde.

Doch in diesem denkwürdigen Jahr kam es zu der für die Wein trinkende Nachwelt verhängnisvollen Verzögerung: Ob nun der Fürstabt nicht zugegen, sondern auf der Jagd war oder ob der Lesereiter von Räubern aufgehalten wurde, ist nicht geklärt (Ausreden gibt es ja immer). Jedenfalls kam der Lesereiter nicht pünktlich, sondern mit zweiwöchiger Verspätung zurück. Während alle Nachbargüter die Weinlese erfolgreich abgeschlossen hatten, hingen die Trauben von Schloss Johannisberg restlos verfault und verschimmelt an den Reben. Die darob verzweifelte Gutsverwaltung beschloss mit Tränen in den Augen, das vergammelte Lesegut gleichwohl zu keltern und aus den Trauben noch den letzten Tropfen Leben zu extrahieren.

Und – o Wunder – ein Jahr später berichteten die acht Degustatoren, die das Ergebnis des 1775er Weines begutachteten, von einem wider Erwarten himmlischen Weinerlebnis. Einen solchen Wein habe »man noch nicht auf der Zunge gehabt«. Die Spätlese war erfunden. (Gemeint war also die edelfaule Beeren- oder Trockenbeerenauslese und nicht die einfache Spätlese ohne Botrytis-Befall.)

So will es die Legende im Rheingau. Und so schön die Geschichte vom Spätlesereiter auch ist, einzigartig ist sie nicht, denn in Ungarn erzählt man sich eine ähnliche Geschichte. Die ist knapp 130 Jahre älter und reicht in das Jahr 1650 zurück. Und auch hier soll Unpünktlichkeit den Ausschlag zur »Erfindung« des edelfaulen Süßweins gegeben haben. Der berühmte ungarische Süßwein, der Tokajer Aszú (Aszú bedeutet so viel wie »Beerenauslese«, das Pendant zum österreichischen »Ausbruch«) soll nämlich auf eine Anweisung des Priesters und Kellermeisters Maté Szepsi-Laczkó zurückgehen, der die ungarischen Weingüter der Zsuzsanna Lorantfly beaufsichtigte. Dieser Priester soll im Jahre 1650 wegen eines befürchteten Angriffs der Türken (die im 17. Jahrhundert nicht nur in Ungarn, sondern gerne auch mal vor den Toren Wiens ihr Unwesen trieben) die Weisung erteilt haben, mit der Weinlese nicht wie üblich pünktlich zu beginnen, sondern zu warten, bis sich die bedrohliche Situation geklärt habe. Man befolgte seinen Rat, und das Ergebnis war – wie im Rheingau – der Befall der Trauben mit *Botrytis cinerea*, mit Edelfäule. Der daraus gemachte Wein war ein edler Süßwein. Und der erfreute sich fortan an den europäischen Fürsten-, Königs- und Kaiserhöfen sowie bei allem, was Rang, Namen und vor allem Geld hatte, allergrößter Beliebtheit.

Im Zarenreich wurde sogar eine Kommission eingerichtet, die nur für Ungarwein zuständig war. Da in Tokaj der Verkauf von Weinbergen an Ausländer verboten war, pachtete die Kommisssion Weinberge an, um eine stetige Versorgung mit dem begehrten Edelstoff zu garantieren. Katharina die Große (1729–1796) soll eine eigene Kosakenabteilung gehalten haben, die keine andere Aufgabe hatte, als die Lieferungen mit dem bernsteingoldenen Superwein an den Hof in St. Petersburg sicherzustellen. Ludwig XIV. (1638–1715), der französische Sonnenkönig, nannte ihn den »Wein der Könige – König der Weine«.

Es gibt allerdings auch Hinweise, dass ein Tokaj Aszú bereits gut 100 Jahre zuvor auf dem Konzil von Trient Papst Pius IV. (1499–1565) kredenzt worden sein soll. Doch ist dies, wie einige andere Hinweise auch, nicht gesichert und würde darüber hinaus die schöne Legende von der unpünktlichen Lese wegen der gefürchteten türkischen Krummsäbel in Frage stellen – weshalb wir solche Irritationen großzügig ignorieren.

Legendär war auch der Einsatz des Tokajers in diplomatischen Diensten. Die Türken hatten sich 1683 vor Wien eine heftige Klatsche geholt und waren 1686 schließlich auch aus Budapest geprügelt worden. Der ungarische Fürst Ferenc Rákóczi II. (1676–1735) soll daraufhin den französischen Sonnenkönig mit einer Ladung Tokajer als Überzeugungshilfe um Beistand für ein selbständiges Ungarn und gegen die Österreicher gebeten haben. Denn nunmehr hatten die Habsburger es auf Ungarn abgesehen. Der Ungarn-Fürst scheiterte jedoch mit seinem Vorstoß. Ludwig wird den Tokajer wohl delektiert haben, überließ aber die Ungarn im Übrigen ihrem K. u. k.-Schicksal.

Legendär war jedoch nicht nur die Entstehungs- und Diplomatengeschichte des Tokajers, sondern auch seine angebliche Wirkung. Besonders in seiner Form als Tokaji Essenczia, der Tokajer Essenz, bei der man die verpilzten edelfaulen Trauben in einem Bottich sammelte und den durch ihren Eigendruck auslaufenden Saft auffing. Das Ergebnis war ein zuckersüßer zähflüssiger Sirup, der wegen seiner Seltenheit zu den teuersten Luxusgütern zählte. Schwindende Kräfte jedweder Art – auch und gerade im Schwellkörperbereich – soll der Zaubertrank reaktiviert haben. Woran besonders Männer ab einem gewissen Alter – und unter diesen besonders die gesalbten Häupter – gerne glaubten. Und wofür sie auch zahlten.

Das Vertrauen in die Zauberkräfte hielt lange an. Hugh Johnson zitiert in seiner brillant geschriebenen »Weingeschichte« eine Erzählung aus dem Jahr 1933. Der zufolge soll in London ein Arzt die Lippen eines als ziemlich tot erachteten Patienten mit einem Tropfen Tokajers benetzt haben, was dazu führte, dass der Patient schlagartig von den Toten auferstand und noch lange ziemlich lebendig über den Erdball gewandert sein soll.

Den vorläufigen Tod des Tokajers bedeutete die vorübergehende Herrschaft des Kommunismus. Die Bauern-und-Arbeiter-Ideologie hatte für den »Wein der Könige« und »König der Weine« nicht besonders viel übrig. Doch mittlerweile ist das alte Tokajer-Erbe wiederbelebt, und man versucht mit einigem Erfolg an die alte Aszú- und Essenczia-Tradition anzuschließen.

Somit hätten die späte Lese und der legendäre edelfaule Süßwein also zwei Geburtsstätten und Entstehungsgeschichten. Nun gibt es aber noch eine weitere Süßweinlegende. Was nicht wirklich wundernimmt, denn wie würde die berühmteste französische Süßweinregion um den Ort Sauternes (südöstlich von Bordeaux) ohne eine passende Geschichte vor der Weinwelt dastehen? Natürlich wartet das bekannteste und anerkanntermaßen besonders gewissenhaft arbeitende Weingut mit der höchsten Qualifikation im Bordelais, das Château d'Yquem, ebenfalls mit einer entsprechenden Geschichte auf. Und auch hier soll – natürlich – Unpünktlichkeit im Spiel gewesen sein. Im Jahre 1847 soll der damalige Besitzer, Marquis Bertrand de Lur-Saluces, von einer Russlandreise verspätet zurückgekehrt sein und somit eine pünktliche Weinlese verhindert haben, was, wie in den beiden Fällen zuvor, zu besagtem Edelfäulebefall und zu noch legendäreren Weinen führte. Allerdings weisen Fachleute darauf hin, dass bereits die Weine einiger Jahrgänge zuvor von einer Qualität und Lebendigkeit waren, die darauf schließen lassen, dass auch schon damals die Ernte ziemlich edelfaul war. Vielleicht hat man sich in jenen Jahren des Schimmels einfach nur geschämt und den delikaten Tatbestand der Traubenfäule unter den Tisch gekehrt. (Was man übrigens auch vom Rheingau munkelt.)

Wie dem auch sei: Die Geschichte der Spätlese ist wohl eins der wenigen Beispiele dafür, dass an sich verdammenswerte Untugenden bisweilen grandiose Folgen haben können. Man sollte mithin in Zukunft mehr Nachsicht walten lassen. Wenn Sie also das nächste (und zum wiederholten) Mal auf Ihre Frau oder Ihren Mann warten: Fluchen Sie nicht ob der Unpünktlichkeit, seien Sie nicht ungeduldig, lassen Sie ihm oder ihr Zeit. Vielleicht – nun, ja –, vielleicht setzt sie oder er ja gerade – Edelfäule – an …?

Wer weiß, wozu das noch einmal gut ist.

Ta(r)tar

… wie die Ta(r)taren nach mongolischem Sturm als Legende und durch den Wolf gedrehtes rohes Fleisch auf europäischen Tellern landeten …

Sie ist nicht totzukriegen, die Legende von den Tataren. Egal, welche Enzyklopädie, egal, welches Kochbuch oder Küchenlexikon man aufschlägt: Immer wieder wird darauf verwiesen, dass das Tatar – also das frisch durch den Wolf gedrehte fettfreie Rindfleisch (Blume oder Oberschale), das zum Selbermischen mit gehackten Zwiebeln, Kapern und/oder Sardellenfilets, Petersilie, Salz, Pfeffer, Worcestersauce, Öl, Cognac und als Krönung mit einem rohen Eigelb serviert wird – auf die wilden Tataren zurückgehe. Die sollen nämlich einst ihr zähes Rindfleisch zum besseren und rohen Verzehr klein geschnitten, unter ihren Sätteln weich geritten und damit genießbar gemacht haben – Barbaren, die Tataren!

Gut, die Tataren hatten seit dem Beginn des 13. Jahrhunderts kein besonders gutes Image. Weder in Zentralasien, wo sie ursprünglich herkamen, noch in Europa, das sie mit ihren Bögen und Krummsäbeln beinahe im Sturm genommen hätten. (Zur Erläuterung: In Europa meinte man seinerzeit mit Tataren eigentlich jene gemischte Volksgruppe, zu der man später auch die Tataren selbst zählte und die wir heute Mongolen nennen, weshalb wir heute auch vom berühmten »Mongolensturm« sprechen und nicht vom »Tatarensturm«. Doch die mittelalterlichen Chronisten sagten nun einmal Tataren, wenn sie Mongolen meinten.)

Das Image der Mongolen (also Tataren) war deshalb so desaströs, weil sie sich quasi aus dem zentralasiatischen Nichts heraus mit brutalster Gewalt innerhalb von nur einem halben Jahrhundert eins der weltgrößten Imperien zusammengemordet hatten. Der Mongolensturm begann im Jahre 1206, als die mit Gewalt geeinten Nomadenhorden des Stammesfürsten Temüdschin, der als Dschingis Khan (»ozeangleicher Herrscher«) in die Geschichte einging, ihr mongolisches Kernland zwecks Eroberung solch machtpolitischer Kleinode wie China, Russland, Persien, Bulgarien, Polen und Ungarn (und noch vieler anderer) verließen. Und er endete folglich mit einem mongolischen Großreich, das vom Gelben Meer bis fast an die Ostsee reichte – und das nach 1260 ebenso schnell wieder zerfiel, wie es entstanden war.

Auf ihren Feldzügen waren die Mongolen alles andere als zimperlich. Es waren wilde Nomadenvölker, die da mit ihren schnellen und wendigen Pferden über den asiatischen Kontinent und über Osteuropa herfielen. Städte wie Zhondu (Peking) oder Kiew, Samarkand oder Bagdad wurden wie Tausende andere Städte verwüstet oder niedergebrannt. Die Stadtbewohner schob man bei der Eroberung gerne auch als Schutzschild vor sich her. Verletzten feindlichen Soldaten schnitten die mongolischen Frauen die Hälse durch – Weiberarbeit eben.

Um 1240 war Batu Khan, ein Enkel des Dschingis Khan, mit einer ca. 150000 Mann starken Armee im Westen bis nach Ungarn und sogar nach Schlesien vorgerückt. Und nachdem er 1241 in Liegnitz (Schlesien) ein deutsch-polnisches Heer vernichtend geschlagen hatte, schien die Mongolen nichts und niemand mehr davon abhalten zu können, immer weiter ins christliche Abendland vorzurücken – bis nach Gibraltar. Der Vormarsch kam lediglich deshalb zum Erliegen, weil – welch glückliches Geschick – der Großkhan Ögädäi im Westen der Mongolei gestorben war. Die mongolischen Führer, auch Batu Khan, wurden zur Wahl eines neuen Großkhans zurück nach Karakorum bestellt. Nur deshalb blieb der Westen von weiteren Einfällen der Mongolen verschont.

Doch insgesamt reichte ihr Auftreten bereits, um sich auch im Westen äußerst unbeliebt zu machen. Ganz Europa hatten die »Tataren« in Angst und Schrecken versetzt. Ludwig der Heilige (1214–1270), König von Frankreich, benannte die Tataren kurzerhand unter Einführung eines »r« um in die Tartaren, in Anlehnung an den »Tartaros« der griechischen Mythologie, den Abgrund, der sich noch unter der Unterwelt befand und in den Zeus seine übelsten Gegner stürzte. (Weshalb man das »Beefsteak Tatar« auch heute noch gerne »Tartar« nennt.) Und so sprachen denn auch die Chronisten resümierend fortan von den Tartaren: »Sie brachen aus den Felsen des Kaukasus hervor, um wie Teufel aus der Hölle des Tartaros auszuschwärmen. Heuschrecken ähnlich fielen sie über das Antlitz der Erde her und richteten furchtbare Verwüstungen im östlichen Teil Europas an, den sie mit Feuer und Gemetzel verheerten.«

Man erzählte sich wahrlich grausame Geschichten: von abgeschlachteten Frauen und Kindern und von den Ohren der toten Tartarenfeinde, die man stolz als Betätigungsnachweis in die Heimat schickte; man erzählte sich auch von Jungfrauen, die zu Tode geschändet worden wären und deren Brüste man abgeschnitten und als Delikatessen an die Mongolenfürsten geschickt hätte.

Barbaren waren es. Und solchen Barbaren kann man nun wirklich zutrauen, dass sie auch zähes Fleisch zum besseren Verzehr unter dem Sattel weich ritten, um es anschließend roh zu vertilgen – wie die Tiere. Doch in dieser Hinsicht tut man ihnen einfach unrecht. Zwar waren die Tataren ein barbarisches Nomadenvolk, das sich vornehmlich von seinen Rinder-, Schaf- und Ziegenherden ernährte, zwar war ihr maßgeblich von Fleisch, Milch, Eingeweiden, Innereien und Blut bestimmter Speiseplan alles andere als sonderlich appetitlich, zwar zapften sie in mageren Zeiten auch schon mal eine Ader ihres Pferdes an, um sich am Blut satt zu essen –, aber zähes Fleisch ritten sie nun mal einfach nicht weich, und roh aßen sie es auch nicht.

Die namensgebende Legende geht aller Wahrscheinlichkeit auf Reiseberichte zurück, die von Autoren zu Papier gebracht wurden, die den eigentlichen Sinn dessen, was sie da beobachtet hatten, wohl nicht erkannten und sich wegen sprachlicher Schwierigkeiten auch keine Klarheit verschaffen konnten. Hans Schiltberger aus München in etwa. Er verweilte im 15. Jahrhundert für einige Jahre als Sklave im Reich des Mongolen Tamerlan und beschrieb die Fleischprozedur wie folgt: »Ich hab auch gesehen ... das sy em fleysch nehmen vnnd es dünn schneydent vnnd legend es dann vnder den satel vn ryten darauff vn essen es dann so sy hungert. Aber sy saltzen es am erßten vnnd meinen es sey nicht schad ... wann der safft darauß kompt das tund sy wenn sy nit zeit die speyß zu bereitte haben.« Diese Interpretation des Weichreitens findet sich offenbar auch immer wieder bei späteren Autoren.

In den Jahren 1802 und 1803 gibt jedoch ein weiterer Asienreisender namens B. Bergman zu Protokoll, dass es sich bei der Deutung durch all seine Vorgänger um ein entsetzliches Missverständnis gehandelt haben musste. Die Mürbereiterei – in diesem Fall bei den mongolischen Kalmücken – diente wohl weniger dem späteren Fleischverzehr als vielmehr tiermedizinischen Zwecken: »Es herrscht ein allgemeines Vorurtheil, dass die Kalmuken

Fleisch unter ihren Sätteln gar machten. Man hatte vielleicht Stücke von Fleisch oder Fett unter den kalmükischen Sätteln bemerkt, und gleich den Irrthum ausgebreitet, dass die Kalmuken deswegen das Fleisch dahin legten, um es ungekocht und ungebraten zu verzehren, ohne zu bedenken, wie beschwerlich diese Art des Gahrmachens für die Pferde und wie widerlich (sic!) die mit Pferdeschweiß parfümierte Nahrung für die Kalmuken selbst seyn müsste. Die Kalmuken legen allerdings Fleisch und besonders Fett unter ihre Sättel, aber bloß um die Wunden, welche das harte Sattelholz auf dem Pferderücken verursacht hat, zu heilen: wenn das Pflaster seine Dienste gethan hat, wird es als unnütz weggeworfen. Ich habe ein Paarmal von diesem Vorurtheile mit Kalmuken gesprochen, und sie haben laut über die Albernheit der Europäer gelacht ... Die Kalmuken selbst sind so wenig Freunde von rohem Fleisch, dass sie sich über die Europäer aufhalten, die rohen Schinken essen können.«

Die Europäer aßen jedoch nicht nur rohen Schinken. Sie – und nicht die Tataren oder Mongolen – waren es, die auch rohes und durch den Wolf gedrehtes Rindfleisch aßen und bis heute essen, wenngleich das Tatar auf Deutschlands Speisekarten mode- und BSE-bedingt mittlerweile leider kaum noch zu finden ist. Gleichwohl: In Kochbüchern und Speisekarten ist das Tatar das küchensprachliche Synonym für alles, was man klein geschnitten verwurstet. Die »Sauce tatar« (Mayonnaise mit klein gehacktem Eigelb und Schnittlauch), Lachstatar, Käsetatar (z. B. mit Harzer Käse, Butter, Senf, Eigelb, Zwiebeln und Paprika), Muscheltatar, Koreanisches Tatar (mit kandiertem Ingwer, gehackten Mandeln, Apfel und Pinienkernen) oder auch Matjestatar u. v. m.

Stellt sich nur noch die Frage, wer beim Anblick des rohen Fleisches als Erster auf den Namen »Tatar« verfiel und damit die mongolischen Nomaden so herzlich beleidigte? Das soll angeblich Jules Verne (1828–1905) gewesen sein. In seinem Roman »Der Kurier des Zaren« (1876) soll erstmals das Rinderhack als »Tatar« erwähnt worden sein.

Der Autor konnte es wohl nicht besser wissen. Und wenn's tatsächlich stimmt: Es sei ihm verziehen, dem alten Phantasten – posthum und im Namen aller Ta(r)taren.

Trinken und Rauchen – Alkohol und Nikotin

... warum Alkohol trinkende Raucher eigentlich nichts weiter als verzweifelte Glücksritter sind ...

Morgens, bei der ersten Tasse Kaffee im Büro, beginnt man bereits, am tieferen Sinn des Unternehmens zu zweifeln. Klingelt das Telefon, nesteln die Hände reflexartig in allen Taschen und Schubladen nach Zigarettenschachtel und Feuerzeug – bis man sich auf den Grund der Erfolglosigkeit seines Tuns besinnt: Wir wollten doch aufhören zu rauchen! »Wir?«, fragt man sich allerdings spätestens am Nachmittag in der Sitzung zwischen unbedarft und sorglos qualmenden Kolleginnen und Kollegen. »Ich eigentlich nicht. Jedenfalls nicht heute. Vielleicht morgen.« Morgen aber wird es nicht leichter sein. Auch morgen wird es einen ersten Kaffee geben, ein erstes Telefongespräch und irgendeine verfluchte Sitzung.

Keine Frage: Die ersten Tage auf dem Weg zum Nichtraucher sind hart. Aber nichts und niemand stellt das Unternehmen Nichtrauchen vor eine derart brutale Nagelprobe wie das erste Glas Alkohol. Egal, ob es sich dabei um ein einfaches Bier gegen den Durst am Tresen handelt oder um den Alkoholmarathon in Begleitung eines abendlichen Menüs. Mag man den Aperitif noch nervös, aber nikotinfrei überstanden haben, mag man den letzten Bissen des Rehrückens noch mit einem runden Spätburgunder hinuntergespült haben, ohne vor Verzweiflung in ein Stuhlbein oder den Oberarm des Tischnachbarn gebissen zu haben – spätestens beim Digestif zum Espresso respektive beim abschließenden Wein vor dem Kamin ist Feierabend! Der Körper beginnt sich innerlich ächzend unter der Entscheidungsnot zu krümmen, die Lunge krampft und schreit nach Nikotin, der Blick wird trüb und abwesend, der Geist geht eigene Wege, der Puls rast ... Man muss sich entscheiden! Durchhalten? Oder einknicken, wie die 86 Male zuvor?

Die Situation ist Entwöhnungsalltag. Und sie kann eskalieren. Denn wenn jetzt die Dämme brechen, wenn der Raucher jetzt seinem Impuls nachgibt und wenn jetzt der Super-GAU eintritt und keiner der Anwesenden etwas Rauchbares anbieten kann, wenn der nächste Zigarettenautomat und die nächste Tankstelle in unerreichbarer Ferne liegen (was selten, aber bisweilen vorkommt!), dann kann das an einem solchen Abend schon mal die Tischdeko, den Ehepartner oder sonst einen vorlauten Gesprächspartner das Leben kosten.

Keine Frage: Pils und Pinot, Kölsch und Cabernet – das sind die größten Verführer und die größten Rückfallrisiken für den angehenden Nichtraucher. Denn Tabak und Trester, Qualmen und Cognac, das ist für einen wahren Raucher die Genuss-Kombi schlechthin. Und die Wissenschaft hat nun endlich herausgefunden, warum das so ist und wie man die Fesseln der Abhängigkeit sprengen kann.

Der Schlüssel zum Verständnis für die Beliebtheit der Genusskombination von Alkohol und Nikotin liegt in Hirnregionen, die biochemisch jenen Zustand herstellen, den der Mensch am liebsten hat: Glück! Normalerweise springt dieses System an, wenn man sich den angenehmeren Dingen des Lebens zuwendet. So zum Beispiel beim Sex oder wenn man sich anderen leiblichen Genüssen wie einem guten Essen hingibt. Der Körper produziert dann opiatähnliche Stoffe, die einen ausgesprochen angenehmen, bisweilen rauschähnlichen Zustand hervorrufen. Kennt jeder. Oder fast jeder.

In diesem System spielt ein Botenstoff namens Dopamin eine ganz entscheidende Rolle. Denn das in einer Region namens *Area tegmentalis ventralis* tief im Inneren des Gehirns produzierte Dopamin wird immer dann freigesetzt, wenn es gilt, zur Belohnung Glücksgefühle zu produzieren. Dopamin ist also eine Art biochemischer Glückseligmacher. Entscheidend: Sowohl Alkohol als auch Nikotin lassen die Menge des Dopamins augenblicklich in die Höhe schnellen. Letztlich heißt das: Wer raucht, sehnt sich nach Glück. Wer trinkt, auch. Wer raucht und trinkt, will sein Glück vervielfachen, denn raucht man nun zum Rotwein oder Bier, potenziert sich entsprechend die Dopaminmenge. Man verdoppelt quasi sein Wohlgefühl.

Nun ist Dopamin aber nicht nur ein Glücksbringer, sondern es greift auch in das Erinnerungs- und Lernvermögen des Gehirns ein. Das Gehirn soll sich nämlich Situationen, die derartige biochemische Freudentaumel hervorrufen, merken. Die Glück bringenden Umstände sollen sich gewissermaßen in die Festplatte einbrennen, und das für sehr lange Zeit. Bei manchen Menschen für Jahrzehnte. Darum also legt der Alkohol trinkende Raucher automatisch beim Öffnen der Flasche auch gleich eine Packung Zigaretten oder Zigarillos bereit. Es geht schließlich um sein Wohlbefinden.

Das Problem: Will er irgendwann das Rauchen aufgeben, wofür es ja gute Gründe gibt, wird er auch viele Jahre, nachdem er seine Gewohnheit abgelegt hat, immer wieder daran erinnert, wie schön es doch einst mit der Kombi Nikotin/Alkohol war. Denn das dopamingesteuerte Erinnerungsvermögen ist sehr effektiv: Dementsprechend kippen die meisten Raucher auf ihrem Weg ins Nichtraucherdasein auch bereits innerhalb des ersten Jahres um, die Mehrzahl bei einem Glas Alkohol. In der Regel schaffen es lediglich fünf Prozent der Dopaminjunkies, vom Glimmstängel loszukommen.

In einem Experiment mit Ratten hat man die enorme Kraft dieser geradezu zwanghaften Sucht nach Glück nachgewiesen. Durch eine Verdrahtung ihres Gehirns waren die Tiere in der Lage, per Knopfdruck in ihrem Gehirn eine Extradosis Dopamin freizusetzen. Die glücksgetriebenen Viecher steuerten permanent den Knopf an, vergaßen darüber sogar, sich zu ernähren. Selbst Sex zeigte keinerlei Anziehungskraft mehr. Die Ratten starben schließlich. Unterernährt und ohne Nachkommen – aber sehr glücklich. Man sagt ja allgemein, dass Tierversuche nicht eins zu eins auf den Menschen übertragbar seien. Dafür dürfen wir mitunter dankbar sein.

Die Hirnschaltkreise, die für das Dopaminglück und die lang anhaltende Erinnerung an angenehme Stunden zuständig sind, erweisen sich vor allem in der Jugend als besonders empfindlich und empfänglich. Wer also schon in der Pubertät beginnt, sich an die Kombination von Alkohol und Nikotin zu gewöhnen, wird es als Erwachsener besonders schwer haben, sich zu entwöhnen.

Entwöhnen sollte man sich nach heutigem Kenntnisstand am besten vom Rauchen. Denn Alkohol, zumindest in Maßen, scheint entgegen landläufiger Meinung ausgesprochen gesund und lebensverlängernd zu wirken – statistisch jedenfalls.

Die Kombination von Rauchen und Trinken hat eine zweischneidige Nebenwirkung. Nikotin scheint nämlich den Alkoholspiegel im Blut zu senken. Was auf den ersten Blick ein erfreulicher Umstand zu sein scheint, denn so kann der Raucher mehr trinken als der Nichtraucher und mithin Genuss und Glückszustand bis in die frühen Morgenstunden verlängern, ohne ins Koma zu fallen. Der Nachteil: Man trinkt Alkohol eben nicht immer und nur des geschmacklichen Genusses wegen, sondern auch wegen der angenehm tauben Backen. Um aber taube Backen zu kriegen, muss man als Raucher entsprechend mehr trinken, was die meisten Raucher ja auch gerne tun. Während aber das Nikotin den Alkoholgehalt des Blutes zu senken in der Lage ist, vermag es jedoch den Gehalt des Alkoholabbauprodukts Acetaldehyd nicht zu senken. Und Acetaldehyd wiederum wirkt toxisch, also negativ auf das Gehirn, die Leber und das Herz.

Was also tun, wenn man ins Lager der Nichtraucher überlaufen will? Wer nikotin*süchtig* ist, kann mittlerweile auf Präparate (Wirkstoff: Bupropion) zurückgreifen, die man aufgrund der oben beschriebenen Erkenntnisse bereits erfolgreich einsetzt. Sie puffern die Entzugserscheinungen, indem sie – wie Nikotin oder Alkohol – die Dopaminmenge künstlich in die Höhe schrauben.

Für alle anderen, die es allein mit ihrer Willenskraft schaffen wollen, gilt: Meiden Sie vorerst alle Lebensumstände, in denen Rauchen mit einem zweiten Glücksbringer kombiniert war. Machen Sie für längere Zeit vor allem um Alkohol einen Bogen. Und gönnen Sie sich als Ersatz andere Dopaminduschen. Zum Beispiel eine erhöhte Sexfrequenz.

Wenn Sie früher allerdings auch vor, während und nach dem Sex geraucht haben … also dann … ja, dann hieße das irgendwie … also das hieße dann: kein Nikotin, kein Alkohol und kein Sex … und das wäre dann … ja, also irgendwie …

Wie gesagt, man muss sich entscheiden.

Trüffel

... warum Trüffeln wie Goldnuggets gehandelt werden und warum Trüffelschweine eigentlich nichts weiter als geile Säue sind ...

Es war ein erstes Experiment, ein Feldversuch. Viele Jahre her. Es war der Beginn einer langen Wanderschaft, die vom Mensateller in lichtere Höhen der Genüsse führen sollte. So dachte man damals, man wusste ja nicht, wie dünn die Luft in lichten Höhen sein kann. Auch finanziell. Mit Wein hatte es bereits die ersten Geh- und Stehversuche gegeben. Geschnüffelt, gegurgelt, geschluckt und gespuckt. Man hatte Dekantieren gelernt, wusste mit Appellation und Grand Cru, mit Bordelais und Bouquet, Spätlese und Sauvignon etwas anzufangen. Zumindest theoretisch. Jetzt aber ging es um Feststoffliches. Um etwas Neues, das man noch nicht kannte. Jedenfalls praktisch. Es ging um Trüffeln.

Gelesen hatte man in der ein oder anderen Feinschmeckergazette über den sagenhaften Pilzfruchtkörper und seinen eigenwilligen Geschmack. Hatte gehört von Trüffelschweinen, Trüffelmärkten, den exorbitanten Preisen, die man für die seltsamen Pilzknollen auf den Märkten im Périgord oder im Piemont zahlen musste. Das alles hatte neugierig gemacht. Also ein erster, vorsichtiger Versuch. Mit Trüffelöl. Über selbst gemachten Teigtaschen mit einer Spinat-Ricotta-Füllung. Dazu einen 1964er Cantemerle – immerhin.

Dazu Freunde eingeladen. Auch die trüffelneugierig,

aber Biertrinker! Also im Vorfeld noch eine kurze Einführung ins kleine Einmaleins großer Weine aus dem Bordeaux im Allgemeinen und aus dem Médoc im Besonderen gegeben. Große Erwartungen geweckt. Ganz große. Dann, endlich: »Guten Appetit.« Die ersten Gabeln und ein erster prüfender Blick zum Gegenüber. Ob's schmeckt?

»Ja ... doch ... interessant, irgendwie. Aber auch ... muffig? Also ... nee, eher erdig! Aber irgendwie auch gammelig dieses Trüffelöl. Interessant.« Die Sprache eher verhalten. In den Gesichtern das, was man als Gastgeber am meisten fürchtet: Abscheu!

Und dann der Wein. Schon beim Öffnen erste Skepsis: Verdammich, der ist gekippt! In der Nase deutliche Anklänge von kaltem Feudel. Einem Feudel, mit dem zuvor der Keller gewischt worden sein musste. Ob Biertrinker so was wohl riechen? Mit Todesverachtung dem Gegenüber ein fröhliches »Zum Wohl« entgegengeschleudert. Am Gaumen dann umgehend die adstringierende Bestätigung für die nasale Ahnung. Im Gesicht gegenüber nur Fragezeichen. Große Fragezeichen. Und ein nachdenkliches, lang gedehntes: »Jaaa ... doch, schon.« Und dann der spannungsentladende Frontalangriff: »Nein! Ehrlich gesagt, also jetzt mal ganz ehrlich: Ich will ja niemanden beleidigen, aber ich finde, der Wein riecht scheiße, und er schmeckt scheiße! Grand Cru hin, Grand Cru her: Haste mal 'n kaltes Bier? Dann kann ich auch gleich diesen widerlichen Trüffelgeschmack mit runterspülen!« Zustimmendes Nicken, wohin man schaut.

Der weitere Abend: eine unterhaltsame, aber aspirinpflichtige Veranstaltung! Die Freunde? Bis heute Biertrinker. Und Trüffelhasser!

Viele Jahre später: Besuch in der Küche eines sternebehangenen Küchen-Künstlers, Koch des Jahres. Es ist

Dezember, Trüffelsaison. Zufällig anwesend: zwölf Jungmanager, die in kleineren Gruppen verteilt in der Küche dem Maître und seinen Stationsköchen über die Schulter schauen dürfen. Anschließend gibt es ein Dinner vorne im Gästeraum. Eine kleine vorweihnachtliche Aufmerksamkeit des Arbeitgebers. Die Firma zahlt. Dementsprechend gelöste Stimmung. Die ein oder andere Flasche Wein war wohl auch im Spiel. Der normale Restaurantbetrieb läuft nebenher auf vollen Touren. Plötzlich öffnet sich im hinteren Bereich der Küche eine unscheinbare Tür, die über den Hof nach draußen führt, der Lieferanteneingang. Sichtlich verunsichert ob der vielen fremden Gesichter, tritt unvermittelt aus dem Dunkeln jenseits der Tür ein kleiner, schmächtiger, dunkelhaariger Mann mittleren Alters in die küchenhell erleuchtete Szenerie. In der Hand hält er ein rot-weiß kariertes und an den Zipfeln zu einem Bündel zusammengebundenes Leinentuch. An seinem trapattonisch gebrochenen Deutsch lässt er sich unschwer als Italiener identifizieren.

Die Begrüßung durch den Maître fällt freundlich, aber knapp aus. Man kennt sich. Und man weiß, worum es geht. Während die beiden eher flüsternd ein paar Worte wechseln, sammeln sich die Jungmanager langsam um den Maître und seinen geheimnisvollen Gast. Es riecht nach einer kleinen Sensation. Schließlich öffnet der Italiener das rot-weiße Bündel auf einer Edelstahlanrichte und breitet seine heiße Ware aus. Zum Vorschein kommen fünfzehn »weiße«, teilweise faustgroße Trüffeln, *Tuber magnatum Pico*, aus der Region um Alba bei Turin im Piemont. Das Beste vom Besten. Sagen jedenfalls die Piemonteser. Was man als Franzose aus dem Périgord vielleicht bestreiten mag. Der kleine Italiener aber ist Piemontese. »Isse dasse Beste von de Besten. Isse ganze frische«, flüstert er dem Maître mit verheißungsvoller

Miene zu, als würde er ihm nicht weiße Trüffeln, sondern schwarzen Afghanen anbieten.

Frisch muss sie allerdings wirklich sein, die Trüffel. Zwei bis drei Wochen hält sie sich höchstens. Also hat sich der fliegende Knollenhändler direkt nach der »Ernte« in Italien mit seinem kostbaren Gut in einem unscheinbaren Kleinwagen auf den Weg gemacht, um seine Star-Klienten nördlich des Brenners mit dem wirklich Besten beliefern zu können.

Bevor jedoch der Maître die Trüffeln begutachten kann, greifen ungefragt zehn Managerhände gierig nach den begehrten Piemont-Pilzen. »Aah« und »Ooh« und »Sind die dick, Mann«, machen die Runde. Dem Knollenboten treibt es sichtbar die Schweißperlen auf die Stirn. Nervös tänzelt er von einem Bein aufs andere, folgt mit flinkem Blick jedem einzelnen Piemont-Pilz, auf dass auch nicht einer in irgendeiner grauen Hosentasche verschwinden möge. Denn jede einzelne Knolle ist eine mittlere Kostbarkeit. Dieses Jahr muss man bis zu 4000 Euro für das Kilo hinblättern. Das sind keine Pilze. Das sind Goldnuggets.

Der Maître bittet seine Jungmanager freundlich um Rückgabe. Fühlt sodann prüfend die ausreichende Festigkeit der gelblich grauen Edeltrüffeln, riecht und schnüffelt, sucht schließlich drei aus und grummelt seinem Knollenlieferanten leise zu: »Die nehm ich. Der Rest ist nicht so doll. Die sind für die Kollegen. Für die reicht das!«

Abgewogen wird auf einer elektronischen Waage mit zwei Stellen hinter dem Komma. Man will ja nicht pingelig sein. Aber bei *den* Preisen ... Ebenso unvermittelt, wie der kleine Italiener aus dem Nichts auftauchte, tritt er über die Hintertür auch wieder ins Dunkle ab – lautlos, unauffällig –, ein Dealer der Hochgenüsse.

Hier also finden sich in der Saison die Trüffel-Fans ein. Die wohlhabenden jedenfalls. Hier wird für vertrüffelte Gaumenfreuden ein Heidengeld bezahlt. Hier erhält man allerdings auch keine einfachen Teigtaschen mit Spinat und Trüffelöl. Hier nennt sich das »Oeuf tiède mit Rahmspinat und weißen Alba-Trüffeln«, was mit einem Eigelb gefüllte Nudelblätter in einem Rahmspinatspiegel beschreibt, nappiert mit geschäumter weißer Trüffelsauce und reichlich mit roh und dünn gehobelten weißen Alba-Trüffeln berieselt. Und davor geht man in die Knie.

In die Knie gehen Trüffelenthusiasten aber auch vor den ganz einfachen Kombinationen, die den Trüffeln möglichst viel Freiraum zur Entfaltung ihrer Aromen bieten. Und die erhält man auch in entsprechend einfacheren Etablissements, ob in Italien, in Frankreich oder in Deutschland – überall da, wo es genügend Trüffelfreunde und genügend Trüffeln gibt. Da erfährt ein einfaches Nudelgericht oder ein einfaches Risotto je nach Qualität der darüber gehobelten Trüffeln auch gerne mal eine spontane Wertsteigerung zwischen 15 und 40 Euro. Egal – der Fan zahlt.

Was also macht die Knollen nur so ungemein beliebt, so wertvoll? Ist es, wie es so manche Gastrokritiker und Kulturhistoriker behaupten, einfach der Wert? Gute Trüffeln (leider bisweilen auch schlechte) sind ja nicht nur teuer, weil es eine zahlwillige Nachfrageseite gibt. Die Preise sind auch deshalb so hoch, weil das Angebot knapp ist. Heute findet man in ganz Frankreich nur noch ein Neuntel der Mengen, die vor ca. hundert Jahren allein im Périgord zu finden waren.

Trüffeln lassen sich auch nicht züchten – wovon man hin und wieder zwar träumt, was man hin und wieder auch vollmundig ankündigt, was bisher aber immer sehr kleinlaut endete. Die unterirdisch wachsenden Trüffeln lieben die symbiotische Nähe zu Eichen, Kastanien, Buchen und Haselnusssträuchern. Und Trüffelsucher wissen auch, dass sich bisweilen in verräterischer Nähe der Parasitärpilze eine bestimmte Fliegenart aufhält, weil sie ihre Eier in der manchmal nur wenige Zentimeter unter der Erdoberfläche befindlichen Knolle abzulegen beliebt. Doch die an den Wurzeln der Wirtspflanzen zum Myzelgeflecht einladenden kleinbiotopischen Verhältnisse vermochte bisher niemand künstlich nachzuahmen. Also bleiben sie vorerst ein von ungelösten Geheimnissen umgebenes und damit teures Objekt der feinschmeckenden Begierde.

Ist es somit also wirklich der Wert und das Prestige, dass sie begehrt machen? Liegt nahe, weil es in bestimmten Kreisen immer schon so war. Bereits im alten Rom haben sich die Privilegierten um des Prestiges willen Dinge in den Schlund geschoben, über deren Qualität man trefflich hätte streiten können. So machte sich bereits Horaz (84–8 v. Chr.) über die in Rom vorherrschende Küchenphilosophie des *quod rarus, est carus* lustig. Das tranige und zähe Pfauenfleisch beispielsweise sei nur deshalb eine Delikatesse, »weil der seltene Vogel mit Gold bezahlt wird und mit einem prächtigen Schweif Parade macht ... Als ob das was zur Sache täte!«

Der Schriftsteller und Kunstkritiker Jean-Loius Vaudoyer (1883–1963) blies 1800 Jahre später hinsichtlich der Trüffeln in ein ähnliches Horn, als er bemerkte, dass es eigentlich nur zwei Typen von Trüffelliebhabern gäbe: »Solche, die glauben, Trüffeln seien gut, weil sie so teuer sind, und solche die wissen, dass sie so teuer sind, weil sie so gut sind.« Vaudoyer war Franzose und glaubte an Letzteres.

Es mag also tatsächlich so sein, dass es Trüffelkonsumenten gibt, die in erster Linie das Prestige sehen, wenn sie Trüffeln schmecken. Andererseits: Trüffeln schmecken derart intensiv und eigenwillig – wer das nicht wirklich mag, tut es sich aus reiner Prestigesucht kaum an. Liegt es also an etwas anderem? Vielleicht an der immer wieder zitierten und legendären libidinösen Wirkung der dunklen oder weißen Knollen? Der große französische Gastrosoph des 19. Jahrhunderts, Brillat-Savarin, behauptet in seiner »Physiologie des Geschmacks«, dass Trüffeln »erotische neben gourmandisischen Erinnerungen bei dem Geschlecht erweckt, das Jupons [Anm. d. A.: eleganter Damenunterrock] trägt, und gourmandisische neben erotischen bei jenem, das Bärte trägt«.

Dass Trüffeln tatsächlich etwas mit Erotik zu tun haben könnten, darauf verweist die seit dem 15. Jahrhundert praktizierte Form der Suche mit Trüffelschweinen. Lange hat man gerätselt, warum ausgerechnet Schweine die besten Trüffelsucher und -finder waren, warum sie so zielsicher den unter dem Erdboden befindlichen Pilz mit ihrer im Vergleich zum menschlichen Pendant zugegebenermaßen sehr viel sensibleren Nase orten können. Heute weiß man: Es ist die erotisierende Kraft eines – in seiner Reinform nach Urin riechenden – Pheromons, Androstenol genannt. Dieses Androstenol befindet sich in ausreichend erschnüffelbarer Menge in den Trüffelpilzen.

Was die weiblichen Schweine da riechen, wird allerdings normalerweise in den Hoden der Eber produziert und über den Blutkreislauf in deren Speichel transportiert. Den schäumen die Eber in ihrem Maul kräftig auf und signalisieren mit dem so verdampfenden Androstenol den paarungswilligen Schweinedamen deutlich, was die Stunde geschlagen hat. Das turnt die Damen an. Trüffelschweine sind also streng genommen nichts weiter als geile Säue. Weshalb man heute vornehmlich auf Trüffeln trainierte Hunde zur Suche einsetzt. Hunde können die Pilze genauso gut riechen, fressen sie aber nicht, wie so manche Sau, vor lauter Liebe gleich auf.

Nun hat die Tatsache, dass sich auch im menschlichen Schweiß Androstenol befindet, bei manchem Zeitgenossen vorschnell die Ahnung evoziert, dass hierin tatsächlich der Grund für eine vermeintlich aphrodisierende oder gar die Potenz fördernde Wirkung der Trüffeln liegen könnte. Doch da wiegelt die Wissenschaft ab: Zwar transportiert auch und gerade der Mensch über den Körperschweiß auch und gerade sexuelle Signale, doch das schweinische Androstenol wirkt gerade beim Menschen nicht wie bei der Sau – worüber wegen der ansonsten anstehenden Verwechslungsgefahr im Schweinekoben vielleicht besonders der Bauer durchaus froh sein mag.

Wenn es also auch nicht die sexuelle Lust steigert: Was ist es dann? Was riecht, was schmeckt man, dass manche Menschen so hingerissen und verzückt von Trüffeln sind? Olfaktorisch geschulte Nasen riechen feine, verführerische Nuancen in Trüffeln, riechen Honig, Heu und noch viel mehr. Ja, gut, man riecht auch Honig oder Heu, Knoblauch oder Käse. Doch selbst der feurigste Trüffel-Fan würde beim Betreten einer Küche, in der gerade frische Trüffel gehobelt wurde, niemals ausrufen: »Holdrio, ich rieche Heu, ich rieche Honig!«

Riecht und schmeckt der Trüffelliebhaber unter all den Honig- und Heunoten nicht tatsächlich etwas ganz anderes, etwas »Schweinisches«? Vermitteln die unterirdische Muffigkeit, die erdige, modrig morbide Fauligkeit nicht tatsächlich etwas Archaisches, etwas Triebhaftes? Manifestiert sich in der Trüffel geruchlich und geschmacklich nicht der triebgesteuerte Urgrund unserer bestialischen Existenz? Riecht und schmeckt es nicht nach brünstigem »Mehr«!? Riecht es nicht nach all dem, was wir kulturbedingt mit Sprays, Deos, Rasierwässern und Parfüms beständig zu übertönen genötigt sind, um nicht in die soziale Isolierung abzudriften, was aber unsere natürliche Existenz begründet? »Süßer Gestank, vor Geilheit ganz krank«, hat Marius Müller-Westernhagen das Animalische, das »Schweinisch-Trüffelige« im Menschen in einem Blues und ohne weitere Umschweife einmal besungen. Der Trüffelliebhaber stellt sich dem. Der Trüffelhasser scheut es. So könnte es sein.

Aber es könnte natürlich auch alles ganz anders sein. Waverley Root beklagte einmal angesichts all der bisweilen verzweifelten Bemühungen, sich der Trüffel interpretierend zu nähern, dass jedweder Versuch, Geruch und Geschmack von Trüffeln zu beschreiben, bisher wirklich nicht mehr als minderwertige Lyrik hervorgerufen habe. »Trüffeln schmecken wie Trüffeln, das ist das ganze Geheimnis.« So könnte es sein. Vielleicht ist das tatsächlich das ganze Geheimnis.

Als Trüffel-Fan könnte man auch neudeutsch und ungehemmt ehrlich sagen: Trüffeln riechen geil. Und Trüffeln schmecken geil. Und dafür zahl ich. Punkt!

Lassen wir's einfach dabei.

Umami

… warum Geschmacksverstärker als Sündenfall in der gehobenen Küche gelten und wie »umami« die Landkarte der Zunge neu gezeichnet hat …

Letztlich ist ja alles nur eine Frage des guten Geschmacks. Und über Geschmack lässt sich bekanntlich streiten. Schmeckt das? Oder schmeckt das nicht? Schmeckt das gut? Oder schmeckt das nicht gut? Geschmacksfragen mutieren bisweilen jedoch zu Glaubensfragen. Dann wird der Katechismus der reinen Lehre diskutiert. Was darf man wo reintun, damit es schmeckt? Und wenn man etwas wo reingetan hat, darf das dann noch schmecken? Oder darf das nicht mehr schmecken, obwohl es schmeckt?

Glaubensfragen münden mit hoher statistischer Wahrscheinlichkeit in Glaubenskriege. In der Kirche wie in der Küche. In der Küche führt man seit Jahr und Tag den Krieg ums Glutamat, das man gemeinhin auch einfach Geschmacksverstärker nennt. Hierzulande trifft man auf Glutamat (E 621) vornehmlich auf Etiketten in der Rubrik Inhaltsstoffe – eingebettet zwischen künstlichen Aromen, Zusatzstoffen und einer Vielzahl von weiteren E-Nummern, die kritische Geister als Magen-Darm-Granaten aus den Rüstungskammern der Lebensmittelchemie betrachten. In gekörnter Gemüsebrühe, in Würsten, in Fertigsaucen und Fertigfonds, allüberall findet sich Glutamat. Die Atheisten in der Welt der Kulinarik, also all jene, die an nichts glauben, denen Inhaltsstoffe – auch gesunde – völlig egal sind, die Dosen- und Tütenkost, Junk, Fast und Convenience Food goutieren, interessiert die ganze Diskussion ums Glutamat einen feuchten Kehricht.

Für Naturköstler und Feinschmecker aber – die Hüter des wahren Glaubens – kommt Glutamat aus dem Reich des Bösen. Die Verwendung von »künstlichen« Geschmacksverstärkern zählt hier zum Sündenfall schlechthin, zum Verstoß gegen die tugendhaften Gebote, die da lauten: Frische, Qualität und Eigengeschmack – aufs Meisterliche zusammengefügt unter Verwendung natürlicher Würze allein aus Gottes Kräutergärten.

Wenn sich nun, wie geschehen, zwei namhafte und mit Punkten und Sternen reichlich gesegnete Küchen-Kardinäle aus Düsseldorf und Hamburg als Häretiker erweisen, dann reagiert die heilige Kongregation des ausgezeichneten Wohlgeschmacks mit lautem Wehklagen. Die Häresie der Abtrünnigen bestand in der öffentlichen Bekanntgabe, in ihren Tempeln der Gaumenfreuden regelmäßig Glutamat zu verwenden – so selbstverständlich wie Knoblauch, Salz oder Pfeffer. Solcherlei Beichten kommen in der Feinschmeckerszene dem Geständnis des Papstes gleich, zu masturbieren oder die alltäglichen Dienste der römischen Straßenprostitution in Anspruch zu nehmen. Das ist gotteslästerliches Verhalten! Und das ruft die heilige Inquisition auf den Plan. »Sterne-Entzug« und »Konsumentenboykott«, donnerte es von den Kanzeln der Gastrokritik und fand gläubigen Widerhall in Teilen der schmatzenden Gemeinde. Denn: Es geht um die reine Lehre. In Deutschland vor allem.

In Frankreich ausgerechnet, wo bekanntlich der liebe Gott zu speisen pflegt, sieht man die ganze Diskussion ums Glutamat und um Aromastoffe in der Sterneküche etwas entspannter. Und das nicht erst seit gestern. Aus den frühen Achtzigern wird in Kennerkreisen bis heute immer wieder gerne die hübsche Anekdote von jenem deutschen Koch-Apostel erzählt, der sich der französischen Leitidee des Paul Bocuse verpflichtet fühlte und dessen Küchen-Evangelium er wie ein Rufer in der germanisch-kulinarischen Wüste verkündete. Eines Tages wurde er der bitteren Erkenntnis gewahr, dass ausgerechnet der Erfinder der Nouvelle Cuisine selbst, Paul Bocuse, einen Dosen- und Gläserversand betrieb, der ohne Konservierungsstoffe und Geschmacksverstärker de facto nicht auskommen konnte. Also rief er voll inbrünstigen Glaubens bei Herrn Bocuse an, um ihn mit Vorhaltungen zu konfrontieren und ihn wegen seines Verrats zur Rede zu stellen. Nachdem er seine Klage vorgetragen hatte, verharrte er einen Moment – schweigend, mit dem Hörer am Ohr –, bis er schließlich mit Tränen in den Augen auflegte. »Er hat Arschloch zu mir gesagt«, sollen seine letzten Worte gewesen sein, bevor es ihn in die Depression trieb. So müssen sich Feldherren fühlen, wenn man ihnen den Verlust ganzer Bataillone meldet.

Dabei ist die ganze Aufregung ums Glutamat schon lange keine Glaubensfrage mehr. Sie war und ist vielmehr im wahrsten Sinne eine reine Geschmacksfrage, was im öffentlichen Diskurs allerdings noch nicht wirklich zur Kenntnis genommen wurde. Glutamat bzw. das durch Glutamat im Mund ausgelöste Empfinden ist nämlich längst neben sauer, süß, salzig und bitter als ein eigener Geschmack identifiziert worden. »Umami« taufte sein japanischer Entdecker diesen Geschmack, was so viel wie »wohlschmeckend« bedeutet. Das »umami« schmeckende Glutamat ist also weder ein Geschmacks*verstärker*, noch ist »umami« das Resultat einer wie auch immer gearteten Mischung aus den vier klassischen Geschmäckern süß, sauer, salzig und bitter – wie man lange Zeit vermutet hat. Die Landkarte der Zunge, wie wir sie seit gut 100 Jahren kennen, ist vielmehr wissenschaftlich längst um »umami« als fünftem Geschmack erweitert worden.

Als Entdecker des Glutamats und des »umami«-Geschmacks gilt der japanische Universitätsprofessor für Chemie, Kikunae Ikeda, der im Jahre 1908 vor einem Suppennapf Dashi – einer Brühe mit Seetang, Pilzen, Trockenfisch und Tofu – saß und sich fragte, warum sein Tofu, dieser aus Sojabohnen hergestellte und relativ geschmacksneutrale Quark, in Kombination mit einem Löffel (von Natur aus glutamatreicher) Tangbrühe so viel besser schmeckte. Er machte sich chemisch auf die Suche und fand als Hauptverantwortlichen für den »umami«-Geschmack das (Natrium-)Glutamat, ein Salz der in fast allen Eiweißen natürlich vorkommenden Glutaminsäure, die eine der am weitesten verbreiteten Aminosäuren darstellt. Der geschäftstüchtige Professor Ikeda beschloss daraufhin, aus dem isolierten Glutamat ein Würzmittel zu fabrizieren, dessen Rezept zur Herstellung er sich schließlich patentieren ließ. 1917 verkaufte er sein Patent an die Firma Ajinomoto, die bis heute der weltgrößte Hersteller von Glutamat ist.

Was Ikeda zu Beginn des letzten Jahrhunderts behauptete, dass nämlich »umami« tatsächlich ein eigenständiger Geschmack ist, konnten unlängst amerikanische Wissenschaftler nach gut 90-jähriger Wartezeit endlich bestätigen: Ein Forscherteam der Universität Miami fand auf der menschlichen Zunge einen Rezeptortyp (taste-mGluR4), der auf Glutamat reagiert und den Reiz in ein elektrisches Signal umwandelt.

Wie bei allen anderen Geschmacksrichtungen funktioniert es eben auch beim Glutamat: Geschmacksmoleküle treffen auf der Zunge auf einen entsprechend ausgerichteten Rezeptor, an den das Molekül nach dem Schlüssel-

Schloss-Prinzip andocken kann. Das dadurch ausgelöste Signal wird ans Gehirn weitergeleitet. Und im Falle des Glutamats klingelt es hier dann: »Umami!«. Zumindest beim Japaner. Beim Europäer hat sich »umami« sprachlich noch nicht so recht durchgesetzt. Ein eigenes Wort für das, was man da schmeckt, gibt es bisher auch noch nicht. Wer hierzulande eine feine Zunge hat und »umami« schmeckt, beschreibt es in der Regel einfach mit »Geschmacksverstärker«.

Mittlerweile weiß man, dass für »umami« neben dem – künstlichen oder natürlich in Lebensmitteln vorkommenden – Natriumglutamat noch einige weitere Substanzen eine entscheidende Rolle spielen, die in Kombination den »umami«-Geschmack um ein Vielfaches erhöhen können – zum Beispiel die so genannten Nukleotide, DNA-Fragmente aus den Zellkernen sich zersetzenden biologischen Materials, wie beispielsweise Fleisch. Und so sind von Natur aus glutamatreiche Fisch- und Würzsaucen ebenso wie Kombinationen aus glutamatreichen und proteinhaltigen Nahrungsmitteln in den Küchen Asiens ebenso wie Europas schon seit langem bekannt und sehr beliebt – weil es nun mal so lecker nach »umami« schmeckt. In Japan beispielsweise ist die Kombination aus Fisch und glutamathaltigem Seetang beliebt. In China mag man Schweinefleisch und Garnelen, und in Italien sind Pizza und Pastagerichte der Renner, die mit extrem glutamathaltigen reifen Tomaten, mit Pilzen und dem König der glutamathaltigen Lebensmittel, dem Parmesan, bestreut werden. »Umami« scheint überhaupt die Zauberformel für die ungeheure Beliebtheit der einfachen italienischen Küche zu sein.

Weil nun also glutamathaltige und damit »umami« schmeckende Speisen ganz offensichtlich sehr populär sind und eine lange Tradition haben, liegt es nahe, dort, wo nur wenig »umami« drin ist, mit einem bisschen Glutamat dem »umami« auf die Sprünge zu helfen. Ob nun in Form von Sojasauce oder mit Hilfe der farblosen Glutamatkristalle. Und dezent eingesetzt kann man – offenbar sogar in der Sterneküche – ein durchaus angenehmes Geschmackserlebnis erzielen. (Mit salzigen und sauren Speisen schmeckt Glutamat übrigens sehr viel »umamiger« als mit süßen oder bitteren Speisen.) Überwürzt man allerdings eine Speise mit Glutamat, drängt sich der Geschmack wie bei allen Gewürzen unangenehm und mit einem dumpfen Nachhall in den Vordergrund, was man bei so mancher Fertigsuppe oder Überdosierung mit gekörnter Brühe sofort auf der Zunge spürt.

Doch wonach schmeckt »umami« denn nun eigentlich? Schwer zu sagen. Die Beschreibungen von »umami« reichen von pikant über voll, intensiv, fleischig, würzig bis hin zu abgerundet und vollmundig. Jedenfalls lösen Speisen, die »umami« schmecken, ähnlich wie Süßes und Fettiges (Schokolade!) ein Wohl- oder auch Lustgefühl (Hedonie) aus. Und das macht entwicklungshistorisch ja tatsächlich auch Sinn. Denn Geschmacksnerven wurden zuvorderst nicht für den Besuch von Sternelokalen erfunden, sondern als Steuermechanismus für die Nahrungsauswahl. So signalisierte süß dem küchentechnisch noch etwas rückständigen und im tiefen Neandertal nomadisierenden Urmenschen reife Früchte und energetisch hochwertige Nahrung aus Kohlenhydraten. Sauer schützte ihn vor unreifen Früchten, bitter vor giftigen Substanzen. Salz zeigte die für den Mineralhaushalt wichtigen Salze und Mineralien an. Und »umami« signalisiert von jeher die für den Menschen ebenso wichtigen (Fleisch-)Proteine, also Eiweiße. Für Fett, ein nicht minder bedeutender Nahrungsbestandteil, hat man mittlerweile als sechste Geschmacksrichtung übrigens ebenfalls

Rezeptoren gefunden. Die Wissenschaft geht davon aus, dass man für zehn bis zwanzig weitere Geschmäcker noch entsprechende Rezeptoren wird finden können.

Das schlechte Image von Glutamat rührt vor allem von dem seit 30 Jahren immer wieder und viel diskutierten so genannten China-Restaurant-Syndrom her. 1968 berichtete Dr. Robert Ho Man Kwok im New England Medicine Journal von den Symptomen, die er regelmäßig nach dem Besuch eines Chinarestaurants an sich feststellen konnte: Kribbeln im Nackenbereich, Kopfschmerzen, Taubheit im Mund und heftiger Durst. Eine Flut von Leserbriefen war die unerwartete Reaktion. Und in jedem Leserbrief wurde von ähnlichen Erfahrungen berichtet. Die Palette der angeblichen Symptome und ihrer Kombinationen nahm dramatisch zu: Krämpfe, Herzrasen, Schwindel- und Schwächeanfälle. Nach ersten Untersuchungen war der vermeintliche Schuldige auch schnell gefunden: Natriumglutamat. Was natürlich ein gefundenes Fressen für die Medien war, die das Ihre dazu beitrugen, dass das China-Restaurant-Syndrom in aller Munde war und blieb.

Auch wenn eine Vielzahl von Studien und Doppelblindversuchen belegte, dass es wohl einer gewissen Hysterie, stark psychosomatischen Tendenzen und Pseudoallergien zu schulden war, dass so auffällig viele Menschen plötzlich am China-Restaurant-Syndrom litten. Auch wenn weiter gehende Untersuchungen darauf hindeuteten, dass vermutlich Histamin, das sich bei der Verdauung beliebter chinesischer Zutaten wie Sojasauce und schwarzen Bohnen bildet, ein Hauptverdächtiger für allergische Symptome sein könnte: Von lieb gewonnenen Feinden trennt man sich nur ungern. Das schlechte Image blieb, Glutamat war – der Eindruck drängt sich auf – der ideale Sündenbock. Bisher ist nichts wirklich entschieden. Es wird weitergeforscht.

Einige Lebensmittelhersteller reagierten auf die Furcht der Verbraucher vor glutamatbedingten Ausfallerscheinungen mit einem kleinen, aber wirksamen »Etikettenschwindel«. Aus Angst vor der Unverkäuflichkeit ihrer Produkte wichen sie bei der Zutatenliste auf Ersatzstoffe aus, beispielsweise auf den ebenfalls glutamatreichen Hefeextrakt. Damit erzielt man geschmacklich den gleichen Effekt, kann aber das Etikett kundenfreundlicher gestalten und nimmt das betreffende Produkt aus der Schusslinie des Käuferboykotts. Auch hinter »Aroma« oder »Weizenprotein« verbirgt sich nichts anderes als Glutamat. Was es für all jene Menschen, die tatsächlich an einer Überempfindlichkeit gegen Glutamat leiden, nicht leichter macht. Denn die gibt es unbestritten: Menschen, die auch bei einer relativ niedrigen Dosierung von natürlichem oder auch künstlich angereichertem Glutamat unangenehme Intoleranzsymptome aufweisen. Für all diese geplagten Menschen kommt nun aus den küchenchemischen Werken eine neue, angeblich nebenwirkungsfreie »umami«-Substanz: Alapyridain heißt das neue Wundermittel, das wie Glutamat »umami«-Hedonie erzeugen soll. Das ist toll. Da freuen wir uns. Das Problem in der Sterneküche löst Alapyridain allerdings auch nicht.

Denn man mag den betreffenden Gastrokritikern analog zum Glutamatallergiker Überempfindlichkeit und Intoleranzsymptome vorwerfen, wenn sie über jene geständigen Küchen-Kardinäle den Stab brechen, die sich zum glutamatbeschleunigten »umami« auf ihren Tellern bekannt haben. Aber: Diskutieren wird man dürfen, ob es in einer ausgezeichneten Küche mit ebenso ausgezeichneten Preisen erlaubt ist, Kohlrabi mit einer Prise Glutamat (oder demnächst Alapyridain) »runder« zu machen oder dem Zwiebelsaft die Bittertöne zu nehmen.

Es wird wohl eine längere Diskussion. In Deutschland. Denn, wie gesagt, es geht um die reine Lehre.

Und es bleibt zu vermuten, dass die Glutamat-Geständigen es dereinst noch bereuen werden, sich beizeiten nicht an die alte lateinische Weisheit des Boethius in seinem »Trost der Philosophie« erinnert zu haben: »Si tacuisses, philosphus mansisses.« (Wenn du doch nur geschwiegen hättest, du wärst ein Philosoph geblieben.) Denn ob die Gastrokritik – wie behauptet – ihnen tatsächlich schon vor ihrem öffentlichen Geständnis auf die Schliche gekommen war, sich allerdings ohne die Selbstoffenbarung der Betroffenen zur Zurückhaltung verpflichtet fühlte, bleibt dahingestellt.

Man sieht: Es ist – gerade beim Glutamat – alles eine reine Frage des guten Geschmacks.

Literatur (Auswahl)

Altwegg, Jürg: *Die Kochkunst geht auf die Straße. Der Siegeszug des Restaurants in der Französischen Revolution*, in: Speisen, Schlemmen, Fasten. Eine Kulturgeschichte des Essens, Frankfurt a. M. 1995.

Andreae, Illa: *Alle Schnäpse dieser Welt*, Herford 1998.

Bächtold, Daniel: *Moderne Methoden der Züchtungsforschung*, in: NZZ 19.9.2001.

Bächtold-Stäubli, Hanns; Hoffmann-Krayer, E. (Hrsg.): *Handwörterbuch des Deutschen Aberglaubens*, Berlin/Leipzig 1927.

Balick, Michael J.; Cox, Paul Alan: *Drogen, Kräuter und Kulturen. Pflanzen und die Geschichte des Menschen*, Heidelberg/Berlin/Oxford 1997.

Barrett, Jean T.: *The Opus One Winery*, in: Wine Spectator 15.11.1995.

Baumgartner, Emmanuèle; Ménard, Philippe: *Dictionnaire étymologique et historique de la langue française*, Paris 1996.

Beattie, Owen; Geiger, John: *Der eisige Schlaf. Das Schicksal der Franklin-Expedition*, Köln 1990.

Bendel, Lothar: *Das große Früchte- und Gemüselexikon*, Düsseldorf 2002.

Benecke, Mark: *Mensch Muschel*, in: Die Zeit 42/1997.

Bertschi, Hannes; Reckewitz, Marcus: *Von Absinth bis*

Zabaione. Wie Speisen und Getränke zu ihrem Namen kamen und andere kuriose Geschichten, Berlin 2002.

Beuchert, Marianne: *Symbolik der Pflanzen. Von Akelei bis Zypresse*, Frankfurt a. M./Leipzig 1995.

Beythien A.; Dressler Ernst (Hrsg.): *Merck's Warenlexikon für Handel, Industrie und Gewerbe*, Manuscriptum, (Nachruck der Ausgabe von 1920), Recklinghausen 1996.

Bouvet, Jean-François: *Vom Eisen im Spinat und anderen populären Irrtümern. Beliebte Volksweisheiten und kuriose Denkfehler unter die Lupe genommen*, München 1999.

Brendel, Matthias; Jacobs, Holger: *Hummer*, München 2001.

Brillat-Savarin, Jean Anthelme: *Physiologie des Geschmacks oder Betrachtungen über das höhere Tafelvergnügen*, Frankfurt a. M./Leipzig 1979.

Bürge, Ignaz u. a.: *Anthropogenic Marker for Wastewater Contamination*, in: Environmental Science & Technology 37/2003.

Casanova, Giacomo: *Aus meinem Leben*, Ditzingen 1989.

Danforth, Randy (Hrsg.): *Culinaria. USA*, Köln 1999.

Davidson, Alan: *The Oxford Companion To Food*, London/New York 2002.

Dominé, André (Hrsg.): *Culinaria. Französische Spezialitäten*, Köln 1998.

Dominé, André; Römer, Joachim; Ditter, Michael (Hrsg.): *Culinaria. Europäische Spezialitäten*, Köln 1999.

Duff, Gail; Holder, Katy: *Knoblauch*, München 1998.

Dumas, Alexandre; Baiculescu, Michael u. Veronika (Hrsg.): *Das große Wörterbuch der Kochkunst*, Wien 2002.

Dumont, Céderic: *Kulinarisches Lexikon*, Bern/Stuttgart 1997.

Duve, Karen; Thies, Völker: *Lexikon berühmter Pflanzen. Vom Adamsapfel zu den Peanuts*, Zürich 1999.

Elias, Norbert: *Über den Prozess der Zivilisation*, Frankfurt a. M. 1997.

Engelhardt, Carl August: *Das große Campement bei Zeithayn und Radewitz in der Mühlberger Gegend 1730*, Oschatz 2000 (Neudruck der Ausgabe Mühlberg von 1803).

Evennet, Karen: *Genuss ohne Reue. Neues und Bewährtes vom »Wunderheilmittel« Knoblauch*, Zürich 2002.

Gärtner, Harald: *Chemie*, München 1995.

Gasser, Manuel: *Köchelverzeichnis. Kulinarische Erinnerungen und Erfahrungen mit vielen seltenen Rezepten*, Frankfurt a. M./Leipzig 1998.

Gerloff, Eckhard; Schmitt, Harald: *Fisch. Hummer & Mehr*, Bielefeld 1990.

Giesler, Renate: *An der Wurzel des Einkommens*, in: Akzente 1/2002.

Göldenboog, Christian: *Champagner*, Stuttgart 1998.

Grimm, Hans-Ulrich: *Ein Pils für Kuh Elsa. Zen oder die Kunst, ein Rindvieh zu halten*, in: Cotta's kulinarischer Almanach No. 9, Stuttgart 2001.

Gutknecht, Christoph: *Pustekuchen. Lauter kulinarische Wortgeschichten*, München 2002.

Habs, Rudolf; Rosner, Leopold (Hrsg.): *Appetitlexikon*, Badenweiler 1997.

Haining, Peter: *Das große Gespensterlexikon*, Düsseldorf 1983.

Haley, Alex (Hrsg.): *Der schwarze Tribun. Malcolm X*, Frankfurt a. M. 1966.

Harris, Marvin: *Wohlgeschmack und Widerwillen. Die Rätsel der Nahrungstabus*, Stuttgart 1995.

Hengartner, Thomas; Merki, Christoph Maria (Hrsg.): *Genussmittel. Ein kulturgeschichtliches Handbuch*, Frankfurt a. M. 1999.

Hopkins, Jerry: *Skurrile Spezialitäten. Insekten, Quallen und andere Köstlichkeiten*, Frechen 2002.

Imbach, Josef: *Was Päpsten und Prälaten schmeckte*, Würzburg 1997.

Imhof, Paul (Hrsg.): *Culinarium. Essen und Trinken in der Schweiz*, Zürich 2003.

Johnson, Hugh: *Hugh Johnsons Weingeschichte*, Bern/Stuttgart 1990.

Kiple, Kenneth F.; Ornelas, Kriemhild Coneè (Hrsg.): *The Cambridge World History of Food*, Cambridge 2000.

Klett, Michael: Lob der Köche, in: Cotta's kulinarischer Almanach No. 10, Stuttgart 2002.

Klink, Vincent: *Die Entleibung der Speisen und das Gaumenlusteinmaleins der Eingeweide*, in: Cotta's kulinarischer Almanach 1995/96, Stuttgart 1994.

Kneissler, Michael: *Medizin zum Pflücken*, in: P. M. 8/2003

Kreuter, Peter Mario: *Der Vampirglaube in Südosteuropa. Studien zur Genese, Bedeutung und Funktion*, Berlin 2001.

Küster, Hansjörg: *Kleine Kulturgeschichte der Gewürze. Ein Lexikon von Anis bis Zimt*, München 1997.

Küster, Jürgen: *Wörterbuch der Feste und Bräuche im Jahreslauf*, Freiburg im Breisgau 1985.

Lamalle, Jaques; Knaup, Peter: *Die Châteaux des Médoc*, München 1998.

Lämmel, Reinhard: *Ein guter Sachs' will genießen – nicht prassen ... Ein Gang durch die Historie der sächsischen Essgewohnheiten*, Dresden 1997.

Liebster, Günther: *Warenkunde, Band 1 Obst/Band 2 Gemüse*, Düsseldorf 1990.

Mahn, Manuela: *Gewürze. Geschichte – Handel – Küche*, Stuttgart 2001.

Mennell, Stephen: *Die Kultivierung des Appetits*, Frankfurt a. M. 1988.

Metzger, Christine (Hrsg.): *Culinaria. Deutsche Spezialitäten*, Köln 1999.

Meuth, Martina; Neuner-Duttenhofer, Bernd: *Burgund. Küche, Land und Leute*, München 2001.

Milton, Giles: *Muskatnuss und Musketen, Europas Wettlauf nach Ostindien*, Wien 2001.

Mondavi, Robert: *Harvest of Joy: My Passion for excellence*, New York/San Diego/London 1998.

Morris, Desmond: *Horse Watching*, München 1998.

Nowak, Bernd; Schulz, Bettina: *Tropische Früchte. Biologie, Verwendung, Anbau und Ernte*, München/Wien/Zürich 1998.

Nussbaumer, Marc: *Barry. Vom Großen St. Bernhard*, Bern 2000.

Obermeier, Siegfried: *Die unheiligen Väter. Gottes Stellvertreter zwischen Machtgier und Frömmigkeit. Eine Geschichte der Päpste*, Bergisch Gladbach 1998.

Paczensky, Gert von; Dünnebier, Anna: *Kulturgeschichte des Essens und Trinkens*, München 1999.

Petroski, Henry: *Messer, Gabel, Reißverschluss. Die Evolution der Gebrauchsgegenstände*, Basel/Boston/Berlin 1994.

Piras, Claudia; Medaglani, Eugenio (Hrsg.): *Culinaria. Italien*, Köln 2000.

Pollmer, Udo; Fock, Andrea; Gonder, Ulrike; Haug, Karin: *Liebe geht durch die Nase. Was unser Verhalten beeinflusst und lenkt*, Köln 2001.

Pollmer, Udo; Fock, Andrea; Gonder, Ulrike; Haug, Karin: *Prost Mahlzeit. Krank durch gesunde Ernährung*, Köln 2001.

Pollmer, Udo; Hoicke, Cornelia; Grimm Hans-Ulrich: *Vorsicht Geschmack. Was ist drin in Lebensmitteln?*, Reinbek 2000.

Pollmer, Udo; Schmelzer-Sandtner: *Wohl bekomm's. Was*

Sie vor dem Einkauf über Lebensmittel wissen sollten, Köln 2001.
Pollmer, Udo; Warmuth, Susanne: *Lexikon der populären Ernährungsirrtümer*, Frankfurt a. M. 2000.
Pollmer, Udo; Wirtz, Wolfgang: *Aus deutschen Labors frisch auf den Tisch*, in: Chancen 10/1987.
Rätsch, Christian: *Bier jenseits von Hopfen und Malz. Von den Zaubertränken der Götter zu den psychedelischen Bieren der Zukunft*, München 2002.
Rätsch, Christian: *Pflanzen der Liebe: Aphrodisiaka in Mythos, Geschichte und Gegenwart*, Aarau 2001.
Rias-Bucher, Barbara: *Feste & Bräuche. Eine Einladung zum Feiern*, München 1999.
Robinson, Jancis: *Das Oxford Wein-Lexikon*, Bern 1995.
Röhrig, Anja: *Die Speise der Götter*, in: Damals 5/2001.
Rohwedder, Dirk/Adam, Olaf: *Chemie und Physik in Küche und Ernährung*, Hamburg 1993.
Root, Waverley: *Alles, was man essen kann*, Frankfurt 2003.
Rumohr, Karl Friedrich von: *Geist der Kochkunst*, Frankfurt a. M./Leipzig 1998.
Schivelbusch, Wolfgang: *Das Paradies, der Geschmack und die Vernunft*, Frankfurt 1990.
Schraemli, Harry: *Von Lukullus bis Escoffier. Kulturgeschichte des Kochens*, Bielefeld o. J.
Schreiber, Hermann: *August der Starke*, Gernsbach 2000.
Schuller, Alexander; Kleber, Jutta Anna: *Verschlemmte Welt. Essen und Trinken historisch-anthropologisch*, Göttingen/Zürich 1994.
Smoltczyk, Alexander: *Auf das Huhn gekommen. Frankreich und das Federvieh*, in: Cotta's kulinarischer Almanach No. 10, Stuttgart 2002.
Spang, Rebecca, L.: *The invention of the Restaurant*, Harvard 2001.

Spode, Hasso: *Alkohol und Zivilisation*, Berlin 1991.

Spode, Hasso: *Die Macht der Trunkenheit*. Opladen 1993.

Stampf, Olaf: *Das neue Schlaraffenland*, in: Der Spiegel 15/1997.

Süßenguth, Mario: *Der kulinarische König. Essen und Trinken wie August der Starke*, München/Berlin 2002.

Takamiya, Teruko: *Beiträge zur Geschichte der Nahrung und der Nahrungsbereitung bei den Hirtenvölkern Mittel- und Innerasiens*, Diss. München 1978.

Teubner Edition: *Das große Buch der Meeresfrüchte*, Füssen 1993.

Teubner Edition: *Das große Buch vom Geflügel*, Füssen 1995.

Teubner Edition: *Das große Buch vom Wild*, Füssen 1996.

Teubner Edition: *Food. Die ganze Welt der Lebensmittel*, München 2001.

Teubner Edition: *Seafood. Kochbuch und Lexikon von Fisch und Merresfrüchten*, Füssen 1999.

Thaller, Josef: *Das Beste vom Schwäbisch-Hällischen Landschwein*, Heidelberg 1999.

This-Benckhard, Hervé: *Rätsel der Kochkunst. Naturwissenschaftlich erklärt*, München 2002.

Trippel, Katja: *Asyl für Wollsau und Rotvieh*, in: Der Spiegel 9/2001.

Uecker, Wolf: *Brevier der Genüsse. Eine kulinarische Warenkunde von der Auster bis zur Zwiebel*, München 1986.

Ulfkotte, Udo: *Getreide aus dem Atomreaktor*, in: FAZ 8.5.2001.

Ulfkotte, Udo: *Müssen Bio-Bauern Kernkraftwerken danken?*, in: FAZ 12.5.2001.

Vines, Gail: *A Gut Feeling*, in: New Scientist 8.8.1998.

Vollmer, Günter/Josst, Gunter u.a.: *Lebensmittelführer 1 + 2*, Stuttgart/München 1990.

Wagner, Christoph: *Fast schon Food. Die Geschichte des schnellen Essens,* Frankfurt a. M. 1995.

Wennhak, Alice: *100 Jahre Chiquita – 100 Jahre krumme Dinger,* in: Umweltnachrichten 83/1999.

Wördehoff, Bernhard: *Das gab's doch mal. Vielerlei Dinge, die aus unserem Alltag entschwunden sind,* Wien 1994.

Zander, Hans Conrad: *Zanderfilets. Kabinettstücke aus der Rumpelkammer der Geschichte,* Stuttgart 1992.